KB058948

미시마 요무

illustration
타카미네 나다레

나는 성간 국가의
I am the Villainous Load of the Interstellar Nation
악덕 영주!

5

월레스
Wallace

아마기
Amagi

"리암── 님──."

크리스티아나
Christiana

"날 거역했다.
그게 이놈들이 죽는 이유다."

릴리에 ∧
Lillie

AG006-C1AAA
바나디스
Vanadis

CONTENTS

나는 성간 국가의 악덕 영주!

I am the Villainous Lord of the Interstellar Nation

5

➤ 미시마 요무 ◄

illustration
➤ 타카미네 나다레 ◄

커버 그림, 본문 일러스트 | **타카미네 나다레**

알그란드 제국의 수도성.

제국의 중심인 금속 외피로 뒤덮인 행성에서 나 '리암 세라 번필드'는 전통 있는 고급 호텔의 바에 친구들을 모았다.

어두컴컴한 바에서는 수도성의 야경이 보였다.

하지만 한쪽 벽의 창문에는 밤하늘을 비추어서 경치가 보이지 않도록 하고 있었다.

수도성의 야경은 빛이 너무 강하다.

고급스러운 느낌이 나는 카운터 테이블에 나란히 앉은 우리들.

난 내 손을 바라보고 있었다.

손에 든 유리잔에는 술이 들어있는데, 기울여도 술이 흐르지 않았다.

잔을 흔들어 안에 든 술을 뒤섞으면 색이 변하니 신기했다.

그 모습을 바라보면서, 나는 모인 지인들에게 중얼거렸다.

"이렇게 모두가 모이는 것도 오랜만이네."

우리 이외의 손님이 없는 바에는 클래식 음악이 흐르고 있었다.

바에 모은 사람들은 유년학교 때부터 인연이 있는 내 친구(?)들이다.

내 왼쪽에 앉은 사람은 약혼자인 '로제타 세레 클라우디아'다.

금발벽안의 영애라는 분위기를 가진 주제에 심성은 다소곳하고 일편단심인 언밸런스한 여자다.

11

원래는 강철의 정신을 지닌 기가 센 여자였다.

권력이나 재력 앞에서도 굴하지 않는 강한 마음이 마음에 들어서 나는 로제타와 강제로 약혼했다.

온갖 수단을 써서 약혼해서 로제타가 분통을 터뜨리는 모습을 보고 싶었던 것이다.

하지만 로제타는 나에게 반해서 바지런히 헌신하고 있다.

강철의 정신을 지닌 강한 여자의 모습은 사라졌다.

정말 안타까운 여자다.

"그러게. 우리 셋은 얼굴을 볼 기회도 많지만."

로제타가 미안해하는 듯한 시선을 보낸 곳에 있는 사람은 내 오른쪽에 앉은 금발의 귀공자 '크루트 세라 에크스나'다.

키 큰 미청년은 회색 정장을 입고 있었다. 이전보다 더 어른스러운 분위기를 자아냈다.

얼마 전까지 사관학교에 있었던 우리와는 달리 크루트는 제국대학에 다니고 있었다.

그 후에는 관리로 일하며 무사히 책무를 다했으니 다음은 사관학교로 진학할 예정이리라.

당사자는 조금 쓸쓸해하면서도 계속 미소 지었다.

"어쩔 수 없지. 우리 집안은 군과 연이 깊어서 먼저 대학에 다니는 편이 이래저래 편했고."

귀족 중에도 군인 집안과 관료 집안이 존재한다.

번필드가는 어느 쪽도 아닌 시골 귀족이라 상관없는 이야기였지만, 크루트처럼 군인 집안에서는 마지막으로 수행하는 곳을 사관학교로 정한다.

수행이 끝나면 그대로 군에 남아 군인 생활을 계속할 수 있기 때문이다.

나처럼 어느 쪽이든 발을 걸친 정도만 하는 귀족이 더 자유롭다.

크루트 오른쪽에 앉은 적갈색 머리카락의 사복차림 여성은 '에일라 세라 베르만'.

그녀와는 레젤 자작가에서 수행을 하던 때부터 알고 지냈다.

귀족의 자제는 성인이 되기 전에 다른 가문에 한 번 맡겨지는데, 그때 크루트와 에일라와 알게 됐다.

처음 만난 날을 따지면 로제타보다 더 오래 알고 지냈다.

"아쉽지. 리암 군이 먼저 사관학교에 진학하니까 그렇잖아. 크루트 군이랑 같이 대학에 진학했으면 나도 동행했을 텐데."

나는 에일라의 불평을 듣고 손에 들고 있는 잔에 담긴 술을 다 마시고 대답했다.

"난 즐거움을 뒤에 남겨두는 타입이야."

"말은 잘하네. 군에서도 멋대로 즐겼잖아? 게다가 날 수도성의 병참부서에 남겨두고 월레스랑 단둘이서."

위험해서 후방 사무직에 배치했는데, 에일라는 용납이 안 됐던 모양이다.

에일라는 오른쪽에 앉은 월레스를 째려보았다.

파란 머리카락의 경박한 남자인 '월레스 노아 알바레이트'. 겉

모습으로는 상상도 안 되지만 황족이다.

　얼마 전까지 황위 계승권을 가지고 있었지만, 내 후원을 받아 독립하면서 계승권을 포기했다.

　불성실하고 미덥지 못한 남자다.

　"패트롤 함대에 배속되지 않은 게 다행인 거야. 리암은 날 매일같이 부려먹었다고."

　"월레스, 부탁이니까 리암 군과의 추억을 이야기하지 마. 내 망──추억이 더럽혀져."

　"추억을 더럽히는 건 너 아니냐?"

　둘은 여전히 사이가 안 좋은데, 우리가 이해할 수 없는 대화를 했다.

　사실은 사이가 좋은 것 아닐까?

　에일라와 월레스의 대화가 열기를 띠어서 우리는 끼어들 수 없었다.

　그래서 난 크루트와 이야기하기로 했다.

　"사관학교에 내가 잘 말해둘게."

　실컷 뇌물──이 아니라, 기부를 해왔다.

　친구 한 명을 잘 봐달라고 하는 것쯤은 허용되겠지.

　하지만 이상하게 성실한 크루트는 내 제안에 감사를 표하면서 거부했다.

　"고마워. 하지만 괜찮아. 에크스나가는 군과 관계가 있으니까 험한 꼴은 안 당할 거야."

"아, 네 아버지는 군인 시절에 활약한 에이스였지."

에크스나가는 이제 막 귀족이 된 신흥 가문이다.

당주인 남작은 이전에 기사로서 군에서 기동기사를 탔다.

수많은 무공을 세워 귀족으로 인정받은 남자이며, 같은 기사나 일반군인 입장에서는 희망의 별이다.

즉 동경을 받는 존재이다.

그 아들인 크루트가 성가신 일에 휘말릴 일은 없을 것이다.

"넌 여전히 성실하네."

"리암은 여전히 입이 거칠어."

악덕 영주는 자신을 깔보는 말을 지껄이는 녀석을 용서하지 않지만, 크루트는 친구다.

게다가 똑같은 악덕 영주인 에크스나가의 후계자.

에크스나 남작은 군인으로서는 모두의 동경을 받지만, 영주로서는 백성을 철저하게 착취하는 근성 있는 악덕 영주다.

겉으로는 영웅이고 뒤에서는 나쁜 짓을 하는, 겉만 좋은 녀석이다.

하지만 그 점이 마음에 들었다.

악인끼리 가지는 동료 의식이다.

그런 에크스나가의 후계자인 크루트와는 사이좋게 지내고 싶으니 다소의 험담은 허용하고 있다.

"그런데…… 너 대학 다닐 때 좀 놀았냐?"

"응? 나름대로 재밌게 지냈는데?"

난 시치미 떼는 크루트를 보고 한숨을 쉬었다.

내 말은 여자 놀음을 했냐는 뜻이었다.

"바보야, 여자하고 놀았냐고. 너한테 구애하는 여자가 많았잖아? 조금은 손을 댔는지 물어보고 있는 거라고."

깊이 파고들자 크루트가 당황했다.

크루트 건너편에서 에일라가 우리 대화에 귀를 기울이는 게 보였다. 내 왼쪽에 앉아있던 로제타도 얼굴을 새빨갛게 물들였다.

──아니 로제타, 너는 외모도 화려한 주제에 너무 순진한 거 아니냐?

여자 이야기가 나오자 월레스도 흥미가 있는지 대화에 끼어들었다.

"나도 궁금한데. 크루트가 관리일 때 여성진이 비서 자리를 두고 다퉜다면서? 한둘쯤은 건드렸지? 나한테도 누군가 소개해줬으면 하는데. 아 참, 크루트가 건드리지 않은 여자로 부탁할게."

인기가 많은 크루트에게 여자를 소개받을 생각인 것 같다.

그러나 당사자는 고개를 저었다.

"난 책임질 수도 없으면서 무작정 놀 생각은 없어."

아무래도 진심으로 하는 소리 같았다. 월레스가 기막혀했다.

"너 제정신이냐? 인생에서 가장 즐거운 시기잖아! 그런데 책임감 때문에 놀지 않았다니, 아까워라!"

고작 대학 시절이 인생의 정점이라니, 넌 그런 걸로 만족해도 괜찮냐?

월레스에게 물어보려고 했더니, 에일라가 먼저 끼어들었다. 그녀는 크루트에게 탄복했다.

"크루트 군이 옳아. 월레스가 끔찍한 거라고! 대체 무엇을 위해 대학에 가는 건데? 그냥 차라리 한 번 더 사관학교에라도 입학하는 게 어때?"

"넌 여전히 나한테만 신랄하구나."

에일라는 그의 말을 무시하고 나에게 약간 질렸다는 시선을 보냈다.

여자 운운하는 화제가 마음에 안 드는 모양이다.

"리암 군도 대학에서 너무 심하게 놀지 않도록 해."

나는 주의하는 에일라에게 심술궂은 웃음을 지었다.

"훗, 나 정도 되면 여자 따위야 얼마나 꼬인들 그냥 이용하다 버릴 뿐이라고."

"엄청 화나는 대사지만, 리암 군이 그렇게 말해도 설득력이 없어. 허세 부리는 게 뻔한데."

에일라가 정색하며 내뱉은 말에 나는 볼을 파르르 떨었다.

"허, 허세? 엉뚱한 트집 잡지 마라."

그러나 월레스는 에일라의 의견에 동의하며 몇 번이고 고개를 끄덕였다.

"실제로 그렇잖아. 리암이 제대로 손댄 여자가 어디 있는데? 주위에 그만큼 미녀가 있는데 한 번도 손대지 않았잖아."

주위의 미녀? 설마 티아와 마리 얘기를 하는 건가? 아무래도 월레스는 여자를 보는 눈이 없는 모양이다.

"그 녀석들은 너무 안쓰러워서 이성으로 볼 수 없어."

솔직한 감상을 말하자, 크루트가 날 보고 뭐가 재밌는지 큭큭대며 웃었다.

"리암다운 대답이네."

"너까지 날 바보 취급하는 거냐? 다들 잊은 모양인데, 나한테는 아마기가 있다고."

당당하게 아마기의 이름을 꺼내자 네 명 모두 표정이 미묘해졌다.

월레스는 내가 화내지 않도록 말을 신중히 고르며 주의를 줬다.

"리암에게 아마기가 소중한 건 알지만, 너도 주위 사람들이 어떻게 생각하는지 알잖아. 사람들 앞에서는 그다지 언급하지 않는 편이 무난하지 않을까 싶은데……."

제국은 아마기——안드로이드를 혐오한다.

데리고 다니기만 해도 비웃음을 사는, 도무지 이해가 안 가는 풍조가 있었다.

내가 부루퉁하게 술을 단숨에 들이켜자 로제타가 나를 걱정해 말을 걸었다.

"그래도 달링에게는 소중한 사람이에요."

"아무렴."

그러자 나와 로제타를 가만히 보더 다시 크루트가 짧게 웃었다.

"어쨌든 결국 리암에게는 아마기랑 로제타 씨, 둘뿐인 거잖아?

그런데 여색을 탐하다니, 난 상상도 안 되는데."

이, 이 자식! 가소롭다는 듯이 말하고 자빠졌어.

한심하다는 말을 들은 듯한 기분이 들어서 난 정색하고 따지고 말았다.

"웃기지 마! 나도 여색쯤이야 얼마든지 즐길 수 있거든! 너희들한테 보여주지!"

나름 당당하게 여색을 즐기겠다고 선언했지만, 그 와중에도 로제타에겐 등을 돌린 채로 했다.

뒤돌아서 로제타의 모습을 확인할 수 없었다.

나를 보고 에일라와 월레스가 서로 마주 보고 어이없다는 표정을 지었다.

"어떻게 생각해? 월레스."

"리암은 매번 입으로만 논다고 하고 놀지 않잖아. '이번에도 실패한다'에 한 달 치 용돈을 걸지."

"너, 남에게 받은 용돈으로 도박질이라니, 부끄럽지도 않아? 그리고 애초에 이건 내기가 성립하지 않아. 내가 생각해도 리암이 그럴 리가 없어."

둘 다 내가 여색을 즐기는 건 어렵다고 지껄였다.

나는 반발심에 더더욱 의욕이 생겼다.

"너흰 날 너무 얕보고 있어. 내가 진지해지면 여색쯤은 간단해. 다음 기회에라도 놀다 온 증거를 보여주지."

바텐더에게 새로운 잔을 받아 술을 들이켰다.

에일라와 월레스가 히죽거리며 나를 보는 게 마음에 안 들었다.

하지만 크루트만은 어째 심각한 얼굴을 하고 있었다.

신경 쓰여서 말을 걸었다.

"왜 그래? 벌써 취했어?"

크루트의 얼굴을 들여다보니, 역시 얼굴이 빨갛다.

"아, 아냐, 괜찮아. 그보다 오늘은 마시자. 또 한동안은 못 만날 테니까."

크루트는 그렇게 말하며 잔에 담긴 술을 단번에 마셨다.

크루트는 즐겁게 놀고 있는 듯했지만, 가끔 고민에 잠긴 표정을 지었다.

무슨 일이 있었던 걸까?

걱정하고 있으니 크루트는 단말기를 확인했다.

"미안. 잠깐 자리 비울게."

그렇게 말하고 자리를 뜨자, 에일라도 자리에서 일어났다.

"나도 너무 많이 마신 것 같아. 좀 쉬다 올게."

월레스가 술을 홀짝홀짝 마시면서 에일라를 놀렸다.

"화장실 가는 거지?"

에일라는 농담하는 월레스에게 진심으로 아무래도 상관없다는 듯한──무관심한 시선을 보냈다. 화내는 것도, 부끄러워하는 것도 아니었다.

마치 바닥에 버려진 쓰레기를 본 듯한 눈빛이었다. 월레스가 결국 먼저 시선을 돌렸다.

"죄송합니다."

크루트와 에일라가 카운터석에서 떠나 세 명만 남은 타이밍에 화제를 바꿨다.

"——크루트 녀석, 그다지 재미있지 않은 모양인데."

윌레스는 눈치채지 못했는지 고개를 갸웃거렸다.

"내 눈에는 재밌게 노는 것처럼 보였는데."

눈치 없는 윌레스와는 달리, 로제타는 크루트의 표정 변화를 놓치지 않았다.

"가끔 괴로워하는 표정을 지었어. 역시 무슨 일이 있는 게 아닐까?"

그러자 윌레스가 잔에 든 술을 들이켜고는 말했다.

"크루트의 집안은 급격하게 출세한 집안이잖아. 본인이 아무리 우수하고 인기가 있어도, 귀족사회에서는 입지가 좋지 않겠지. 대학이나 직장에서도 질투를 제법 샀을 거야."

질투, 라는 말을 듣고 바로 '괴롭힘'을 연상했다.

역사가 짧은 집안을 무시하는 귀족은 그리 드물지 않다.

크루트가 우수해도, 아니, 우수하기에 주위 사람들이 보기에 더더욱 괘씸했을 것이다.

오래 사귄 우리와 떨어져 혼자 대학 생활을 하면서 주위 사람과 어울리지 못했나?

이야기를 듣고 있던 로제타가 크루트를 걱정했다.

"괜찮을까?"

평소에 의지가 안 되는 월레스도 이번만큼은 크루트를 걱정했다.

"그 녀석은 힘들어도 먼저 말하지 않는 타입이니까. 적당히 불만을 발산할 수 있으면 그나마 다행이지만, 그러지 못해서 폭발하면 성가실 거야."

확실히 크루트는 괴로워도 말하지 않는 경우가 많다.

주위 사람이 알아차리지 못하도록 하는 경향이 있다.

이번에도 우리에게 아무런 상의도 하지 않았다.

이러고 있으니 왠지 화가 나기 시작했다.

"쯧, 나한테 말했으면 곧장 바보 놈들의 입을 다물게 해줬을 것을."

지금이라도 조사를 명령해서 보복해야 하나 생각하고 있으니, 로제타가 내 옆얼굴을 빤히 바라보았다.

"왜?"

"달링은 마음씨가 착해."

"뭐? 갑자기 무슨 바보 같은 소리야?"

이 녀석은 진짜로 나에 대해 아무것도 모른다.

내가 그놈들에게 어떻게 복수할지나 알고서 이런 말을 하는 걸까? 내 복수는 권력, 재력, 그리고 폭력을 이용한 방법이다.

그런 방법으로 친구를 돕는 녀석이 마음씨 착할 리가 없다.

"달링은 친구를 진심으로 걱정하고 있는걸."

나에게 웃음을 짓는 로제타를 보니 왠지 바보 같아지기 시작했다.

"——넌 진짜 사람을 보는 눈이 없구나."

월레스가 나에게 해결책을 물었다.

"그래서 리암은 어떻게 할 생각이야?"

"사관학교에 기부를 해주지. 크루트를 잘 부탁한다고 말해두면 나쁘게 대하진 않겠지."

"그러는 게 좋겠네. 크루트가 그럴 것 같지는 않지만, 약에 손을 대서 망가지는 귀족도 많으니까."

"약이라니?"

"불법 약물 말이야. 육체강화를 받은 기사도 망가뜨리는 강렬한 놈이 제국의 음지에서 나돌고 있대."

이 세계에도 중독성 높은 불법 약물은 존재한다.

그중에는 육체강화를 받은 기사의 몸마저 좀먹는 약도 있다.

"——크루트는 손대지 않겠지."

"성실한 놈일수록 조심해야 한다고 하잖아. 불만을 속에 품는 크루트 같은 타입은 위험하다고 생각해."

월레스의 이야기를 듣고 걱정되기 시작했지만, 크루트라면 분명 괜찮을 것이다.

나도 은근히 도울 수 있도록 움직일까.

알그란드 제국 수도성.

금속 외피로 뒤덮인 행성은 모든 것이 사람의 손에 의해 관리된다.

기온도 날씨도 자유자재이며 재해 따위는 발생하지 않는 꿈같은 행성이다.

하지만 그런 쾌적한 수도성에도 문제는 있다.

대표적인 것이 인구문제다.

쾌적한 수도성에서 살려고 많은 사람이 매일같이 몰려든다.

불법적인 수단으로 숨어드는 패거리도 많아 수도성의 골칫거리가 되고 있었다.

그리고 수도성에서는 지하에도 사람들이 살고 있다.

쾌적한 지상과는 달리 가난한 사람들이 많은 곳이다.

슬럼, 언더그라운드, 쓰레기장 등으로 불리는 수도성의 다른 얼굴이다.

녹슨 금속으로 뒤덮인 바닥, 벽, 천장.

넓은 통로 양옆에는 노점이 늘어서 있었다.

수많은 사람이 드나드는 그곳은 굉장히 좁게 느껴졌다.

공기는 정체되었고, 냄새도 심했다.

보통은 지상에서 사는 사람들이 지하에 오는 일은 거의 없었다.

그런 지하와 어울리지 않는 인물이 찾아왔다.

주위 사람들 입장에서는 붕 뜬 존재라서 지하에서 사는 사람들이 힐끗힐끗 그 남자를 봤다.

하지만 남자는 개의치 않고 어떤 장소로 향했다.

큰길에서 뻗은 좁은 골목길.

금방 막다른 곳이 나왔지만, 그곳에 가게를 연 점쟁이 느낌의 여자가 있었다. 후드가 달린 남색 로브 차림에 목과 팔에는 금속 장식품을 차고 있었다.

"어서 오십시오. 아무래도 각오가 된 것 같군요."

눈가는 보이지 않지만 하얀 피부에 짙고 빨간 립이 인상적인 인물이다.

남자는 여자 바로 앞에서 걸음을 멈췄다.

여자의 입이 웃음을 지었고, 테이블에 먹는 약 하나를 뒀다.

유리병 같은 투명하고 작은 병에 든 액체는 핑크색을 띠고 있었다.

여자는 손가락으로 작은 병을 몇 번 두드리고 아직 망설이는 남자를 재촉했다.

"여기까지 왔는데도 망설여지시는 모양이군요. 크루트 님."

남자는 크루트——크루트 세라 에크스나였다.

금발에 보라색 눈동자를 가진 미청년은 테이블 위에 놓인 작은 병을 응시하고 있었다.

여자는 그런 크루트를 놀렸다.

"혹시 무서운가요? 괜찮아요. 나라의 허가는 받지 않았지만, 부작용도 적은 약이에요. 쓴다고 해도 들키지 않아요."

"아, 아니, 난……."

"한 번 쓰면 고민 같은 건 날아가 버리죠. 다만, 쓰기 전으로 돌아갈 수 없게 돼버릴지도 모르지만요. 히히힛."

수상한 약을 파는 여자를 앞에 두고 크루트는 숙고하기 시작했다.

아직 망설임이 있는 것 같다고 느낀 여자는 크루트 앞에서 작은 병을 쥐고 들어 올렸다.

"그럼 이 이야기는 없었던 걸로."

그러자 크루트는 한순간 절망한 얼굴을 하고는 손으로 테이블을 내리쳤다.

몇 초 후, 깊은 고민에 빠진 얼굴로 약 구매를 결정했다.

"——줘."

"네?"

"그 약을 줘."

크루트의 말을 듣고 여자는 입가에 수상한 웃음을 띠었다.

"두 번 다시 이전의 생활로 못 돌아갈지도 모르는데요?"

"——각오했어."

전자화폐는 구매 이력이 남으니, 크루트는 품에서 귀금속을 꺼냈다.

여자가 그걸 들자 팔에 찬 장식품 중 하나가 감정을 시작했다.

"진짜인 것 같군요. 그럼 이 약을 받으시죠."

건네받은 핑크색 약을 든 크루트는 어렴풋하게 후회하는 표정을 짓고 있었다.

그런 크루트를 격려하기 위해 여자가 말을 걸었다.

"후회할 필요는 없어요. 이 정도는 다들 하고 있어요. 딱히 드 문 일이 아니에요."

"하, 하지만, 난……."

"자신에게 솔직해지세요. 흥미가 있잖아요?"

여자의 말을 듣고 크루트는 등을 돌리고 걸어가기 시작했다.

그리고 여자는 마지막으로 떠나가는 크루트를 보면서 남몰래 흐뭇하게 웃었다.

"──이제 두 번 다시 이전의 생활로는 못 돌아갈지도 모르겠네요."

오랜만에 지인들과 술을 마신 지 몇 주 뒤.

『리암 님이 무사히 제국대학에 입학하셔서 이 브라이언은 감격한 나머지 눈물이 멈추지 않습니다아아아!』

공중에 뜬 영상에서 울고 있는 것은 집사 브라이언이었다.

수도성 생활을 하는 나와 통신으로 대화를 하고 있었다.

난 사복 차림으로 소파에 앉으면서 브라이언의 우는 얼굴을 보고 있었다.

"아침부터 시끄러운 녀석이네. 이 얘기를 몇 번째 하는 거야? 이제 입학식도 끝나고 대학에 다니고 있는데, 계속 울지 마."

금방 우는 내 집사는 괜찮은 걸까?

다소 걱정되지만 그래도 제법 유능한 남자다.

내 저택을 제대로 관리하고 있다.

그러니 쉽게 자를 수는 없다.

『무슨 말씀을 하시는 겁니까! 사관학교를 무사히 졸업하셨다면, 남은 일은 제국대학에서 배우고 문관으로서 일을 하는 것뿐! 그 후에는 영지로 돌아오셔서 영지의 발전에 힘써주셔야 합니다.』

나는 강의 시간까지 아직 시간이 있기에 아침부터 느긋하게 아마기가 준비한 차를 마셨다.

그러나 슬슬 이 대화가 귀찮아지기 시작했으므로 나는 화제를 억지로 바꾸었다.

"영지는 문제없이 잘 돌고 있지?"

브라이언이 몇 번이나 고개를 끄덕이며 기뻐했다.

『물론입니다! 리암 님이 수행을 하시는 동안에도 영지는 발전을 이어가고 있습니다. 자세한 사항은 자료를 확인해주십시오.』

공중에 전자 데이터가 투영되었다.

그걸 본 나는 씨익 웃음을 지었다.

"나쁘지 않군. 내가 돌아갈 때쯤에는 더 발전되어 있겠지."

영지의 발전은 내 힘이 강해진다는 것을 의미한다.

악덕 영주인 나는 평소에도 꾸준히 힘을 비축하고 있다.

영지 발전은 나의 힘.

백성도 자원과 재력의 일부다.

사람을 자원으로 생각하는 나는 상당한 악덕 영주구나.

『리암 님이 돌아오실 날을 백성 일동이 기다리고 있습니다!』

"구제할 방법이 없는 놈들이야."

아무것도 모르고 들떠있는 백성들.

멍청하게도 악덕 영주인 내가 돌아오는 걸 기다리고 있는 모양이다.

나──리암 세라 번필드는 전생자다.

이 판타지 세계에 전생해서 악덕 영주를 목표로 하는 악인이다.

전생에 선행이 얼마나 쓸모없는지를 배운 나는 살아있는 동안에 내가 즐기는 것만을 생각하며 행동하고 있다.

때문에──내가 영지를 비운 동안에는 영지의 발전에 힘을 쓰고 있었다.

언젠가 영지로 돌아가면 토실토실 살찐 백성들을 착취하기 위해서다.

벌써 기대돼서 참을 수가 없다.

내가 의미심장하게 웃음을 띠고 차를 마시고 있으니 브라이언이 훅 치고 들어왔다.

『그런데 리암 님, 유리시아 님은 언제 정식으로 측실로 맞이하십니까?』

"풉!── 무, 무슨 소리야?!"

유리시아, '유리시아 모리시르'는 제3병기공장의 전 판매원이다.

왜인지 군사학교로 돌아가서 교육을 받고 특수부대에 들어간

특이한 사람이기도 하다.

그 후에 여러 일이 있었고, 지금은 제국군과 나를 이어주는 중개자—— 내 부관이라는 지위로 자리 잡았다.

다만, 내 부관이 된 이유가 너무하다.

내가 한 번 소홀히 대한 것을 원망해서 다시 돌아보게 만들기 위해 특수부대에 입대했다고 한다.

그리고 복수 방법은 내가 반하게 만들고 고백하게 해서—— 그 뒤에 찬다는 계획이었다.

복수가 실패했다는 것을 알자 쓰러져 울면서 나에게 모든 것을 털어놨다.

너무 불쌍해서 일단 형식만으로도 유리시아의 복수를 완수시키려고 난 거짓 고백을 했다.

하지만 그 여자는 그 상황에서 나를 차는 것보다 측실이 되는 편이 이득이라는 걸 깨달았다.

그래서 결국 지금은 나에게 신세를 지고 있다.

정말 전부 다 너무한 여자다.

군인으로서의 능력은 상당히 좋은데 안쓰러운 여자—— 그것이 유리시아다.

난 유리시아를 측실로 삼을 생각은 없다.

다만 내가 고백해서 유리시아를 군에서 빼냈다는 사실이 굉장히 성가셨다.

『아닙니까? 측실로 삼으실 생각으로 군에서 빼 오신 게 아닙니까?』

뒤돌아서 아마기를 보니, 내가 뿜어서 흘린 차를 치우기 시작하고 있었다.

"아, 아마기?! 너도 설명해. 그건 착각이다!"

아마기는 내 얼굴을 보고 미소 지었다.

그 미소가 정말 무섭게 보인 건 내 기분 탓이 아닐 것이다.

마치 아내에게 '그 여자와의 관계는 오해야!'라며 변명하고 있는 기분이다.

"괜찮지 않을까요? 애초에 리암 님은 하렘을 만들겠다고 하면서 실질적으로 한 명도 안지 않았으니까요."

"네가 있잖아!"

"전에도 말씀드렸습니다만, 전 포함되지 않으니, 노카운트입니다."

"농담하는 거지?!"

"아뇨, 사실입니다. 리암 님의 몸은 아직 깨끗합니다."

"——내 몸은 아직 깨끗했던 건가!"

아마기가 웃으면서 한 대답을 들은 나는 이때 놀라운 진실을 깨달아버렸다.

즉 난—— 이번 생에서는 아직 동정인가?

그렇게 당당하게 여색을 즐기겠다고 네 명에게 선언했는데, 이 꼴이면 비웃음을 사는 게 당연했다.

내가 굳어있으니 브라이언이 재촉했다.

『로제타 님과 약혼 중인 건 이해하지만, 번필드가는 후계자가 없는 상황입니다. 지금은 다소 상스럽더라도 일단은 후계자를 마련하는 게 귀족의 책무입니다.』

약혼자가 있는데 정부와 아이를 만들라는 말을 듣고 화가 났다.

"에잇 시끄럽다! 그딴 이유로 아이를 만들 수 있을 리가 없잖아!"

난 정론을 말했다고 생각했지만, 브라이언이 흥분하면서 반박했다.

『그딴 이유라니 무슨 소립니까! 리암 님께 만일의 사태가 발생하면 벌필드가는 무너지고 맙니다! 그런데 그딴 이유라뇨! 전 진심으로 걱정하고 있습니다! 그런데 왜 인간 여성은 건들지 않는 겁니까!』

난 진심으로 화내는 브라이언에게 대꾸하지 못했다.

난 내 마음대로 살고 싶다.

누구의 명령에도 따르고 싶지 않다.

하지만 진심으로 걱정하는 브라이언을 앞에 두고 관계없다고 말할 수도 없다.

"새, 생각해둘 테니까, 이 이야기는 보류다."

『그렇게 항상 도망치시죠! 리암 님, 이 브라이언은 걱정돼서 밤에도 잘 수가 없습니다. 그리고 제국대학쯤 되면 한 방 역전을 노리는 자들도──.』

난 브라이언의 잔소리가 싫어져 통신을 끊었다.

땀을 닦았다.

"내 하렘은 엄선되어야 해. 그 정도 이유로 유리시아의 하렘 입성을 인정할 순 없다."

그렇다. 내 하렘은 엄선된 정예를 선발할 생각이다.

유리시아 같은 안쓰러운 아가씨를 좀 귀엽다고 하렘에 넣는 건 인정할 수 없다.

아마기가 새 차를 준비하고 있었다.

"그 변명은 통신이 연결되어 있을 때 해야 하는 것 아닌가요?"

"그, 그렇지."

아마기의 시선을 버틸 수 없는 나는 차를 한 번에 다 마신 다음에 일어섰다.

"이제 대학에 갈래."

아마기가 머리를 숙였다.

"알겠습니다. 차를 준비시키겠습니다."

왜 아침부터 집사에게 내 하렘에 대한 잔소리를 들어야만 하는가?

그것도 안 된다고 하는 게 아니라 빨리 늘리라는 잔소리로.

이해하기 어렵다.

착실한 집사라면 주인이 여색을 탐하는 걸 주의하며 방정하게 행동할 것을 명심하라고 말해야 하지 않나?

그 말을 부정하고 여색을 탐할 생각이었는데, 좀 더 탐하라고 야단을 맞다니, 어떻게 된 거야?

"어차피 이렇게 됐으니 대학에서 미인 몇 명을 꼬실까?"

아마기와 브라이언── 그리고 친구들의 입을 다물게 하기 위해 여색이라도 탐할까 하는 생각을 했을 때 나는 깨달았다.

왜 변명하기 위해 여색을 탐할 생각을 하는 것인가?

제2의 인생, 난 참지 않기로 했다.

더 당당하게 놀면 되는 것이다.

내가 생각해도 배짱이 없어 싫어졌다.

"아마기, 월레스를 불러."

"월레스 공은 아직 기상하지 않았습니다."

"뭐?"

"아침에 돌아오셔서 아직 쉬시는 중입니다."

나한테 말도 안 하고 노는데 정신이 팔렸을 뿐만 아니라, 아침에 돌아왔다고?

"억지로 깨워!"

월레스를 이용해서 미팅을 열자.

매일같이 여색을 탐하기를 반복해서 로제타를 곤란하게 만들자.

이런 남자와 결혼한 걸 후회하게 해주마!

난 악덕 영주다. 로제타의 기분을 배려해줄까 보냐!

리암의 약혼자인 '로제타 세레 클라우디아'는 몇 명의 여자를 데리고 대학의 도로를 걷고 있었다.

로제타는 사복 차림이었다.

사이즈에 여유가 있는 튜닉이었지만, 큰 가슴은 어김없이 존재감을 발하고 있었다.

몸매가 좋아서 스키니 팬츠를 입어도 모양이 났다.

볼륨감 있는 긴 금발을 독특하게 세로로 말았고, 눈매도 날카롭고 눈동자도 파래서 주위에 약간 차가운 인상을 줬다.

그런 로제타가 사복 차림이라고는 해도 측근을 거느리고 있었다.

주변 사람이 보기에는 화려한 아가씨가 측근을 거느리고 있는 것처럼 보일 것이다.

그것도 틀린 말은 아니다.

번필드 백작의 약혼자라는 신분은 어설픈 아가씨들로서는 상대할 수 없다.

오만한 귀족 출신 여자들이 로제타의 존재를 알아차리고 길을 양보했다.

로제타는 마치 여왕과 같은 품격을 보였지만, 본인은 내심 난처해하고 있었다.

로제타는 주위에 시선을 돌렸다.

여러 행성에서 젊은이가 모여서 그 외견도 다종다양했다.

로제타 일행이 수수하게 보일 정도로 화려한 차림을 한 학생도 있다.

마치 가장대회나 문화제라도 열린 듯한 분위기다.

하지만 이것이 제국대학의 일상이다.

로제타 주위에는 번필드가의 영지에서 데려온 여자아이들이 측근으로서 시중을 들고 있었다.

주로 번필드가를 주군으로 모시는 집안의 딸들.

간단히 설명하자면, 리암을 모시는 부하들의 딸이다.

대학에서 로제타를 보조하기 위해 함께 입학하였다.

대귀족이 측근과 함께 입학하는 건 드문 광경이 아니다.

로제타처럼 측근을 거느린 자들도 자주 보였다.

그런 측근 아가씨들이 대학의 분위기에 들떠있었다.

"로제타 님, 가끔은 일반식당을 이용하시는 게 어떨까요?"

대학생이 되어 말쑥해진 한 아이가 제안하자, 고지식해 보이는 안경잡이 아이가 째려봤다.

"로제타 님께 일반식당을 이용하게 할 생각이야?"

일반식당은 값싸고 양이 많아 평민 출신 대학생들에게 굉장히 인기가 많았다.

다만 인기가 많은 만큼 점심때가 되면 금방 혼잡해졌기에, 여유 있는 학생들은 부지 안에 있는 비싼 레스토랑에서 점심을 먹었다.

말쑥한 아이가 볼을 부풀렸다.

"항상 같은 곳만 가면 질리잖아. 모처럼 대학에 왔으니, 더 다양한 사람과 교류하는 게 좋다고 생각해요."

"다, 당신, 아직도 그런 말을!"

안경을 쓴 아이가 말쑥해진 아이에게 화를 냈다.

다른 측근들도 말쑥해진 아이의 제안에 긍정적이었다.

로제타는 측근 아이들의 들뜬 마음을 알기에 그 제안을 받아들였다.

"일반식당도 가끔은 나쁘지 않지요. 오늘 점심은 거기서 먹을까요."

로제타가 제안을 받아들이자 측근들이 크게 기뻐했다.

안경을 쓴 아이가 제안을 받아들인 로제타를 보고 놀라 얼굴을 돌렸다.

들뜬 아이들에게 들리지 않도록 로제타에게 그녀들의 진의를 전했다.

"괜찮으신가요? 이들의 목적은 식사가 아닙니다만……."

가끔은 다른 곳에서 먹고 싶다고 말했지만, 사실 본심은 따로 있었다.

일반식당은 이용자가 많은 만큼, 만남의 장소이기도 한 것이다.

로제타도 물론 그 정도는 알고 있었다.

"그 정도는 저도 알고 있어요."

일반식당에서 헌팅은 흔한 일이다.

남녀 할 것 없이 마음에 드는 이성이 있으면 말을 거는 게 자연스러운 것이다.

일부 귀족들도 신분을 숨기고 놀 정도였다.

학생 시절의 놀이로서 자유로운 시간을 만끽하려는 거다.

물론 로제타의 측근들도 이성 놀이 상대를 찾을 생각이 만만

했다.

하지만 안경을 쓴 아이는 들떠있는 다른 측근들을 경멸하는 시선으로 바라봤다.

"정말 괜찮으신가요?"

로제타는 너무 고지식한 안경을 쓴 아이에게도 애먹고 있었다.

"도를 넘지 않으면 괜찮아요. 어차피 이 아이들은 정혼자도 없고, 누군가를 상처 입힐 걱정도 없으니까."

(이 아이는 긴장을 좀 더 풀면 좋을 텐데.)

말쑥한 아이는 긴장을 좀 과하게 푼 것 같지만, 안경을 쓴 아이도 너무 성실했다.

그러나 납득이 안 되는지, 안경을 쓴 아이는 저항했다.

"하, 하지만, 혼전 관계라도 하면 돌이킬 수 없게 됩니다."

혼전 관계를 신경 쓰는 자도 많다.

행성에 따라서는 중죄가 되는 경우도 있지만, 로제타는 신경 쓰지 않았다.

"요즘은 드물지도 않은 일이잖아요? 대학에서 장래의 상대를 찾는 사람도 많다고 들었어요. 진지한 교제라면 방해할 생각은 없어요."

시골에서 도시로 나와 신나서 떠드는 측근들.

로제타는 너무 풀어질까봐 걱정이기도 했지만, 너무 엄격하게 하면 불만이 나오리라.

그리고 이건 나름 좋은 기회이기도 했다.

(이 아이들의 됨됨이를 확인할 수 있으니까.)

방해할 생각은 없다.

다만, 도를 지나치면 책임을 물을 것이다.

그리고 로제타에게 중요한 건 측근 아이들이 아니라 리암이었다.

(달링은 정말로 여자애들과 놀 생각인 걸까?)

호텔 바에서 당당하게 여색을 탐할 것이라고 선언한 리암의 모습을 떠올렸다.

로제타는 움켜쥔 손을 가슴에 댔다.

리암이 다른 여자와 관계를 가지는 장면을 상상하면 가슴이 괴로웠다.

하지만 그녀는 그를 말릴 수 있는 입장이 아니었다.

(지금 달링의 입장이라면 더 많은 여자를 곁에 둬도 어쩔 수 없는 걸. 납득해야만 해, 로제타.)

로제타는 자신을 타일렀다.

이윽고 로제타는 측근 아이들에게 이끌려 일반식당으로 향했다.

평소에 이용하는 레스토랑과는 달리 일반식당에는 간이 테이블과 의자가 놓여있을 뿐이었다.

복작거리는 식당의 분위기는 로제타엔 당황스럽기만 했다.

(사람이 많고 소란스럽네…….)

유년학교에서도 다 같이 식당을 이용했지만, 그곳은 예절에 엄격해서 시끄럽진 않았다.

하지만 이곳은 대놓고 큰 소리로 떠드는 학생들도 있었다.

소란 속에서 로제타가 앉을 자리를 찾다가 낯익은 인물을 발견했다.

"아, 달링!"

거기에 있는 건 리암이었다.

의도치 않은 만남에 기뻐하며 다가가려 했으나, 그녀는 곧 걸음을 멈췄다.

(월레스와 진지한 이야기를 하는 걸까?)

리암은 유년학교 때부터 알고 지낸 월레스와 무언가 이야기 중이었다.

로제타는 방해하지 말고 떠나기로 했다.

(저런 표정이라면, 제3황자와 관련된 일인가? 달링은 대학에 와서도 바쁜 것 같네. 나도 뭔가 도울 수 있으면 좋을 텐데…….)

일반식당의 소란 속.

"너무 화내지 마, 리암. 내가 아침에 돌아온 이유는 놀아서 그런 게 아니라고."

머리에 혹이 생긴 월레스가 내 앞에서 변명했다.

참고로 월레스에게 꿀밤을 먹인 건 나다.

"매일 나쁜 친구들이랑 여러 술집을 돌아다니며 마신다고 들었는데? 그보다 내 돈으로 노는 거 아니냐? 나한테도 한턱내."

괘씸해서 한턱내라고 했지만, 월레스에게 용돈을 주는 건 나다.

아무런 의미가 없는 행위이다.

"그건 그냥 네 돈으로 네가 노는 거 아닌가? 그보다 진짜로 안 놀고 있다고!"

난 필사적으로 무고하다고 호소하는 월레스에게 어젯밤에 무슨 일이 있었는지 물었다.

"무슨 일 있었나?"

평소 불성실한 월레스가 놀지도 않고 아침에 돌아오는 건 이상하다.

그리고 오늘 아침부터 기운이 없고 고민에 빠진 얼굴을 하고 있었다.

엄청난 실패를 해서 초조해하는 줄 알았지만, 아무래도 아닌 듯했다.

"실은 형님들한테서 연락이 왔어."

"형님이라니, 누구? 세드릭?"

세드릭은 월레스와 같이 그 외 기타 등등 취급을 받는 황자다.

지금은 군에서 소장으로서 함대를 이끌고 있다.

"아니야. 계승권 제1위와 제2위 형님들이야. 이게 무슨 의미인지 알아?"

월레스의 시험하는 듯한 질문이 아니꼬웠다.

난 다른 사람을 시험하지만, 시험받는 건 싫다.

"날 시험하지 마. 결론을 말해."

약간 위협하자, 겁먹은 월레스가 결론을 이야기했다.

"째려보지 말아 줘. ──형님들이 널 포섭할 생각인 것 같아. 나에게 너와의 관계를 중개해달라고 부탁했어. 아, 진짜 하기 싫다. 궁정 싸움에서 도망쳤더니, 이런 식으로 다시 휘말리다니."

월레스는 이전부터 궁정 싸움에 엮이기 싫어했다. 한 번이라도 판단을 잘못하면 목숨을 잃기 때문이다.

후궁에 머무는 계승권 보유자는 못 해도 수천 명은 되겠지.

그만한 숫자의 후계자들이 서로 싸우고 죽이며 사라져가는 것이 계승권 다툼이다.

"나랑? 제3황자가 부른지 얼마 안 됐잖아?"

클레오 전하라고 했던가?

"그건 클레오가 네게 직접 면회를 요청한 거잖아. 이건 네가 날 통해서 형님들의 파벌에 들어가고 싶다고 요청해야 하는 상황인 거야."

"뭐?"

월레스가 이해하지 못한 나에게 자세히 설명했다.

"그러니까, 네가 먼저 머리를 숙이고 파벌에 넣어달라고 부탁을 해야 한다고. 선물까지 쥐여줘 가면서."

그건 나한테 머리를 숙이고 파벌에 들어오라고 월레스를 통해 명령했다는 말이잖아?

장난하나?

난 뇌물도, 윗선의 비위를 맞추는 것도 서슴지 않는다.

하지만 이건 다르다. 내게 머리를 숙이고 오라는 명령을 해? 나도 아첨할 상대 정도는 스스로 고른다. 타인에 의해 결정되는 건 싫다.

"태도가 거만하네."

"그야 당연하지. 가장 유력한 차기 황제잖아?"

오히려 거만한 게 당연했다.

"가만, 그럼 그 둘의 권력도 이미 상당하겠네?"

머릿속에 한 가지 불안이 스쳐 지나갔다.

전에 안내인이 말한 '진정한 적'에 대한 것이다.

질질 끌던 버클리가와의 전쟁이 끝을 맞이했을 때, 안내인이 내 앞에 나타나 진정한 적이 있다고 가르쳐줬다.

난 처음엔 황제가 수상하다고 생각했다.

이 나라의 최고 권력자이니 버클리가 정도는 마음대로 조종할 수 있을 것이다.

하지만 월레스의 이야기를 들어보면 황자들도 상당한 권력을 쥐고 있을 것이다.

버클리가를 뒤에서 조종할 수 있을 정도로는.

"당연하지. 수많은 귀족이 형님들을 위해 움직이고 있으니까. 그중에서도 두 형님은 강한 힘을 가지고 있어. 권력을 쥐는 거야 다른 형제들도 마찬가지지만, 그 둘은 특별해."

황태자와 제2황자는 특별하다.

"――그런가."

내가 꼬리칠 상대로는 어울리지 않아.

어쩌면 둘 중 하나가 버클리가를 뒤에서 조종했을 가능성이 있다.

태연하게 나가면 신나게 혹사당하고 갈려 나갈 것이다.

안내인이 일부러 나에게 충고를 한 상대다.

진정한 적이라고 했으니 나하고는 앞으로도 서로 충돌할 것이다.

그런 상대에게 스스로 머리를 숙이는 건 말도 안 된다.

"월레스, 그럼 그 둘에게 전해. ――거절한다고."

그 자리에서 거부하는 나를 보고 월레스는 턱이 빠지는 게 아닐까 싶을 정도로 입을 크게 벌리며 놀랐다.

"뭐어어어어?! 제정신으로 하는 소리야?! 차기 황제 후보 제1위와 제2위라니까?! 이걸 거절하면 확실하게 찍힐 거야!"

그래, 보통은 말도 안 되는 일이겠지. 귀족으로서는 잘못된 선택일 것이다.

그래서 어쨌다고?

"그 녀석들은 이제 내 적이야."

황태자와 제2황자는 버클리가를 뒤에서 조종했을 가능성이 높다.

황제도 믿을 수 없다.

그렇다면 어떻게 할 것인가? 간단하다.

"월레스, 계승권 제3위에게 제대로 된 후원자가 없다고 했었지?"

월레스를 통해 제3황자의 이야기는 이미 들었다.

혈통뿐인 계승권이고 제대로 된 후원자도 없는 황자.

다시 말해서 아무런 힘도 없는 황자님이다.

하지만, 그렇기에.

"그건 틀림없어. 외가조차 포기했다고 하니까."

"그 사람, 인품은 어때?"

"어, 인품? 뭐어…… 귀여운 동생이야. 아니, 불쌍하다고 해야 하나? 나조차도 동정심이 들 정도인데 당사자는 다부지게 행동하고 있으니까."

"네가 봤을 때는 나쁘지 않다는 거군."

"상위 셋 중에서는 압도적으로 인격적이지. 뭐, 이제 막 성인이 되었으니까 세상 물정을 모르는 면이 있지만. 그만큼 착실하고 착해. 미래까지는 보장 못 하겠지만."

마지막에 변심하는 것까지는 책임을 질 수 없다고 하는 걸 보니, 황족의 어둠이 느껴지네.

하지만 지금 한 이야기를 듣고 난 만족했다.

"충분해."

──나에게 클레오는 위협이 아니라는 것이 판명되었다.

아무런 실력도 없는 황자이니 버클리가를 뒤에서 조종했을 것으로 보긴 어렵다.

안전한 패인 것이다.

황제와 황태자, 그리고 제2황자는 내 '진정한 적'일 가능성이
있다.

설령 진정한 적이 아닌 사람의 파벌에 들어간다고 해도, 신참
은 부려먹힐 운명이다.

재미없다.

그리고 클레오는 나에게 후원자가 되어줬으면 좋겠다며 면회
를 요청했다.

핑계를 대고 만나지 않았지만.

"클레오 황자와 면회할 거야."

일반식당의 싼 것 치고는 맛있는 커피를 마시면서 그렇게 말하
자 월레스가 몸을 떨었다.

"어? 진심이야? 그 말은 곧——."

"내가 전력으로 클레오 황자를 지원해주지."

나에겐 그만한 힘이 있고, 앞에서 움직이는 건 어차피 부하들
이다.

내가 클레오의 후원자가 되고, 그대로 내 마음대로 움직이는
황제를 만드는 것도 재밌는 이야기 아닌가.

실로 악덕 영주다운 행동이다.

"재밌어지기 시작했어."

내가 그렇게 말하자 월레스는 힘없이 고개를 저었다.

"전혀 재미없어."

피로 피를 씻는 계승권 다툼에 내가 끼어들어 행패를 부려주지.

이기는 건 바로 나다!

경제적 문제에서 해방된 나는 강하다.

제국의 황자 둘 정도는 아무것도 아니다.

그리고 나에겐 강력한 수호신이 붙어있다.

안내인이 있으면 난 무적이다!

제국 수도성에서 멀리 떨어진 행성.

그곳에는 제국 이외의 성간 국가가 존재했다.

대륙과는 양식이 다른 건물이 대지를 메우고 있었다.

그중에서도 가장 높은 빌딩의 옥상에서 안내인이 대도시를 내려다보고 있었다.

돌풍이 부는 옥상에서 아무렇지도 않은 듯이 양팔을 벌렸다.

"난 지금까지 잘못하고 있었다."

현재까지를 반성한 안내인은 리암에게서 떨어져 와신상담하듯이 다른 행성── 제국과는 다른 성간 국가에서 부정적인 감정을 모으고 다녔다.

그 이유는 리암이 무섭기 때문.

무슨 짓을 해도 고마워해서 자신을 괴롭히는 리암을 두려워하여 먼 나라로 도망쳤다.

그 결과, 한 가지 결론에 도달했다.

"리암과 엮인 게 실패였다. 그리고 지금의 리암은 잔재주 정도로 어떻게 될 상대가 아니야."

냉정하게 리암의 강점을 분석한 결과, 제국 내에서 처리하는 건 어렵다는 결론에 도달했다.

그렇다면 포기하는가?

그렇지 않다.

안내인은 양손을 하늘로 향했다.

"제국을 통째로 멸망시켜버리면 되는 거다! 리암을 죽일 검사는 야스시가 키우고 있어. 그에 맞춰서 제국이 멸망할만한 흐름으로 끌어들이는 거야."

그건 다른 성간 국가도 끌어들여 성대하게 리암을 죽이려는 계획이었다.

그러기 위해 무엇이 필요한가?

"우선은 이 나라에 있는 불화의 싹을 키우자. 제국 주변의 나라들에 불을 붙이며 돌아다니고, 언젠가 큰 불길이 되어 제국을 덮치게 하는 거야!"

제국의 주변국에 불을 붙이며 돌아다닌다.

이윽고 불은 큰 불길이 되어 제국을 불태울 것——이라고 안내인은 생각했다.

"제국과 인접한 모든 나라를 끌어들이자! 제국을 중심으로 분명 큰 혼란이 일어나겠지!"

안내인은 리암을 죽이기 위해서만 다른 성간 국가도 끌어들여

성대한 계략을 준비하기로 했다.

하지만 리암 본인에 대해서는 지금까지와는 다른 대응을 생각하고 있었다.

그건 아무것도 하지 않는 것이다.

"리암에겐 아무것도 하지 않겠다. 지금 내가 리암에게 뭔가를 하면 분명 네가 이득을 보게 되겠지. 하지만 잊지 마라── 난 널 불행하게 만들기 위해 움직인다!"

안내인은 외쳤다.

지금까지 이 방법 저 방법으로 리암이 불행해지도록 관여해왔지만, 그게 틀렸다고 깨달았기 때문에.

차라리 아무것도 안 하는 것이야말로 리암에게 최대의 위기를 만들어주는 것이라고 필사적으로 믿으려고 했다.

"리암, 네 감사가 닿지 않는 이곳에서 내가 널 죽여주마!"

먼── 아주 먼 곳에서 안내인은 리암에 대한 살의를 보였다.

그날, 제국의 궁전에 큰 파문이 일었다.

황태자인 '칼뱅'에게 소식이 들어가자 바로 대책 회의가 열렸다.

소집된 칼뱅을 지지하는 귀족들.

대부분이 대귀족인데, 그들은 소식을 듣고 난감해하고 있었다.

"한물간 가문이 세력을 조금 회복했다고 기어오르는군."

"조금? 그 인식을 고치는 편이 좋을 거다. 지금의 번필드가는 과거의 그 어느 때보다 강하다. 현재의 당주는 틀림없는 걸물이다."

"그렇다고 해도, 황태자 전하의 권유를 거절하다니. 지나치게 거만하군."

칼뱅에게 리암이 클레오── '클레오 노아 알바레이트'에게 면회를 요청했다는 소식이 전달되었다.

그저 단순한 면회였다면 당황하지 않았겠지만, 클레오에 주변에 심어둔 스파이는 리암이 전면적으로 클레오를 지원할 생각이라고 보고했다.

귀족들은 이전부터 번필드가의 동향에 주목하고 있었다.

힘을 얻은 번필드가가 대체 누구의 편을 들 것인가? 하고.

칼뱅인가, 아니면 라이너스인가?

그런데 번필드가는 그 어느 쪽도 아닌, 클레오의 편을 들었다.

리암의 예상 밖의 행동에 귀족들은 크게 당황했다.

"번필드가와 친한 귀족들이 어떻게 판단할지 궁금하군."

"변경 귀족은 궁정을 싫어하니 도와주는 녀석들도 있겠지."

"클레오 전하의 파벌이 제3세력으로 부상하는 건가? 이 시기에 그건 좋지 않은데."

회의를 듣고 있던 칼뱅은 수염을 기른 호청년 같은 외모의 소유자였다.

길고 곧은 머리카락의 끝은 바깥으로 말려있었다.

자기 파벌의 귀족들이 하는 이야기를 들으면서 조금 섭섭해하는 표정을 지었다.

"아무래도 내 권유는 번필드 백작에게 차인 모양이군. 하지만 굳이 클레오의 편을 드는 이유를 모르겠는데……. 월레스였나? 동생이 옆에 있다면 클레오가 어떤 녀석인지 이야기를 들었을 텐데."

회의 중에 월레스의 이름이 나왔지만, 귀족들은 그다지 중요시하지 않는 눈치였다.

월레스의 이름이 언급되자 월레스와 친교가 있는 세드릭의 이름도 거론되었다.

"월레스 전하는 우주군에 계신 세드릭 전하와 친했을 터."

"세드릭 전하는 소장이었던가? 분명 번필드 백작의 지원을 받았었지."

"그렇다면 두 분은 저쪽 파벌이군. 그 외에도 돕고 있는 황족분들이 있으면 귀찮아질 거다."

황족들 사이에서도 클레오를 지원하는 동향이 생기는 것은 귀족들에게도 귀찮은 일이었다.

칼뱅은 깊은 한숨을 쉬었다.

"그다지 형제를 잃고 싶지는 않은데."

그런 칼뱅에게 귀족들이 직언을 올렸다.

소극적인 말을 한 칼뱅을 꾸짖는다기보다는 안위를 걱정했다.

"황태자 전하, 동정은 원수가 되어 돌아옵니다."

"어설프게 자비를 베풀면 황태자 전하의 목숨이 위험해집니다."

"지금은 황족분들의 주변 상황을 재검토할 필요가 있습니다."

귀족들은 자신에게 불리한 일이 생기면 황족이라고 해도 여지 없이 실각시킬 생각이었다.

그들은 칼뱅을 황제로 만들기 위해 필사적이었다.

칼뱅이 황제로 즉위한다면 요직을 받을 수 있기 때문이다.

그뿐만이 아니라 여러 특권도 얻을 수 있을 것이다.

하지만 칼뱅이 실각하면 차기 황제에게 보복을 당한다.

한 귀족이 가장 성가신 적에 대해 이야기했다.

바로 황위 계승권 제2위인 '라이너스 노아 알바레이트'였다.

"라이너스 전하도 이 타이밍을 놓치지 않고 움직일 겁니다. 황 태자 전하, 서둘러 움직이셔야 합니다."

제국 내외 상황을 통틀어, 지금이 계승권 다툼을 벌일 절호의 기회였다.

칼뱅은 잠시 고민하더니 고개를 끄덕였다.

"라이너스가 야심을 좀 더 억눌렀다면 내가 움직일 일도 없었 을 텐데."

◇ ◆ ◇ ◆ ◇

후궁의 다른 곳에는 제2황자의 파벌이 모여있었다.

라이너스, 키가 크고 눈매가 날카로우며 여우상을 가진 미남이다.

그는 주변에 위압감을 뿜어내고 있었다.

라이너스는 칼뱅을 밀어내고 황제의 자리를 차지하려는 야심을 품은 남자이다.

그러나 아직은 칼뱅의 세력이 더 강한 탓에 라이너스는 여유가 그다지 없었다.

"클레오에게 보낸 스파이에게서 보고가 들어왔다. 번필드 백작이 내 권유를 거부했다는군."

그 말을 들은 귀족들이 초조해했다.

"이럴 수가!"

"라이너스 전하의 권유를 거절하다니!"

"전하, 어떻게 하시겠습니까?"

라이너스는 변경의 시골 귀족에게 무시당한 것이 화가 나서 견딜 수가 없었다.

"백작은 우리가 아니라 클레오를 선택했다는 모양이다. 이게 무슨 의미인 것 같나? 우리보다 클레오가 더 뛰어나다는 뜻인가?"

라이너스가 의견을 요구하자 귀족들은 침묵해버렸다.

어중간한 의견을 내서 노여움을 사고 싶지 않은 탓이었다.

라이너스 곁에 모인 귀족들은 칼뱅의 파벌보다 여러 면에서 뒤떨어지는 자들이었다.

재력이나 군사력은 물론, 자질, 실력, 지위, 심지어 가문의 전통이나 역사도 그들만 못했다.

이것이 라이너스 파벌의 실태였다.

황태자인 칼뱅의 파벌에 들어갈 능력이 없어서 차선인 라이너스에게 붙은 자들도 많았다.

라이너스를 꼭두각시 황제로 만들어 단물을 빨아먹으려는 대귀족도 있었지만, 칼뱅 파벌의 세력에 비할 바는 아니었다.

그러므로 불안 요소가 가득한 이들에게는 최근 들어 두각을 나타낸 번필드가의 힘이 꼭 필요했다.

하지만 라이너스의 권유는 거절당하고 말았다

"일개 변경의 백작 주제에 감히 내 권유를 거절하고 시원찮은 클레오 놈에게 붙었다──. 용서할 수 없군."

라이너스가 무슨 말을 하고 싶은 건지 헤아린 귀족이 간언했다.

"전하, 지금 번필드가와 충돌하는 것은 상책이 아닙니다. 자칫 황태자 전하에게 어부지리로 작용할 수 있습니다. 또한 주변국의 동향도 방심할 수 없습니다. 지금 그들을 상대하는 것은 어리석은 일입니다."

최대 라이벌인 칼뱅과 싸우는 중에 쓸데없는 곳에서 기운을 뺄 수는 없는 노릇.

라이너스도 그 말에는 공감했지만, 그의 자존심이 납득할 수 없었다.

"고작 백작 나부랭이를 상대로 참으란 말인가? 그거야말로 내 도량이 의심받는 일 아닌가!"

그러자 주위의 귀족들이 필사적으로 라이너스를 말렸다.

"시기를 살피셔야 합니다. 더구나 번필드가는 단순한 백작이 아닙니다. 버클리가를 물리치지 않았습니까."

다른 귀족이 지금은 때가 좋지 않다며 라이너스에게 논리정연하게 이야기했다.

"전하, 지금 우리는 주변국에 대한 간섭도 있어서 만전을 기할 수 있는 상태가 아닙니다. 그런 상태로 번필드가의 꼬맹이와 소동을 일으키는 것은 좋은 계책이 아닙니다."

그러자 라이너스는 대담하게 웃음을 지었다.

"그 정도는 나도 안다! ──하지만 놈에게 책임은 물어야 하지 않겠나? 감히 내 제안을 거절하고 얼굴에 먹칠을 했는데. 그냥 넘길 수는 없지."

귀족들의 시선이 서로 복잡하게 얽혔다.

당장 번필드가와 전면 전쟁을 할 생각은 아니라는 걸 알고 다들 안도하는 분위기였다.

"그러시면 어찌하시겠습니까?"

웃음을 띤 라이너스는 가까이에 번필드가의 자료를 투영하여 확인했다.

그는 번필드가가 어떤 수단으로 재산을 모았는지를 살펴보았다.

"놈의 재원은 풍부한 레어 메탈인데, 얼마 전에 제국에 대량으로 매각했군. 덕분에 제국 내의 레어 메탈 부족도 다소 개선되었고."

라이너스가 하고자 하는 말은 '번필드가에서 파는 레어 메탈 매입을 규제하라'는 것이었다.

라이너스는 이어서 말했다.

"놈은 분명 다른 나라에도 레어 메탈을 팔아치워 막대한 재산을 모았을 것이다. 그런 무엄한 놈에겐 제재가 필요하겠지?"

"번필드가에 누명을 씌우실 생각이십니까?"

"누명이라니? 그게 누명이라는 걸 어떻게 증명한단 말이냐? 어차피 놈도 뒤가 구린 일에 손을 댔을 것이다. 털면 허물 한 두 개는 나오겠지."

레어 메탈 건이 누명이라고 밝혀지더라도 조사하여 새로운 죄를 찾으면 그만이다.

없으면 날조할 생각이었다.

그러자 한 귀족이 문제를 제기했다.

"전하, 번필드가에는 클라베와 뉴랜즈 같은 큰 상회가 어용상인으로 붙어있습니다. 레어 메탈 판로를 완전히 막는 건 사실상 어렵습니다. 또한, 오히려 섣불리 압박했다가 놈이 정말로 다른 나라에 팔면 골치 아파질 수도 있습니다."

라이너스도 어용상인 건은 알고 있었다.

"정확히는 클라베의 엘리엇과 뉴랜즈의 파트리스가 그 녀석의 어용상인인 거지. 상회 자체는 번필드가를 지원하고 있지 않아.

이게 중요한 점이다. 상회에 그 녀석들을 제거하고 싶은 놈들이 반드시 있을 테지."

번필드가에 못을 박기 위해 그 둘을 내쫓는다.

귀족들은 '그 정도라면'이라며 납득했다.

너무 심하게 싸우면 칼뱅 파벌과의 싸움에 지장이 생긴다.

라이너스는 리암이 제국을 배신했을 때의 전개도 예상했다.

"번필드가가 다른 나라에 레어 메탈을 유출했다면 그야말로 절호의 기회지. 그 사실로 놈에게 더한 제재를 가해주지. 그쪽에서 용서를 빌면 내 파벌에 들인 다음 마음대로 부려먹을 거야."

고작해야 변경의 백작. 제국을 상대로는 싸움조차 안 된다.

결국엔 자신이 이길 것이라고, 라이너스와 귀족들은 확신했다.

한 귀족이 라이너스의 의견에 찬성했다.

"그럼 때를 보아서 타협해주십시오. 그를 아군으로 삼아 황태자 전하와의 싸움에 이용할 수 있다면 참 좋지 않겠습니까. 황태자 전하도 한 번 권유를 거절한 번필드가에 다시 손을 내밀 것 같진 않지만, 너무 몰아붙이면 우리에게 원한을 품고 손을 잡을 가능성도 있습니다."

귀족들의 걱정은 지당하다며 라이너스도 납득했다.

"물론이다. 일단 날 거스른 것은 한 번 후회하게 해줄 거지만. 놈이 내 앞에서 용서를 비는 모습이 벌써 기대되는군."

"건배~!"

소란스러운 대중 술집.

이 술집은 대학과 가까워서 밤만 되면 학생들이 몰려들었다.

술집의 매상이 대부분이 학생들 주머니에서 나왔기에 가게도 그들을 환영했다.

이 가게에 온 학생들은 대부분 미팅하며 노는데——.

그런데 왜 우리는!

"월레스, 이게 어떻게 된 거냐!"

월레스와 카운터석에서 쓸쓸하게 술을 마시던 나는 불만을 토로하지 않을 수 없었다.

카운터에 유리잔을 세게 내리쳤지만 튼튼해서 깨지지 않았다.

월레스는 내가 그러거나 말거나 혼자서 도수가 높은 술을 연신 비워댔다.

나는 홧김에 손을 뻗어 월레스를 붙잡아 얼굴을 끌어당겼다.

"내가 미팅 자리를 만들라고 하지 않았나? 예쁜 여자를 데려온다는 약속은 어떻게 됐어?"

멱살을 잡고 흔드니 월레스가 이상한 웃음소리를 냈다.

조금 기분 나빠서 무서웠다고.

"알 게 뭐야. 끝이야. 난 끝장났다고. 형님들의 입에서 내 이름이 나왔단 말이다. 이제 난 질척질척한 계승권 싸움에 말려들 거야."

월레스가 고장 났다.

여자애들을 부르겠다고 약속했건만, 지금 우리는 소란 속에서 쓸쓸하게 술을 마시고 있었다.

"쯧, 미팅을 기대하고 있었는데."

오늘이야말로 여자와 놀 수 있다며 기대하고 있었는데 아쉬워서 견딜 수가 없다.

그러나 월레스는 아무리 질책해도 웃기만 할 뿐, 제대로 된 대답을 하지 않았다.

결국 포기하고 놓아주니 그는 다시 술을 마시기 시작했다.

"리암은 바보야! 형님들한테 원한을 사다니! 이젠 틀렸어! 누가 황제가 되어도 우리는 파멸이야!"

계승권 다툼이라는 것은 목숨을 걸고 하는 싸움이다.

섣불리 누군가를 편들었다가 패배하면 꼼짝없이 파멸한다.

심지어 파멸하는 과정도 황제의 성격에 따라 다양하다.

단순 처형이 그나마 나은 수준.

계승권 다툼을 하다가 죽었다면 모를까, 끔찍한 고문이 기다릴 것이다.

월레스는 그걸 두려워하여 계승권 다툼에 관여하지 않았던 황자다.

그렇게 생각하고 있으니 왠지 월레스가 불쌍해서 술을 따라주는 척을 하며 잔에 물을 따랐다.

자기가 뭘 마시는지도 모르는 월레스는 물을 술인 것처럼 홀짝홀짝 마셨다.

"좀 진정해. 내가 아무런 승산도 없이 제3황자의 편을 들었을 리가 없잖아?"

"대체 어디에 승산이 있는데?! 클레오는 처음부터 질 수밖에 없는 운명이라고! 승산이 아예 없단 말이다!"

월레스가 대체 뭘 보고 그리 단언하는 건지 문득 의문이 들었다.

계승권 다툼에서 제3세력이 부상하는 건 그리 드문 일도 아닐 터인데.

"대체 왜 그렇게 생각하는데?"

그러자 월레스가 굉장히 씁쓸한 표정으로 고개를 숙였다.

마치 클레오를 동정하는 것 같았다.

"클레오는 여자야. 아니, 여자였지. 전직 여자야."

"그게 뭔 소리야?"

"여자애로 태어났는데 친어머니가 남자라고 우겼어!"

나는 이게 무슨 말인지 이해할 수가 없었다.

이 세계는 마법과 과학기술이 함께 발전했다.

그런데 태어날 아이의 성별 하나 의도적으로 결정하지 못한다고?

아니, 설령 그렇다고 하더라도 성전환이 대수롭지 않은 세계가 아닌가.

"처음부터 남자애를 낳으면 되잖아? 아니면 성전환을 하던가."

당연한 의문에 월레스는 궁정 안의 사정을 가르쳐줬다.

"──아버지의 취미야. 클레오의 모계는 원래 아버지와 적대하던 파벌이었어. 그러나 결국 아버지가 황제가 되었고, 그들은 클레오의 어머니를 제물로 바쳤지. 아버지는 용서했다고 말하지만, 황제가 되기 전에 몇 번이나 고생시켰던 걸 생각하면 용서했을 리가 없어."

클레오의 어머니의 집안은 규모도 크고 힘도 있었다.

황제는 마지못해 타협했지만, 원한은 잊지 않았다.

그리고 음습한 복수가 시작됐다.

"아이의 성별을 바꾸지 못하도록 막고, 의사를 포섭해서 태어나기 전까지 성별도 감추게 시켰지. 클레오의 어머니는 세 명을 낳았지만, 결국 셋 다 여자아이가 태어났어. 이렇게 되면 그들의 입지는 몹시 어려워지게 돼."

"어째서?"

"후궁에서 설 자리가 없어지니까. 다른 부인들은 남자아이를 낳을 때마다 클레오의 친어머니는 그녀들보다 서열이 내려가는 거야."

고작 그런 걸로, 라는 말로 넘어갈 일이 아니다.

후궁에 평생을 보내는 여성들에게는 후궁이야말로 세상의 전부다.

후궁에서의 서열이 곧 사회적 입지가 되는 것이다.

자존심 강한 귀족 여성이라면, 이토록 굴욕적인 일은 없으리라.

"그래서 클레오의 성별을 속인 건가?"

"아니, 듣기로는 클레오를 남자로 만들었대. 그걸 들은 아버지는 웃으면서 말했지. 그럼 제3위의 황위 계승권을 주겠다고."

"그럼 결국 아무런 문제도 없는 거 아니야?"

성전환조차 자유자재다. ──다시 생각해보면 이 세계는 굉장하구나.

술집에서 떠들고 있는 녀석들을 둘러보았다. 이 안에 성전환한 녀석이 있을지도 모른다고 생각하니 이상한 기분이 들었다. ──이 세계에서 성별이란 뭘까?

월레스가 잔을 카운터에 세게 내려놓았다.

"문제가 왜 없어! 이런 식으로 계승권을 받는 게 가능해지면 여동생들이 죄다 남동생이 될 거 아냐! 당연히 금지 사항이지. 그래서 아버지는 클레오를 웃음거리로 만들었어. 성별을 속여 왕자가된 어리석은 자라고 조롱했지."

궁정 안에서는 계승권을 가진 아이들의 성전환이 금지되어 있다고 한다.

계승권 다툼이 더 복잡해지는 걸 우려해서일까?

황제가 되고 싶어서 남자가 되는 황녀가 있으면, 월레스처럼 계승권 다툼에서 도망치고 싶어서 굳이 여자가 되는 황자도 나타날 것이다.

그렇게 되면, 뭐가 뭔지.

어쨌든 클레오의 황위 계승권 제3위는 장식이며, 현재의 처지는 미묘함을 넘어 열악했다.

월레스의 이야기를 듣고 생각했다.

──이건 기회다.

"오히려 좋네."

내가 웃음을 띠고 잔에 든 술을 들이켜자 월레스는 눈을 깜빡였다.

"뭐가?! 이야기 들었냐?! 클레오한테는 가망이 없다고!"

"그럴 리가! 남자로서 일할 수 있으면 아무 문제없어. 오히려난 그런 녀석을 기다리고 있었어."

내 잠정적 적인 황제에게 적의를 품고 있을지도 모르지 않는가.

적의가 없더라도 사이가 좋지는 않을 것이다.

다시 말해서 클레오는 내 '진정한 적'들과 연결점이 거의 없는적당한 황자였다.

그뿐만 아니라 황제를 원망하고 있다── 공통의 적을 두고 있다는 것이다.

황제가 내 적이라면, 말이지만.

역시 난 운이 좋다.

클레오 같은 존재가 있으니 말이야.

"월레스, 오늘은 미리 축하하는 날이다. 마음껏 마셔도 좋아."

그렇게 말하고 가게 주인에게 비싼 술을 가져오라고 부탁하자,월레스가 다시 술을 마시기 시작했다.

"말 안 해도 전부 마셔버릴 거야! 젠자아아아아앙!!"

우주공간.

그곳은 번필드가가 관리하는 공역이었다.

어두운 우주공간 속에서 가느다란 빛이 여럿 발광하고는 사라져갔다.

거기서 벌어지고 있는 일은 우주공간에서 처러지는 전투였다.

"첸시! 들리면 대답해라!"

(왜 이런 녀석이 내 부대에 배속된 거지?!)

전장을 중후한 느낌이 있는 기체—— 라쿤이 내달렸다.

제7병기공장이 차세대기로 개발한 기동기사에 탄 사람은 '클라우스 세라 몬트'였다.

300세를 넘긴 기사이며, 약간 늙은 30대의 외모를 지닌 남자다.

지금까지 고생을 거듭해와서인지, 나이보다 얼굴이 늙어 보이는 것이 본인의 고민거리 중 하나였다.

그가 현재 섬기고 있는 집안은 번필드 백작가다.

하지만 그는 티아나 마리처럼 과도한 충성심은 없다.

기사로서 충성심은 있지만, 그것뿐이다.

우수하지만 도가 지나친 티아나 마리와 비교하면 능력으로는 뒤떨어지는 일반적인 기사다.

노련한 경험을 바탕으로 동요해도 얼굴이나 태도에 드러나지 않는 게 특기인 기사.

클라우스가 탄 라쿤은 녹색으로 도장된 중무장형이었다.

등에 컨테이너를 지고, 오른팔에는 기동기사용 개틀링건을 장비했다.

그 외에도 중화기를 든 지원기가 클라우스가 타는 애용기였다.

녹색 라쿤이 쫓고 있는 것은 침입해온 해적을 쫓아다니는 빨간 테우멧사였다.

마찬가지로 제7병기공장제지만 라쿤보다 늘씬하고 여우와 비슷한 모습을 하고 있었다.

양팔의 옵션 파츠는 철퇴와 빔으로 연결되어 있다.

두 개의 철퇴를 휘두르는 빨간 테우멧사는 아군을 무시하고 적진으로 쳐들어가고 있었다.

『시시한 적뿐이네.』

파일럿은 '첸시 세라 토우레이'.

빨간 파일럿 슈트 차림의 여자는 콕핏 안에서 헬멧을 벗고 있었다.

윤기 있는 흑발을 트윈테일로 묶고 있었다.

피부는 하얗고 위로 치켜 올라간 눈꼬리를 빨갛게 칠했다.

립도 짙은 빨간색이다.

마치 인형처럼 귀엽고 날씬한 몸매를 가진 미소녀.

하지만 그 실상은 전투에 홀린 기사이다.

"돌아와, 첸시!"

『싫어.』

바로 명령을 거부당했지만 클라우스는 홀로 적 해적선 무리에 돌격하는 첸시를 방치할 수 없었다.

라쿤의 어깨에 단 미사일 포드로 대량의 소형 미사일을 발사해서 지원했다.

(왜 내 부하들은 하나같이 혈기왕성한 거냐?!)

그는 번필드가에서 잡무 담당이라 불리며 주위의 귀찮은 일을 떠맡는 처지를 자처했었다.

그러나 클라우스 아래에 모이는 부하들은 하나같이 귀찮은 기사들이었다.

성가시고 만만치 않은 부하들을 떠맡게 된 것이다.

첸시도 그중 한 명이었다.

일반인을 뛰어넘는 힘을 지닌 기사는 때때로 전투에 홀린다.

목숨을 건 싸움 외에는 흥미를 보이지 않으며, 싸움 속에서만 살아갈 수 있는 슬픈 존재다.

그중에서도 가장 성가신 것이 첸시처럼 피아 상관없이 덤벼드는 기사다.

싸울 수만 있으면 그만이다. 그게 적인지 아군인지는 상관없다.

이런 기사는 전장에서 혼란을 틈타 처치할 법도 하지만, 성가시게도 첸시의 실력이 뛰어나 불가능했다.

함대 지휘 실력은 별로지만, 기동기사 조종이나 육탄전에서는 번필드가의 기사 중에서도 정점을 다투었다.

그렇기에 첸시는 다루기 어렵고 위험한 기사였다.

클라우스 곁에 네반을 탄 부하들이 모여왔다.

제3병기공장에서 양산된 차세대기다. 지금 라쿤을 탄 사람은 클라우스 혼자였다.

『클라우스 대장, 그냥 내버려두시지요.』

『맞아요. 너무 위험해요. 아군도 죽이는 놈이잖아요.』

『차라리 뒤에서——.』

부하들은 첸시를 무서워했다.

그 이유는 첸시가 번필드가에 흘러들어온 기사이기 때문이었다.

대대로 가문을 섬긴 가신이 아니며, 번필드가에 대한 충성심도 없다.

심지어 전에 섬기던 가문에서는 명령이 싫어서 상사를 죽였다.

그리고 자신을 추격하던 기동기사와 전함을 혼자서 격침하고 도망쳤다.

피아 구분 없는 싸움. 유능하지만 누구도 길들일 수 없는 맹수 같은 존재였다.

출신이 그렇다 보니 다른 부하들은 언제 자신이 희생당할지 몰라 두려워하고 있었다.

"안 돼. 이 상황을 타개하려면 첸시의 힘이 필요해. 적의 수는 우리의 배라고. 같은 편끼리 싸울 때가 아니야."

클라우스 일행이 있는 번필드가의 함대 수십 척이 마주한 건 100척 가까이 되는 해적선 무리였다.

이미 본부에 보고했지만, 증원이 도착하려면 아직 멀었다.

보통은 아군의 도착을 기다렸겠지만, 해적들이 먼저 공격한 탓에 전투가 시작됐다.

"첸시를 지원한다. 아군이 도착할 때까지 놈들을 이곳에 묶어 둔다!"

『──확인.』

클라우스의 명령에 마지못해 따르는 부하들.

라쿤의 오른손에 들린 개틀링건이 불을 뿜었다.

클라우스는 속으로 몹시 난감해하고 있었다.

(첸시는 말을 안 듣는데, 임무는 수행해야 하고…….)

기사로서 성실한 클라우스는 책임감이 강했다.

"제, 제가 리암 님의 호위 말인가요?"

순찰 임무 중에 해적을 조우하여 이를 격파한 클라우스.

그를 기다리고 있던 것은 배치전환이었다.

제국 수도성에 체재하고 있는 아마기는 장거리 통신으로 클라우스에게 고했다.

『바로 부대를 재편하여 함대를 이끌고 제국 수도성으로 오세요.』

클라우스는 속으로 식은땀을 흘리면서 담담하게 말하는 아마기에게 물었다.

뭔가 잘못된 것이길 빌면서.

"뭔가 착오가 있는 거 아닙니까? 전 높이 평가받을만한 활약을 하지 않았습니다. 리암 님을 호위한다면 정예를 보내야 합니다."

『네, 그래서 가장 평가가 높은 당신을 추천했습니다. 주인님의 허가도 얻었고, 군부도 재편 준비에 들어갔습니다.』

"절 높이 평가했다고요? 저기, 그거야말로 이상하지 않습니까? 전 다른 사람들과는 달리 화려한 활약이 없어요."

클라우스의 기사로서의 활약은 잡무 담당이라 불릴 정도로 수수했다.

하지만 상대는 아마기―― 인공지능을 탑재한 메이드로봇이다.

『어렵고 크게 인정받지 못하는 임무에서 높은 달성률을 유지하고 있습니다. 또한 다루기 어려운 부하를 잘 다루고 있지요.』

다루기 어려운 부하라는 말을 듣고 바로 첸시의 얼굴이 떠올랐다.

"아니, 그건 그렇지만……."

(진짜 아슬아슬하다구요. 언제 부대가 붕괴해도 이상하지 않다니까요!)

자신을 과대평가하는 아마기에게 실정을 설명하려고 했지만 때를 맞추지 못했다.

『그럼, 수도성에서 기다리겠습니다.』

통신이 끊기자 클라우스는 얼굴의 핏기가 가시고 파랗게 질렸다.

"왜 이렇게 됐지?"

요즘 한숨이 늘어 의식하고 있지만 멈추지 않았다.

이유는 간단하다.

안정된 생활을 추구할 뿐, 출세에는 그다지 뜻이 없기 때문이다.

그런데 어째서인지 리암의 호위로 선출되어 수도성으로 가게 됐다.

더구나 애석하게도 시기가 안 좋았다.

번필드가의 필두기사인 크리스티아나와 차석기사인 마리.

그 두 명이 리암의 노여움을 사서 지위를 박탈당했다.

현재는 각자가 이끄는 파벌이 다시 필두 지위를 얻으려고 격렬한 파벌 싸움을 하고 있다.

즉, 격렬한 공적 쟁탈전이 한창이다.

그런 와중에 클라우스가 리암의 호위로 들어가면 양 파벌은 달갑게 여기지 않을 것이다.

지금도 복도를 걷는 클라우스를 보는 기사들의 시선에 살기가 어려있었다.

지금까지 견제하지 않고 평범한 활약밖에 하지 않은 기사가 리암의 신뢰를 얻은 것이다.

티아도 마리도 현재는 리암의 신뢰를 회복하기 위해 한창 해적을 사냥하는 중이다.

그 틈을 노려 클라우스가 한 걸음 앞서는 모양새가 되었다.

"난 출세 같은 건 딱히 관심 없었는데."

누군가를 도우면서, 전장에서도 공을 양보하고 있다.

평범한 일을 좋아했던 것도 있지만, 그러다 보니 그냥 출세해 있었다.

처음엔 좋은 평가를 받아 기뻤지만, 이런 위치에까지 발탁되면 기가 죽는다.

그런 클라우스에게 적대하는 기사들보다 더 성가신 존재가 나타났다.

기사들은 호의적인 시선을 보냈지만, 그들은 클라우스에게 있어서 굉장히 귀찮은 존재들이었다.

"클라우스 대장, 축하합니다! 이건 뭐, 다음 필두기사는 클라우스 대장으로 내정된 거나 마찬가지네요!"

"리암 님의 호위라니, 가문 제일의 신뢰를 얻었다는 증거잖아요! 크리스티아나파와 마리파 놈들이 분하다는 얼굴을 하고 있었어요!"

"필두기사는 클라우스 대장으로 정해졌네요! 크리스티아나나 마리 따위는 클라우스 대장의 적수가 아니죠."

티아와 마리의 파벌에 소속된 기사들이 클라우스의 부하들의 이야기를 듣고 더더욱 날카로운 시선을 보냈다.

악질적인 건 클라우스의 부하들도 그걸 알면서 이런다는 점이었다.

알고서도 클라우스를 치켜세워서 주위를 도발했다.

(너흰 나한테 원한이라도 있는 거냐?! 주위에 좀 더 신경을 쓰라고!!)

그런 혈기왕성한 부하들이 클라우스를 중심으로 파벌을 만들기 시작했다.

(왜 이렇게 됐지?)

번필드가의 기사들 사이에는 몇몇 파벌이 존재한다.

티아나 마리 파벌 외에도 리암을 섬기면 마음껏 싸울 수 있다면서 들어온 자들이 있었다.

그 외에는 힘 있는 번필드가에 들어온 일반기사들이다.

그런 그들에게 있어서 리암의 호위로 지명된 클라우스는 희망의 별이었다.

클라우스는 작은 한숨을 쉬고 부하들을 진정시키게 되었다.

"진정해. 우리에게 내려진 명령은 수도성으로 가서 리암 님을 호위하는 것이다. 서둘러 수도성으로 오라는 명령을 받았다. 너희도 제대로 준비해두도록."

부하들은 냉정하게 명령하는 클라우스에게 기민한 동작으로 경례했다.

"네!"

부하들이 떠나가자 클라우스는 어깨를 축 늘어뜨렸다.

"평범한 기사대로 돌아가고 싶어."

속마음을 흘린 클라우스에게 다가오는 인물이 한 명.

접근한 걸 알아차리지 못하고 경계하니 품으로 파고들었다.

상대는 입술끼리 닿을 것 같은 거리까지 접근해 있었다.

"첸시, 무슨 일이지?"

"별로 놀라지 않네, 클라우스. 좀 섭섭해."

장난이 실패하여 어깨를 으쓱이는 첸시는 상사인 클라우스의 이름을 편하게 불렀다.

새삼스럽게 꾸짖을 마음도 들지 않는 클라우스에게 첸시가 넋을 잃은 표정을 보였다.

아무것도 모른다면 미녀가 자신에게 반한 것으로밖에 안 보일 것이다.

하지만 평소의 첸시를 알고 있는 클라우스는 두려워하고 있었다.

(얘는 또 무슨 생각이지?)

파일럿 슈트를 벗은 첸시는 민족의상 같은 옷을 입고 있었다.

빨갛고 슬릿이 있는 드레스.

"클라우스, 나도 수도성에 갈 거야."

"뭐, 뭐라고?"

첸시는 클라우스에게 자신도 수도성에 데려가라고 말했다.

"소문이 자자한 일섬류를 보고 싶어. 재밌겠지?"

웃으면서 재밌겠다고 말하는 첸시를 보고 클라우스는 위험을 느꼈다.

(이 녀석, 설마 리암 님께 도전할 생각인가?)

실력이 뛰어난 기사 중에는 이따금 하늘 높은 줄 모르는 자가 있다.

첸시도 그런 느낌인데, 타고난 재능 덕에 지금까지 패배를 모르는 듯했다.

아마 자신은 리암도 이길 수 있다고 생각하고 있을 것이다.

클라우스는 작게 한숨을 쉬고 첸시를 노려봤다.

"리암 님의 요망으로 너도 지명됐어. 유감스럽지만 수도성에 데려갈 예정이다."

"어머? 지명을 받았어? 혹시 날 유혹하는 건가?"

큭큭 웃으며 신비한 분위기를 내는 여자를 앞에 두고 클라우스는 식은땀을 흘렸다.

"바보 같은 짓은 하지 마."

(왜 리암 님은 이런 녀석을 수도성까지 부르시는 거지? 으, 속쓰려······.)

문제아 첸시까지 호출되었다.

리암의 명령을 거부할 수는 없으니 따라야만 했다.

(일단 성격에 문제가 있다고 보고서에 썼는데.)

클라우스는 앞으로 일어날 귀찮은 일을 상상하고 마음속으로 울었다.

라이너스의 집무실을 찾은 사람은 오랜 세월 제국을 지탱해온 재상이었다.

나이 든 노인을 앞에 두고도 라이너스는 등받이에 몸을 맡기고 앉아있었다.

　재상은 뻔뻔스러운 태도를 보이는 라이너스를 날카로운 시선으로 바라보았다.

　"라이너스 전하, 전하께서 무슨 일을 저지르셨는지 알고 계십니까?"

　라이너스는 재상의 질문을 받자 등을 돌려 창문 밖을 봤다.

　거기에 비친 라이너스의 얼굴은, 웃고 있었다.

　"재상은 번필드 백작을 높이 평가하고 있었지. 하지만 그렇다고 해서 편을 들어주면 안 되지."

　"자신의 파벌에 가담하지 않았다고 하여 제재를 가하는 것이 전하의 방식인가요?"

　재상은 제국에서도 상당한 권력을 가지고 있다.

　하지만 그걸 좋게 보지 않는 세력도 있었다.

　라이너스도 그 중 한 명이다.

　제국을 뒤에서 조종하는 재상이 사라졌으면 좋겠다고 생각하고 있을 것이다.

　"그에겐 의혹이 있었으니까. 레어 메탈 부정 거래는 제국에서도 중죄잖아?"

　"증거도 없이 의심하면 끝이 없죠."

　"그걸 지금부터 조사하는 거야. 내가 의견을 냈더니 많은 귀족이 찬성했어. 번필드 백작은 도를 넘은 거야."

귀족 중에는 두각을 나타낸 리암을 위험하게 보고 일찍 없애버리자는 생각을 품은 자도 많았다.

라이너스는 덧붙였다.

"귀족 사이에서 불만의 목소리가 나와서 말이야. 번필드가에는 벌을 좀 줄 필요가 있어. 경제적인 제재도 그중 하나야."

라이너스뿐만 아니라 칼뱅도 편승하는 형태로 번필드가에 대한 제재를 돕고 있다.

통쾌하다는 얼굴을 한 라이너스에게 재상은 충고했다.

"전하, 때론 세상에 운을 자기 편으로 삼은 자가 나타납니다. 그자가 운에 버림받지 않는 한, 그들과 싸우는 것은 현명한 판단이 아닙니다."

라이너스가 뒤돌아서 재상의 얼굴을 봤다.

"황족으로 태어나고, 황태자의 지위에 손이 닿는 나에게 운이 없다고? 변경 출신의 시골 귀족에게 내가 질 것 같나?"

재상은 고개를 저었다.

"먼저 시작하신 건 전하이십니다. 전 아무 말도 하지 않을 것입니다. 다만, 만약 패배했을 때 그것이 무엇을 의미할지는 알고 계시리라 믿습니다."

"물론이지. 난 항상 내 목숨을 걸고 있어."

라이너스가 후계자 다툼에서 죽을 뻔한 적은 한두 번이 아니다. 그래서 리암에게 지지 않을 자신이 있는 것 같았다.

"날 위태롭게 할 정도로 강하다면, 그때는 내가 머리를 숙여서라도 포섭할 거야."

"──저는 분명 충고했습니다."

재상은 방에서 나오자마자 번필드가에 잠입시킨 세리나에게
연락을 했다.

클레오 전하와의 면회일.

의례용 의상을 입고 기사들을 거느리고 찾아온 곳은 후궁 바로
근처에 있는 면회용 시설이었다.

후궁에는 황족과 관계없는 남자가 들어갈 수 없기 때문에 어떤
용무가 있으면 감시를 받는 시설에서 면회하게 된다.

나는 면회실에 상대가 도착할 때까지 대합실에서 대기하고 있
었다.

주위에는 내 호위기사들이 서 있었고, 바로 옆에서는 월레스가
초조하게 다리를 떨고 있었다.

"시끄러우니까 진정해."

"진정할 수 있겠냐. 내가 너랑 클레오를 면회시킨 장본인이 됐
다고. 으으, 진짜 속 쓰려."

난 클레오를 기다리면서 낙담하는 월레스를 바라보고 있었다.
다만 월레스의 반응이 영 별로였기에 내 관심은 곧 호위기사들로
바뀌었다.

이들은 티아와 마리를 강등한 후, 영지에서 새로 부른 기사들이다.

리더는 나도 몇 번 만난 게 전부인 클라우스였다.

그를 고른 건 아마기의 추천이기 때문이었다.

수수하지만 일 잘하는 기사, 라고 아마기는 평가했다.

실은 미녀를 호위로 거느리고 싶었지만, 아마기의 추천을 무시할 순 없었다.

그래서 멋진 사나이 기사 이외에도 외모로 고른 여기사도 호위에 섞여있었다.

이름이 첸시라고 했던가? 중화풍의 신비한 미인이다.

악덕 영주에게 미녀는 필수.

호위가 지저분한 아저씨밖에 없으면 기운이 빠진다.

새로 불러들인 기사들을 보고 있으니, 클라우스가 통신을 받았다.

긴급한 연락이었는지 나에게 다가왔다.

"리암 님, 영지에서 긴급한 연락이 왔다고 합니다."

"무슨 일인데?"

대합실에서 우아하게 홍차를 마시던 나는 클라우스에게 성가신 보고를 받았다.

"궁정 세력을 중심으로 번필드가에 경제적 제재를 가하려는 움직임이 보인다고 합니다."

난 경제 제재라는 말을 들어도 놀라지 않고 우아하게 홍차를 마셨다.

"어떻게?"

"번필드가의 레어 메탈 매매를 제한한다고 합니다."

간단히 말하자면 '리암한테서 레어 메탈을 사면 제국이 용서하지 않는다!'라고 한 거다.

어용상인을 끼고 거래해도 막대한 관세를 걸을 거다.

사실상 번필드가는 제국 내에서 레어 메탈을 거래할 수 없게 된다.

"범인은 누구지?"

"라이너스 전하입니다."

"황위 계승권 제2위인 그 녀석인가? 내가 파벌 가입을 거절한 걸 보복할 생각이군."

경제 제재라는 말을 듣고 주위에 있던 클라우스 이외의 기사들이 동요한 듯한 표정을 지었다.

하지만 난 당황하지 않는다.

안내인의 가호를 받는 나는 지지 않으며, 애초에 이 정도로 어떻게 될 내가 아니다.

"어떻게 하시겠습니까?"

침착한 클라우스의 물음에 나는 잠시 생각하다 답을 내놓았다.

"지금은 클레오 전하와의 면회가 우선이다. 대책은 돌아가서 생각하지. 뭐, 일단 어용상인들은 불러둘까."

잘도 이런 짓을 했구나, 라이너스.

나를 밀어낼 생각이겠지만, 그렇게는 안 된다.

이로써 라이너스는 내 적이라는 게 확실해졌다.

"리암 님, 이대로 라이너스 전하와 싸우실 생각입니까?"

"저쪽이 먼저 건 싸움이잖아. 받아주는 게 도리 아니겠나."

"아, 아뇨, 싸움을 건 것은 저희가 아닐까요. 라이너스 전하의 권유를 거절한 것이 빌미이니까요."

애초에 그게 잘못됐다.

주변에 후궁의 눈이 있어서 난 클라우스에게 얼굴을 가까이 대도록 하고 작은 목소리로 전했다.

"날 불러서 머리를 숙이도록 하려는 게 마음에 안 들어. 뭐, 라이너스 전하가 다음 황제 폐하라면 기꺼이 머리를 숙여주겠지만."

"――유력 후보인 건 마찬가지 아닙니까."

"그냥 후보이지, 결정된 게 아니잖아. 그리고 클라우스, 내가 차기 황제 폐하의 권유를 거절한 게 아니야. 내가 선택한 사람이 황제가 되는 거다. 그 점을 착각하지 마라."

내 협력을 얻고 싶다면, 그에 맞는 방식이라는 게 있다.

불러놓고 참가하게 해주십시오, 라고 말하면서 머리를 숙이도록 하는 놈이 어디 있나?

그리고.

꼭두각시로 만든다면 클레오가 더 다루기 쉬울 것 같다.

클레오에게는 내가 파벌의 최대 지원자가 될 거다.

그럼 본인도 나에게 앞으로는 강하게 나올 수 없을 것이다.

황제로 삼는다면, 역시 클레오다.

그리고 나의 진정한 적──이 될 가능성이 있는 황제, 칼뱅, 라이너스, 이 세 사람은 제거하는 수밖에 없다.

그러지 않으면 내 평온한 생활이 멀어진다.

난 어떻게 해서든 세 명을 배제할 거다.

진정한 적이 아닌 나머지 두 명은 억울한 희생양이 되겠지만, 그런 건 내 알 바 아니다.

내 평온을 위협하는 놈은 전부 적이다!

기다리고 있으니 후궁을 지키는 기사들이 다가왔다.

"드디어 클레오 전하와 면회할 수 있겠구나."

대합실.

호위기사들은 후궁경비대의 기사들에게 둘러싸여 긴장한 눈치였다.

대장인 클라우스도 마찬가지였다.

(이런 곳에서 당당하게 불경한 말씀을 하시는군. 리암 님이 아니었으면 멍청한 놈이라고 욕했겠지.)

지금까지의 실적을 생각하면 리암이 단순한 바보가 아니라는 것은 명백하다.

리암을 따르리라 맹세한 기사는 많다.

클라우스는 무서워하면서 한 기사를 바라봤다.

시선 끝에는 기겁할만한 웃음을 보이는 기사가 딱 한 명 있었다.

첸시다.

"좋아. 오싹오싹해."

흥분해서 볼을 붉히고 있는 첸시는 리암의 언동에 몸이 쑤시는 것 같았다.

이 자리에서 리암을 죽이려고 달려들어도 이상하지 않았다.

강자라면 주인이라고 해도 승부를 거는 첸시 때문에 클라우스는 머리를 싸매고 싶어졌다.

성가신 점은 그런 첸시를 호위로 지명한 사람이 리암 본인이라는 점이었다.

(진짜 좀 봐주세요, 리암 님! 왜 하필이면 이런 중요한 날에 이 녀석을 데려온 겁니까아아아!!)

클라우스는 속이 쓰린 걸 참으면서 허리를 곧게 펴고 서 있었다.

그때 대합실에 한 여기사가 나타났다.

곱슬머리를 포니테일로 묶은 장신의 여기사는 약간 굳은 표정을 짓고 있었다.

클라우스는 여기사의 태도에 위화감을 느꼈다.

(황족의 호위치고는 약간 부족해 보이는데?)

몸이 탄탄하니 무예를 닦고 있는 건 틀림 없겠지만, 실력의 좀 의아했다.

연줄을 타고 호위가 됐다고 하더라도, 중요한 후원자가 될 리암의 안내를 맡길 정도는 아닐 터.

보통은 그에 걸맞은 자를 파견한다.

클라우스의 고민을 날려준 것은 여기사를 보고 일어선 월레스였다.

"리시테아!"

월레스는 아는 사람의 얼굴을 보고 안도했지만, 리시테아라고 불린 여기사는 한숨을 쉬며 어이없어했다. 하지만 약간 기뻐하는 것처럼도 보였다.

리시테아는 리암에게 몸을 돌리더니 자기소개를 시작했다.

"저는 '리시테아 노아 알바레이트'. 클레오의 누이이자 기사이기도 합니다. 번필드 백작, 만나 뵙게 되어 영광입니다."

그걸 듣고 리암이 의자에서 일어났다.

"황족이 기사?"

"그에 관한 사정은 나중에 설명하죠. 클레오 전하께서 준비를 마치셨습니다. 안내하죠."

황족의 면회실은 쓸데없이 호화로웠다.

식물원 같은 실내의 중앙에 공간이 마련되었고, 그곳에 테이블과 의자가 놓여있었다.

주위에는 황족에게 딸린 메이드들이 배치되어 있었다.

호위는 여기사뿐.

후궁이라는 장소는 황제가 사는 곳이다.

그곳에는 가족과 아내들이 있는데, 그런 곳에 남자는 둘 수 없다.

옛날이라면 거세한 남자만이 출입이 허용되었지만, 성간 국가에서는 성전환이 간단하다.

그 결과, 후궁에는 여자만이 있게 되었다.

예외는 황제의 친아들뿐일 것이다.

그중 한 명, 황위 계승권 제3위의 황자 '클레오 노아 알바레이트'가 내 앞에 앉아있었다.

"처음 뵙겠습니다, 번필드 백작."

빨간 머리카락을 단발로 하고 있었지만, 오른쪽만 어깨에 걸칠 정도로 길렀다.

여자라고 해도 믿을 수 있을 만큼 중성적인 용모였다.

연령은 전생으로 치면 13세 전후일까?

겉모습은 날씬하여 힘과는 거리가 먼 황자님이다.

"처음 뵙겠습니다. 저는——."

궁정의 예의에 따라 쓸데없이 긴 인사를 시작하려고 하자 클레오에게 제지당했다.

오른손을 든 클레오는 나에게 솔직한 의문을 던졌다.

"필요 없다. 백작은 다망하다고 들었으니까. 단도직입적으로 이야기하지."

쓸데없는 인사를 좋아하지 않는 건 마음에 드는군.

하지만 클레오는 나를 앞에 두고 미안해하는 표정을 하고 있었다.

"날 지원해줬으면 한다. 백작의 후원을 받을 수 있다면 그만큼 든든한 것도 없지. 하지만 안타깝게도 난 보답을 해줄 수 없다."

꽤 정직하네.

황제로 만들어주면 소원을 들어주지! 쯤은 말할 수 있으면 좋을 텐데.

클레오가 격의 없는 대화를 요청했으니 나도 말투를 평소대로 되돌렸다.

"정직하군요. 빈말로 지원을 끌어내려 하지 않는 점에 호감이 갑니다. 개인적으로는 마음에 들었어요."

스스럼없는 말투에 클레오의 대각선 뒤에서 대기하고 있던 리시테아가 째려봤다.

하지만 실력을 말하자면 보통 기사이거나 높게 잡아도 약간 우수한 정도다.

내 적수가 못 된다.

그녀가 기사가 된 이유는 후궁에서 같은 편이 적은 클레오를 지키기 위해서라고 들었다.

정말 아름다운 가족애지만, 힘이 없으면 아무것도 지키지 못한다.

내가 웃음을 지어주자 리시테아가 몸을 떨었다.

실력 차이를 느낄 수 있을 정도로는 우수했던 모양이다.

클레오가 누나를 타일렀다.

"누님, 전 백작의 태도를 나무랄 생각은 없어요."

"아, 알았다."

리시테아가 물러나자, 클레오가 나에게 얼굴을 돌리고 마음을 다잡았다.

"그래서, 백작은 왜 날 지원하겠다는 거지? 아까도 말했듯이 나에겐 아무 권력도 없어. 보상은 줄 수 없는데?"

처음부터 황자인 클레오에게 보상 같은 건 바라지 않았다.

"그야 당신을 황제로 만들기 위해서죠."

"뭐?"

클레오는 내가 제정신인지 의심하는 것처럼 보였다.

"진심인가? 내 처지는 특수하다. 계승권 3위는 명목뿐이고, 실상은 황위에서 가장 멀지."

계승권 자체는 별 볼 일 없지만, 나를 진지하게 대하는 자세는 높이 평가할 수 있었다.

"자세한 사정은 월레스에게 들었습니다. 그렇기에 전 당신을 선택했죠. 당신이 절 선택한 게 아니란 겁니다. 제가 당신을 선택했다. 이 부분, 중요해요."

내 태도는 클레오에겐 굉장히 오만하게 보일 것이다.

실제로 기가 막힌다는 얼굴을 하고 있다.

"꽤나 강경하네."

"저도 이젠 뒤로 물러날 수가 없거든요. 라이너스 전하가 내민

손을 거절하는 바람에."

라이너스의 이름을 듣고 클레오는 놀랐다.

"라이너스 형님이?"

클레오 일행은 궁정 사정을 자세히 모르는 듯했다.

지금 한 대화로 클레오가 정말로 단순한 황자라는 걸 이해했다.

나도 입수한 정보를 궁정에 있으면서 몰랐으니 말이다.

"진심으로 지원할게요. 클레오 전하도 사양하지 말고 뭐든지 저한테 분부를 내려주세요. 황제가 되기 위해 필요한 분부를요."

이미 제2황자와 계승권 다툼이 일어났다는 걸 알자, 클레오의 안색은 나빠졌다.

이 정도밖에 안 되나 하는 생각을 하고 있으니, 클레오가 허세를 부렸다.

"기린아라는 말은 들었는데, 이 정도일 줄은 몰랐어. 오라버니를 상대로 여유를 보이다니. 백작은 대담하구나. 진심으로 이길 생각인가?"

"이 싸움은 이기지 않으면 의미가 없으니까요."

당연한 말을 하니, 클레오는 내 말을 곱씹으며 눈동자에 강한 빛을 품었다.

아무래도 할 마음이 든 것 같다.

"백작, 뭐든 준비해주겠다고 말했지? 미안하지만 내가 원하는 것은 모든 것이다. 자금, 인재, 그리고 군사력 전부 부족해. 아니, 지금의 난 아무것도 가지고 있지 않아."

"알고 있습니다."

"이런 날 진심으로 황제로 만들 생각인가? 정말로 가능한가?"

이름뿐인 황자를 황제로 만든다.

"물론입니다."

그러기 위해서는 클레오의 발언력을 높일 필요가 있었다.

귀족들에게 클레오에게는 힘이 있다는 것을 보여줘야 한다.

막대한 자금, 인재, 그리고—— 군대.

모든 것을 내가 준비해줘야 한다.

"필요한 것은 바로 준비하겠습니다. 제가 수도성에 있는 동안에는 3,000척이 가까운 행성에서 대기할 겁니다. 언제든지 움직일 수 있죠."

클레오보다 먼저 리시테아가 놀랐다.

"3,000척이나?! 아, 아니, 실례했다."

너무 놀라서 우리의 대화에 끼어들고 만 모양이다.

실례되는 태도를 부끄러워하고 있는 건지 얼굴이 빨갰다.

놀리고 싶어져서 못 알아차린 척하고 수를 늘렸다.

"흠, 부족하신가요? 그럼 12,000척을 더 부르죠. 클레오 전하의 무위를 보이기 위해 마음껏 쓰십시오."

그 수를 들으니 리시테아는 말도 안 나오는 모양이었다.

클레오는 갑작스러운 제안에 당황하면서도 나에게 감사를 표했다.

"고맙네. 하지만 그만한 병력을 내가 잘 다룰 수 있을까?"

받아도 잘 쓸 수 없다는 클레오의 말을 듣고 나는 살짝 불안해졌다.

누군가를 붙여줘야겠군.

그렇다면── 그 녀석이지.

"잘 다뤄주셔야지요. 아, 그러고 보니 마침 한가한 기사가 있었군요. 그 기사를 전하 곁에 붙여드리겠습니다. 저와의 연락책으로도 쓸 수 있을 겁니다."

난 내 기사를 파견하겠다고 말하고 둘 앞에 데이터를 투영했다.

나는 얼굴 사진이 딸린 이력서 같은 것을 보여주면서 티아를 소개했다.

"이름은 크리스티아나. 성격에 좀 문제가 있지만, 우수한 기사이니 마음껏 부리시지요."

크리스티아나의 이름을 들은 적이 있는지, 리시테아가 바로 반응했다.

"설마 크리스티아나 준장인가?!"

클레오는 계속 끼어드는 언니에게 질린 표정을 지었지만, 궁금했는지 물어봤다.

"유명인인가요?"

리시테아는 부끄러워하면서도 클레오에게 티아에 대해 물었다.

"으, 응. 사관학교에서도 아주 뛰어난 성적으로 졸업한 여기사야. 문관으로서의 평가도 좋고, 제국의 직속 신하가 되라는 권유도 몇 번이나 받았어."

정말 능력만큼은 우수한데 성격이 지나치게 형편없는 녀석이다.

클레오는 그런 우수한 기사를 자기에게 파견해도 괜찮냐며 나에게 물었다.

"그런 기사를 넘겨줘도 괜찮은 건가?"

오히려 나는 떠맡기는 기분이 들어 미안해지기 시작했다.

"괜찮습니다. 그 외에도 더 준비할까요?"

내가 진심으로 지원한다는 걸 이해한 클레오의 표정이 진지해졌다.

"장래에 대한 이야기는 그다지 하고 싶지 않지만, 백작의 은혜는 무엇으로 보답해야 할까?"

황제가 된 클레오에게 바라는 것?

거기까지는 생각하지 않았다.

나로서는 진정한 적을 배제할 수 있으면 그만이니까.

하지만 아무것도 바라지 않으면 클레오도 불안할 것이다.

그래서 장래의 일을 생각하면서 대답했다.

"전 고향에서 제 마음대로 하며 살고 싶거든요. 그걸 인정해준다면 얼마든지 황제로 만들어드리겠습니다."

내 요구에 클레오는 고개를 갸웃했다.

"그뿐인가? 정말 그것만을 위해서, 백작은 나에게 힘을 빌려주겠다고?"

"예. 물론 조금은 단물을 빨겠지만. 서로 협력해서 잘해보죠."

원래 난 계승권 다툼 따위에 관심이 없었다.

너희가 나한테 상관하지 않았으면 처음부터 손대지 않았을 거라고.

──하필이면 나 같은 걸 끌어들이는 걸 보니 이 녀석들도 운이 없는 놈들이다.

스스로 악당을 궁전에 불러왔으니 말이다.

리암이 돌아간 뒤.

면회실에 또 한 명의 언니 '세실리아 노아 알바레이트'의 시중을 받으며 홍차를 마시는 클레오와 리시테아의 모습이 보였다.

주위에는 호위기사도 메이드의 모습도 보이지 않았다.

리시테아는 진정되지 않는 눈치였다.

"누님, 차 정도는 스스로 탈 수 있습니다. 그리고 전 클레오의 기사입니다. 함께 차를 마셔도 되는 처지가 아닙니다."

리시테아는 클레오를 지키기 위해 기사가 되는 길을 선택한 여성이다.

클레오는 특수한 처지로 인해 궁정에서 같은 편이 적어 주위에 있는 자들조차 신용할 수 없는 환경에 놓여있다.

그런 클레오를 걱정하여 호위기사가 되는 길을 선택했다.

그에 비해 장녀인 세실리아는 점잖고 상냥한 여성이었다.

두 사람과는 달리 황녀로서 평범하게 후궁에서 지내냈다.

"둘 다 일하느라 피곤하지? 그럼 언니가 차 정도는 준비할게. 그보다 백작님은 어땠어?"

오늘의 면회에 대한 질문을 받아 리시테아는 몸을 떨었다.

떠올린 것은 리암이 자신에게 웃음을 지었을 때다.

"——소문 이상의 사람이었어요. 제가 상대하면 순식간에 죽을 거예요."

리시테아가 리암의 기사로서의 실력을 이야기하는 것을 듣고 세실리아는 곤란하다는 표정을 지었다.

"싸우려고 면회한 게 아니잖아? 클레오는 어떻게 생각했어?"

클레오는 두 사람이 얼굴을 돌려서 보자 심각한 얼굴로 대답했다.

"위험하다고 생각했습니다."

클레오의 감상에 리시테아도 동의하며 고개를 끄덕였다.

"보상에 대해서는 얼버무렸으니까. 이만한 지원을 약속해놓고 영지에 틀어박히고 싶을 뿐이라고? 그건 거짓말이지."

클레오도 리시테아의 의견에 동의하여 작게 끄덕였다.

막대한 지원을 해놓고, 그 보답으로 자기 영지에 참견하지 말라는, 그 정도의 보답으로는 수지가 안 맞는다.

"그렇겠죠. 하지만 지금은 번필드 백작에게 기대는 수밖에 없어요."

리시테아는 격화하는 계승권 다툼을 상상하고 고개를 떨궜다.

"그 방법밖에 없지."

자기들은 너무나도 약해서 누군가의 비호를 받지 못하면 살아 있을 수 없다.

세 사람은 그걸 이해하고 있었다.

다만 느긋한 세실리아가 손뼉을 쳤다.

"나도 백작의 소문은 들었어. 잘은 모르겠지만 백성을 사랑하는 명군이라는 소문이야. 그렇게 착한 사람이라면 분명 클레오에게 도움이 될 거야."

클레오도 리시테아도 생글생글 웃는 장녀를 보고 쓴웃음을 지었다.

리시테아는 고개를 저었다.

"그렇네요. 지금은 아군이 생긴 걸 기뻐합시다. 클레오도 그걸로 된 거지?"

리암을 너무 위험하게 여기지 말라는 뜻으로 당부했다.

클레오는 이해하고 있는 건지 작게 끄덕였다.

"그렇네요."

번필드가의 어용상인 세 명이 전통 있는 고급 호텔로 호출되었다.

리암과 더 오래 알고 지낸 헴프리 상회의 토마스.

수도성에서 장사하는 클라베 상회의 엘리엇.

제국에서 광범위하게 장사를 하는 뉴랜즈 상회의 파트리스.

그 세 사람이 상당히 초조해하고 있었다.

그 이유는 번필드가에 경제 제재가 가해진다는 소문을 포착했기 때문이다.

토마스가 식은땀을 손수건으로 닦으면서.

"이번 제재는 뼈아프군요. 레어 메탈은 번필드가의 주력 상품입니다. 이 거래가 막히면 우리 장사도 영향을 받을 수밖에 없습니다."

정장의 가슴팍 부분을 열어 가슴골을 내놓은 파트리스는 소파에서 팔짱과 다리를 꼬고 앉아 초조한 표정으로 말했다.

"이쪽도 큰 타격을 입었어. 뉴랜즈 상회에서는 아예 날 배제하려는 움직임도 있어. 최악이야."

초조함을 보여주듯 그녀의 손끝이 계속 움직였다.

두 사람과 달리 엘리엇은 침착한 표정을 유지하고 있었지만, 실은 그도 속이 타들어 가고 있었다.

"저희도 마찬가지입니다. 간부들이 당주를 갈아치울 궁리를 하고 있더군요. 리암 님도 참 곤란한 분이십니다. 하필이면 클레오 전하의 편을 드시다니. 미리 말씀이라도 해주셨으면 좋았을 것을."

리암의 이해 안 되는 행동에 세 사람이나 시달리고 있었다.

입 밖으로는 내지 않지만, 파트리스과 엘리엇은 리암에게 불만을 토로하고 싶을 것이다.

하지만 가장 오랫동안 알고 지낸 토마스만은 리암을 이해해줬다.

"그 건 말입니다만, 리암 님은 입으로는 이런저런 말을 하지만 의로운 분입니다. 로제타 님 때도 그랬으니, 어쩌면 이번에도 클레오 전하께서 현재 처한 상황을 걱정하고 계신 게 아닐까요?"

동정심에 클레오에게 손을 내밀었다는 말을 듣고 파트리스가 코웃음 쳤다.

"그 정도의 의리와 인정 때문에 망하면 곤란하지. 그리고 아무리 그래도 이번에는 도를 넘었어."

적은 버클리가와 같은 귀족이 아니라 황위를 다투는 황자이다.

이전처럼은 안 된다.

그리고 라이너스 파벌의 귀족들도 적으로 돌아섰다.

리암 혼자서는 어떻게 할 수 없었다.

엘리엇의 눈빛도 싸늘해져 있었다.

"이건 진지하게 앞일을 대비할 필요가 있겠네요."

두 사람은 리암을 버리는 것도 고려했지만, 토마스만은 달랐다.

"저는 리암 님께서 뭔가 생각이 있는 게 아닐까 생각합니다."

"그게 대체 뭡니까?"

엘리엇이 물어보자 토마스는 말문이 막혔다.

뭔가 꾸미고 있다는 건 예상이 돼도, 그게 무엇인지까지는 파악이 안 됐다.

"그건 모르겠지만, 뭔가 커다란——."

세 사람이 기다리고 있는 방에 리암이 서슴없이 들어왔다.

그 태도에는 조금도 잘못했다는 기색이 보이지 않았다.

"다들 모였군."

웃고 있는 리암을 보고 파트리스도 엘리엇도 억지로 웃음을 지어 상인의 얼굴을 만들었다. 하지만 두 사람의 말에 빈정거림이 섞였다.

"이런 상황인데도 상당히 기분이 좋아 보이시는군요, 리암 님."

"라이너스 전하와 싸우시는 것처럼 보이지 않아요."

두 사람의 퉁명스러운 말에 리암은 전혀 동요하지 않았다.

화내지도 않고, 불안해하지도 않으며, 그저 평소와 다름없는 모습으로 대했다.

"제2황자 말인가? 그 녀석은 아무래도 상관없어."

애초부터 안중에도 없었던 모양이다.

리암이 소파에 앉자 토마스가 여유가 없는 두 사람을 대신해 이야기했다.

"리암 님, 이번 건은 어떻게 하실 생각입니까? 영지에 경제 제재가 가해졌다고 들었습니다만?"

"그야 물론 라이너스를 제거해야지."

그 말을 들은 세 사람의 등골이 단숨에 서늘해졌다.

토마스의 얼굴에서 핏기가 가셨지만, 리암은 미소 짓고 있었다.

"난 클레오 전하를 황제로 만들 거야. 너희도 도와라."

당당하게 클레오를 다음 황제로 만들겠다고 선언하는 리암을 보니 토마스는 현기증이 났다.

이 사람은 대체 무슨 소릴 하는 건가? 일개 백작이 황제를 정한다는 건 황공하다기보다는 무례한 이야기다.

애초에 그런 일은 불가능하다.

"가능할까요? 애초에 리암 님은 경제 제재를 받아 수입이——."

"그 문제는 이미 생각해 둔 게 있어. 딱히 제국만이 거래 상대인 게 아니잖아? 우주는 넓어. 제국 밖에도 거래 상대는 있겠지."

무슨 말을 하고 싶은 건지 헤아린 토마스는 놀라서 입을 뻐끔거렸다.

"그, 그건 즉, 레어 메탈을 국외로 유출하시겠다는 말씀입니까? 그건 중죄입니다!"

알그란드 제국에는 레어 메탈 매매에 관한 엄격한 제한이 있다.

국내의 레어 메탈을 국외로 유출하지 않기 위해서다.

귀족이라 해도 엄하게 벌을 주며, 실제로 레어 메탈을 타국에 유출한 가문 여럿이 망했다.

리암은 그걸 이해하고 있으면서 다른 나라와 거래를 하겠다고 했다.

"나에게 싸움을 건 라이너스 전하가 잘못한 거지. 그리고 난 범

죄자가 될 생각은 없어. 거래 금지 품목에 지정되지 않은 금속이나 상품만 취급할 거야. 토마스랑 파트리스는 다른 나라에도 거래처가 있지?"

토마스는 리암의 어용상인이 되기 전부터 여러 나라에서 거래를 해왔다.

나름대로 연줄도 있으리라.

"그렇습니다만, 정기적인 거래를 생각하시는 거라면 문제가 있습니다."

파트리스도 마찬가지로 난색을 표했다.

"저희도 확실한 연줄이 있는 건 아니에요. 아마 거래 상대를 찾는 것만으로도 고생하겠지요. 제국이 주변국과 관계가 좋지 않다 보니."

제국은 주변국과 전쟁을 계속하고 있어서 외교관계는 최악이다.

인접국과는 항상 전쟁 중이며, 어설프게 장사를 하면 이적행위로 간주된다.

군도 가만히 있지 않을 것이다.

다소의 거래는 눈을 감아주겠지만, 정기적인 거래를 한다면 제국── 귀족이나 군인들도 가만히 있지는 않을 것이다.

고민하는 둘에 비해 엘리엇은 웃음을 띠고 있었다.

"──마침 좋은 소식이 있습니다."

"뭐야, 엘리엇은 의욕이 있는 모양인데?"

리암이 엘리엇 쪽으로 몸을 돌려 이야기를 재촉했다.

엘리엇은 궁정 귀족들 사이에서 도는 소문을 이야기했다.

"굉장히 신뢰성 있는 정보인데, 최근에 제국 주변의 나라들이 이래저래 내부적인 문제를 겪고 있다고 합니다."

"그래서?"

리암이 흥미를 보이자 엘리엇이 이어지는 내용을 말했다.

"그들은 적대관계인 우리 제국에도 협력을 구할 정도로 물자를 끌어모으고 있다고 합니다. 평소 제국의 상인은 상대도 하지 않던 콧대 높은 자들이 몹시 초조해했다고 하더군요."

타국이 내부 불안으로 인해 물불 가릴 수 없는 상황이다.

제국의 상층부도 그걸 감지하고 있었다.

적들이 제국을 견제할 여유가 없어진 것도 칼뱅과 라이너스의 파벌 싸움이 격화된 원인 중 하나다.

주변국이 움직이지 못하는 틈을 타서 계승권 다툼을 벌이고 있는 거다.

"제국군의 동향은?"

"돕지도, 방해하지도 않고 있습니다. 무슨 일이 일어나고 있는지 불명하니 상황을 지켜보려는 거겠지요."

토마스는 엘리엇의 이야기를 들으면서 이 흐름에 대해 생각했다.

(이거다! 리암 님에겐 이렇듯 하늘이 편을 들어줄 때가 있지. 이 절체절명의 위기에 주변국이 혼란스럽다니, 그야말로 천운이 아닌가!)

제국이 평소 같은 상황이었다면, 리암은 궁지에 몰렸을지도 모른다.

마치 거대한 흐름이 리암을 승리를 바라는 것 같았다.

리암은 다른 나라의 상황에 흥미진진했다.

"너희 셋은 다른 나라에 접촉해서 무슨 일이 일어나고 있는지 조사해. 물자는 내가 준비해주지."

리암이 그렇게 말하자 파트리스가 머릿속에서 계산을 끝냈는지 웃음을 지었다.

마치 이 상황을 즐기는 눈치였다.

"나중에 리스트를 준비할게요. 그 전에 리암 님의 힘을 빌려주세요."

"어떤 식으로?"

"제게 호위를 붙여주세요. 수백 척 규모라도 괜찮아요."

즐거워 보이는 파트리스와는 대조적으로 엘리엇은 약간 아쉬워했다.

"저희는 외부에 직접적인 연줄이 없으니 물자라도 지원하겠습니다. 아, 대신 제 개인에게 호위를 붙여주시겠습니까? 간부들이 어찌나 시끄러운지 버틸 수가 없습니다."

리암은 파트리스와 엘리엇의 현재 상황을 헤아렸는지 바로 허가를 내렸다.

"좋다. 그리고 토마스. 너도 호위가 필요하겠지?"

"제게도 붙여주시는 겁니까?"

"당연하지. 네가 죽으면 곤란하잖아."

리암은 바로 번필드가의 군부와 세세한 상의를 하기 위해 방에서 나갔지만, 남은 세 명은 돈벌이 이야기를 시작했다.

아까 전과는 달리 의욕이 넘치는 엘리엇이 바로 필요한 물자를 확인했다.

"레어 메탈이 막혔으니 그 외의 물품을 준비해야겠지요. 거래 가능한 물건을 가능한 한 모아보겠습니다."

파트리스도 의욕적으로 말했다.

"좋아. 그러면 거래 상대는 우리가 책임지고 찾도록 하지."

"친하게 지내시는 분이라도 있습니까?"

"현장에 가는 건 나랑 토마스 공인데, 거래 상대쯤은 우리가 정해도 되잖아?"

"그럼요. 이익을 볼 수 있는 상대라면 전 딱히 상관없습니다."

활기차게 돈벌이 이야기를 하는 두 사람의 대화에 토마스도 끼어들었다.

"그러면 전 이전에 거래한 상대와 접촉해보겠습니다. 그건 그렇고, 제국 주위가 한 번에 어수선해졌네요. 좀 불길한 예감이 듭니다."

주변국이 어지러워지는 건 드문 일도 아니지만, 일제히 어수선해지면 괜한 의심이 들 수밖에 없다.

하지만 파트리스는 토마스의 불안은 개의치 않는지 돈벌이를 생각했다.

"그런 상황이라면 국경을 맡은 정규군과 영주들은 마음이 편치 않겠네. 지금이라면 비싼 값을 불러도 물자를 사려고 하겠지."

이대로 긴장이 고조되면 제국의 국경을 맡은 자들도 물자를 긁어모을 것이다.

엘리엇은 파트리스의 의도를 깨닫고 고개를 끄덕였다.

"그럼 이 기회를 노리고 고가에 물자를 팔아넘기려는 상인들이 나오겠죠. 그때 우리가 끼어들어서 적정가를 제시하면——."

"기꺼이 거래에 응하겠지."

번필드가 쌓은 호감이 있으니 그들도 어차피 물자를 사야 한다면 한창 제재로 고생 중인 번필드가를 통해 살 것이다.

세 사람의 후각이 이건 큰 기회라고 말해줬다.

그와 동시에 세 사람에겐 뒤가 없다.

이대로 리암이 지면 자기들도 끝장이다.

어떻게든 이 위기를 극복할 필요가 있다.

그리고 희망도 보였다.

남은 건 승리를 차지하는 것뿐이다.

토마스가 기뻐하는 둘에게 불안을 느껴 다짐을 받게 되었다.

"너무 요란하게 움직여서 리암 님의 노여움을 사지 마세요. 리암 님은 저래 봬도 의리와 인정에는 민감해요. 돈벌이를 우선한 나머지 대의가 없는 분과 거래를 하면 비위를 거스르게 될 거예요."

파트리스가 황급히 체면을 차렸다.

"무, 물론이지. 그런 것도 제대로 조사해서 거래할 거야."

엘리엇도 마찬가지였다.

"돈벌이만 보고 장사할 상대를 잘못 골라서는 안 되니까요."

평소 리암은 자기들에게 돈을 벌라고 말한다.

돈벌이를 우선하는 상인을 이해하고 있지만, 그와 동시에 의리와 인정도 두텁다.

정도를 벗어나면 리암의 노여움을 살 것이다.

그건 두 사람도 피하고 싶은 모양이다.

두 사람 모두 리암과 오랫동안 알고 지낸 토마스의 의견을 존중했다.

"우선은 다른 나라에서 무슨 일이 일어나고 있는지 조사해야겠어."

파트리스의 의견에 엘리엇도 수긍했다.

"전 두 분이 지원하는 분을 지지할게요. 그러니까 잘 골라주세요."

그 말은 곧 너희의 책임이 중대하다는 뜻이었다.

그렇게 말하는 엘리엇에게 파트리스도 자신만만한 웃음을 보였다.

"안심해도 좋아. 그러니까 물품을 제대로 준비해줘. 제일 위험한 건 우리보다 수도성에 남는 당신이야."

외국에 가는 자기들보다 수도성에서 나가지 못하는 엘리엇이더 위험하다고 말했다.

본인도 이해하고 있는 듯했다.

"활발하게 움직이면 라이너스 전하의 눈 밖에 날 테니까요. 그 정도 각오는 하고 있어요."

엘리엇의 클라베 상회가 활발하게 움직이면 그 이야기는 라이너스의 귀에도 들어갈 것이다.

위법이 아니라고는 해도, 라이너스 입장에서는 리암이 이득을 보는 건 재미없는 이야기다.

리암이나 엘리엇에게 뭔가 할 가능성이 높다.

암살 가능성이 있다는 걸 알면서도 엘리엇은 여유를 보였다.

"걱정해줘서 감사합니다. 클레오 전하 건은 불안하지만, 이걸로 어떻게든 될 것 같네요."

파트리스는 이번 일로 제국 바깥에 연줄을 만들 생각을 하고 있었다.

"외국과의 관계가 생기면 무슨 일이 일어나도 안심이지. 난 나를 위해서라도 열심히 해야겠어."

여차하면 제국을 버리고 국외로 거점을 옮길 뿐.

여유를 보이는 둘과는 달리 토마스는 침울해했다.

"두 분 다 대담하시군요. 전 걱정돼서 속이 쓰려요."

속마음을 토로하는 토마스의 말에 파트리스와 엘리엇이 마주 보고는 웃음을 터뜨렸다.

놀란 토마스는 둘에게 물었다.

"저기, 왜 그러는지?"

파트리스가 입가를 주먹으로 가리면서 답했다.

"토마스 공은 상인치고는 너무 정직하네요."

"네?"

엘리엇은 토마스를 기가 막힌다는 눈으로 보면서도 어딘지 부러운 듯했다.

"당신은 리암 님의 어용상인이 되어서 다행이네요. 다른 분 아래에 있었으면 좋은 성격이 화근이 되었을 거니까요."

방에 돌아와 소파에 앉은 나는 클레오에 대해 생각하고 있었다.

"생각했던 것보다 강직하단 말이지."

면회하기 전에 생각했던 클레오 전하의 이미지는 이제 막 성인이 된 도련님이었다.

유약한 인상이 있어서 설득에 시간이 걸릴 줄 알았다.

하지만 내가 황제로 만들어주겠다고 하니, 놀라면서도 받아들였다. 조금 뜻밖이었다.

그건 그렇고, 원래는 여자라서 그런지 중성적인 미인이었어.

남자라고 소개를 받지 않았으면 판단하기 어려웠겠지.

골격도―― 억지로 성전환을 한 폐해인 걸까?

이 세계의 성전환 기술은 완벽하지 않은가?

혼자 생각에 잠겨있는데 로제타가 문을 열고 찾아왔다.

"달링, 라이너스 전하가 번필드가에 압력을 가하고 있다고 들었어! 정말이야?!"

어디서 경제 제재 이야기를 들은 모양이었다.

급하게 왔는지 로제타는 숨을 약간 헐떡이고 있었다.

예전에는 내가 멋대로 강철의 여자라고 불렀지만, 그런 로제타가 나에게 살갑게 대하는 모습은 차마 눈 뜨고 볼 수가 없었다.

이게 닛타 군이 말했던 츤데레라는 것일까?

지금의 로제타를 보고 있으면 마음이 근질근질하고 부끄럽다.

난 쌀쌀맞은 태도로 대답했다.

"문제없어."

소파에 누워 로제타에게서 얼굴을 돌렸다.

로제타가 그런 나에게 다가와 몸을 잡고 흔들었다.

"큰 문제야! 번필드가의 재정을 지탱하는 건 레어 메탈 거래잖아. 그게 막히면 큰일인걸!"

번필드가의 중대사에 당황한 로제타를 보고 있으니 즐겁구나.

어디, 로제타를 조금 놀려줄까.

"그렇지. 어디에도 팔 수 없는 레어 메탈을 안고 가난한 생활을 보내게 되겠지. 차라리 지금이라도 날 버리고 도망치는 게 어때?"

시험하는 듯한 질문을 하자 로제타가 내 얼굴을 진지하게 바라봤다.

조금도 거짓이 없는 올곧은 눈동자였다.

"달링이 가난해지더라도 난 곁에 있을 거야. 달링이 돈을 못 벌어도 내가 부양할 거야! 괜찮아. 가난한 생활은 익숙한걸."

나를 안심시키기 위해서인지 반짝이는 만면의 웃음을 띠고 단언했다.

——난 이런 대답을 기대하지 않았다.

진짜로 안쓰럽고 쉬운 여자다.

놀리는 것도 질렸으니, 난 현재 상황을 설명해줬다.

"농담이야. 애초에 거래처로 어려움을 겪고 있진 않아. 마음만 먹으면 외국에 팔아치워도 되니까."

"외국? 그건 범죄잖아."

"먼저 시비를 건 사람은 라이너스 전하야. 그 값은 반드시 돌려받을 거야. 그리고, 우리의 수입원이 레어 메탈만 있는 건 아니야."

"그건…….''

"수입이 나빠질 뿐이지, 딱히 문제없어."

나에겐 비장의 수단인 연금상자가 있다.

이걸로 레어 메탈—— 제국이 수출을 규제하고 있는 금속 이외의 물품을 양산해서 팔면 문제없다.

그것마저 규제한다면, 다른 수단도 있다.

애초에 레어 메탈 거래액이 너무 커서 눈에 띄지 않을 뿐이지, 번필드가는 다른 장사로도 나름대로 돈을 벌고 있다.

레어 메탈을 제외해도 백작가에 걸맞은 수입은 있다.

리스크 분산은 사업의 기본이다.

"하지만 이 기회에 외국과 손을 잡는 것도 나쁘지 않겠네."

웃음을 짓고 있는 내 곁에 로제타가 앉았다.

소파가 약간 가라앉았다.

"외국과 친하게 지내면 제국의 귀족들이 시끄러울 거야. 그다지 좋은 생각은 아니야."

"난 그저 내게 이득이 되는 녀석의 편을 드는 것뿐이야. 그게 적이라고 해도 상관없어."

로제타가 내 속마음을 듣고 말문이 막혔다.

착실한 사람에겐 자극이 좀 심했나?

뭐, 이 정도로 놀라면 악덕 영주의 부인은 못 하겠지.

잠깐만? 이 녀석은 나에 대해 착각하고 있는 것 같으니까, 이 기회에 내가 나쁜 사람이라는 것을 더 어필해야 하지 않을까?

"잘 들어, 로제타. 진정한 악당은 적과 손을 잡고 아군을 죽이는 법이야."

로제타는 내 말에 너무 놀랐는지 아무 대답도 하지 못했다.

이로써 조금은 나라는 존재를 올바르게 인식할 수 있겠지.

제국에 불이익이 되더라도 상관없다.

난 내 행복만을 추구해주겠다!

그러기 위해서라면 제국의 적국이라고 해도 손을 잡을 것이다.

리암의 방에서 나온 로제타는 자기 방으로 돌아가면서 진지한 표정으로 중얼거렸다.

"진정한 악당이라니, 대체 누구를 말하는 걸까?"

로제타는 답을 알 수가 없었다.

일부러 리암이 이름을 숨겼으니, 물어봐도 대답해주지 않을 것이다.

그러니 스스로 답을 찾는 수밖에 없다.

"설마 자신을 악당이라고? 아니, 그럴 리가 없지."

리암은 평소 자신이 나쁜 사람인 척을 하지만, 로제타에겐 착한 사람으로 보였다.

그런 리암이 자신을 진정한 악당이라 부를 리가 없다고, 마음속으로 믿고 있었다.

오히려 지금도 그 진정한 악당에게 분개하고 있을 것이다.

로제타는 지금까지의 리암의 행동을 생각했다.

계승권 다툼의 최유력 후보인 칼뱅과 라이너스의 권유를 뿌리치고 황제의 자리에서 가장 먼 황자를 지원했다.

도무지 상식적인 판단이 아니지만, 리암의 선택이라면 무슨 의미가 있는 게 아닐까 생각했다.

현재 리암은 제국에서 큰 영향력을 가지고 있다.

그런 리암이 칼뱅이나 라이너스의 파벌에 들어가면 승패를 결정짓는 큰 전력이 될 것이다.

현재 상황은 칼뱅이 우세하지만, 라이너스도 많은 귀족의 지지를 받고 있다.

칼뱅은 라이너스의 기세를 꺾기 위해. 라이너스는 칼뱅을 따라잡기 위해. 둘 다 리암의 힘을 원했을 것이다.

"달링은 유력 귀족이니까, 두 사람도 좋은 대우를 제시했을 거야. 그런데 그걸 거절하고 제3황자에게 갔지. 그렇다면……."

로제타는 리암에게 무언가 의도가 있다고 억측했다.

"설마…… 칼뱅 황자와 라이너스 황자가 적과 내통하고 있나?"

리암은 독자적으로 외국과 관계를 맺기 위해 적극적으로 움직이고 있다. 즉, 자신이 모르는 정보를 알고 있을 수도 있다.

그리고 그걸 자신에게 가르쳐주지 않는 건, 알면 위험하기 때문에…….

로제타는 등골이 서늘해졌다.

"──제국의 어둠인 걸까? 그리고 달링이 했던 말도 신경 쓰여. 진정한 악당은 적과 손을 잡고 아군을 죽인다니?"

로제타는 두 황자 중 한 명이 적국과 내통하여 제국에 불이익을 가져오려는 것처럼 느껴졌다.

계승권 다툼에서 이기기 위해 적국에 협력하고 있는 황자가 있다.

그런 제국의 어둠을 엿보고 만 로제타는 얼굴에서 핏기가 싹 가셨다.

얼굴이 파래진 로제타에게 마리가 다가왔다.

"여기에 계셨습니까, 로제타 님."

"마리? 돌아와 있었구나."

뒤돌아본 로제타는 마리에게 다부지게 행동했다.

"리암 님의 명령입니다. 잠시 제국을 떠나게 되었습니다. 그 전에 인사를 하려고 했습니다만…… 무슨 고민 있으신가요?"

하지만 마리에게 안색이 안 좋은 것을 들켜버렸다.

고민을 하는 것도 간파당하고 말았다.

"마리에겐 뭐든지 들켜버리네."

"저라도 괜찮다면 이야기를 들어드리겠사와요."

로제타도 자신에게 친절하게 대해주는 마리에게 의지하고 있었다.

"마리는 제국을 떠나서 어디로 가는 거야?"

갑자기 이야기가 달라져 마리가 당황했다.

마리는 임무에 관해 발설해도 괜찮은지 고민하다가 결국 로제타에게 임무 내용을 전했다.

"루스트와르입니다. 통일 정부라 불리는 성간 국가에 상인들의 호위로서 파견 가게 되었어요."

마리에게 부과된 임무는 성간 국가 루스트와르 통일 정부로 향하는 파트리스 일행의 호위였다.

선단을 이끄는 파트리스를 용병으로 변장한 마리 일행이 호위한다.

"통일 정부? 제국과 전쟁중인 나라 아니야?"

"그래서 용병으로 변장해야 해요. 그들은 제국군을 싫어하니까요."

평소의 모습으로 가면 통일 정부 사람을 자극하고 만다며 마리는 곤란하다는 얼굴로 웃어 보였다.

로제타는 그런 마리에게 더 자세한 이야기를 요구했다.

"그 외에는 뭔가 들은 거 없어?"

이런 걸 왜 묻는지 마리는 의심스럽게 생각했겠지만, 로제타의 부탁이라서 대답해줬다.

"직접 듣진 않았지만, 리암 님은 그들과 독자적인 관계를 만드실 생각인 것 같습니다. 저에게도 요인들과 접촉하라는 명령을 내리셨습니다. 지금 통일 정부는 내분으로 인해 바쁜 것 같으니, 그 조사도 겸하고 있습니다."

로제타는 자기 안에서 뭔가가 연결된 느낌이 들었다.

(주변국에서 일어난 내분에 대해 조사? 일부러 마리를 파견하다니, 달링이 그만큼 염려한다는 뜻이지?)

마리는 지위를 박탈당했다고는 해도 원래는 번필드가의 차석 기사였다.

티아에 이어서 유능한 기사로 인정받고 있던 인물이다.

그런 인물이 파견된다는 것은 그만큼 리암이 이번 임무를 중요시하고 있다는 증거로 느껴졌다.

로제타가 침묵하자 마리가 걱정했다.

"로제타 님, 왜 그러십니까?"

로제타는 말을 걸어오는 마리를 바라봤다.

"나도 마리에게 부탁이 있어."

"어떤 부탁이신가요?"

"주변국을 조사할 때, 제국이 연관되어 있는지 조사해줬으면

좋겠어. 그 조사를 위한 예산이 필요하다면, 내가 쓸 수 있는 예산으로 어떻게든 마련할 수 있어. 그러니까, 부탁이야."

진지하게 호소하는 로제타의 모습을 보고 마리는 조금 놀랐지만 미소 지었다.

"무슨 일 있으신가요? 알겠어요, 로제타 님. 이 마리에게 맡겨주세요."

마리가 개인적인 의뢰를 듣고 승낙해줘서 로제타는 고마운 마음에 안아버렸다.

"고마워, 마리!"

로제타의 등에 마리가 손을 둘러 부드럽게 끌어안았다.

"정말 그 아이—— 조상님과 닮으셨네요, 로제타 님."

『전 특무참모, 이 멍청한 놈아아아아!』

통신실.

장거리 통신 시설이 있는 방.

성간 국가는 우주 규모이기에 단말기만으로는 가볍게 통신할 수 없는 경우도 있다.

그래서 특별히 통신실이라는 설비가 있었다.

모니터 너머에서 욕을 퍼붓는 사람은 월레스의 형인 세드릭이었다.

황족이면서 군인으로 살아가고 있으며, 지금은 수천 척을 이끄는 소장 각하이다.

참고로 내가 군인 시절에 부려먹던 부하 중 한 명이다.

그런 세드릭의 매도를 달게 듣고 있는 이유는, 주위 사람들이 이 녀석을 내 파벌이라고 인식하면서 그에게 불똥이 튀었기 때문이다.

간단히 말하자면, 세드릭을 계승권 다툼에 말려들게 해버렸다.

물론 나도 그럴 의도는 아니었다.

"미안해. 사과의 뜻으로 최신예 함정을 보내줄 테니까 용서해."

최신예 함정이라는 말을 듣고 세드릭의 표정이 딱 한순간 풀어졌다.

하지만 금방 고개를 저었다.

『그 정도로 용서할 수 있겠냐고! 난 궁정의 질척질척한 싸움에는 엮이지 않을 생각이었는데! 덕분에 군에서 어느 때보다 부스럼 같은 취급을 받고 있다고!』

지금 세드릭은 정규함대에 배속되어 있다.

군에서는 인기 있는 곳이지만, 내가 클레오의 후원자가 되면서 상황이 바뀌었다.

계승권 다툼에 말려들기 싫은 주위 사람들이 세드릭을 거북하게 여기기 시작한 것이다.

원래라면 황족은 들러붙어야 하는 대상이지만, 제국의 후계자 다툼은 다르다. 자칫 휘말려서 죽을 수가 있다.

그런 상황에 일부러 친해질 사람은 없을 것이다.

『게다가 골라도 하필 클레오라니! 어떻게 된 거야! 승산이 없잖아! 도와줄 거면 극비리에 도망치게 해준다던가, 여러 방법이 있잖아!』

"그러면 의미가 없어. 난 그 녀석을 황제로 만들 거야."

『무리라니깐!』

그게 더 나에게 이익이 되니까.

그리고 황제나 다른 황자들은 내 적일 가능성이 높고, 그중 라이너스는 이미 적이다.

"세드릭, 단념해. 이미 도망칠 곳은 없어. 얌전히 나를 따르고 함대를 장악해둬. 윤택한 예산과 최신예 병기를 줄 테니까."

후방지원은 맡기라고 하니 세드릭은 고민하면서도 납득한 얼굴을 했다.

『──그렇게까지 하겠다면, 나도 부하들을 포섭해 볼게. 하지만 내가 움직일 수 있는 건 기껏해야 1,000척 정도야. 전 특무참모에겐 별로 도움이 안 될 것 같은데.』

확실히 1,000척으로는 부족하다.

그럼 늘리면 된다.

"문제없어. 바로 승진시켜주지."

내가 승진시켜주겠다고 말하자 세드릭은 황급히 거부했다.

『그만둬! 그랬다간 질투를 살 거야. 난 평범하게 공을 세워서 승진하고 싶어! 네 힘으로 승진하면 주위에서 싸늘한 눈으로 볼 거라고.』

의욕이 있는 것 같아 다행이다.

"그럼 기뻐해. 활약하게 해줄게."

『어?』

쓰지 않는 병기에 의미는 없다.

세드릭이 정규함대에서 푸대접을 받고 있다면, 빼내서 활약할 수 있는 곳에 배치해주지.

"실은 클레오—— 전하에게 소장이 가게 되었어. 해적 퇴치 의뢰도 많은데, 내 함대로도 벅찬 양이야. 너도 일하도록 해."

『어?!』

"원하는 걸 리스트로 정리해. 그리고 추가로 1,000척을 준비해주지. 군에서 찬밥을 먹고 있는 놈들은 잔뜩 있으니까! 불렀더니 우르르 모여들었다고."

제국에는 파고들 틈이 얼마든지 있다!

애초에 성간 국가 따위는 빈틈투성이다.

규모가 너무 커서 전체를 완벽하게 관리하는 건 불가능하다.

이전에 패트롤 함대에서 어떻게 하는지는 배웠다.

찬밥 신세에 놓인 녀석들을 긁어모아 내가 유용하게 활용해주겠다.

"그리고 우주군에 있는 아는 사령관들에겐 이미 네 얘기를 해뒀어. 보급을 받고 싶으면 그쪽 사령관들에게 의지해."

매년 뇌물—— 이 아니라, 인사하면서 주는 선물은 매우 중요하다.

다들 흔쾌히 받아들였다.

『엇, 잠깐——.』

세드릭과의 대화를 일단락 지은 나는 기뻐하며 다음 수를 생각했다.

"자, 다음은 어떤 나쁜 짓을 할까!"

악덕 영주는 즐겁구나!

번필드가의 영지.

떨고 있는 브라이언은 시녀장인 세리나와 보고서를 읽고 있었다.

"영지 개발에 전력을 다할 뿐만 아니라, 군대까지 총동원 태세라고요?"

현재 번필드가는 새로 얻은 행성 개발에 분주했다.

입식도 시작되어 그쪽에 막대한 예산과 인력과 자원 등이 투입되고 있다.

한창 그러는 가운데, 거의 전군에도 명령이 내려왔다.

재편성이라면, 훈련 중인 함대를 제외하고 3만 척의 함대가 활동하고 있다.

남아있는 함대도 영내에 분산 배치되어 수비에는 빠뜨릴 수 없다.

세리나도 놀라고 있었다.

"마치 가드 없이 치고받는 듯한 상태네. 톱니바퀴가 하나라도 잘못되면, 거기서부터 붕괴할 위험이 있어."

뭔가 하나라도 실패하면 거기서 크게 넘어지고 만다.

자칫 잘못하면 번필드가가 망해버릴 정도로 위험하다.

"리암 님! 왜 이 브라이언에게 상담해주시지 않는 겁니까!"

세리나가 울고 있는 브라이언을 보며 재밌어했다.

"상담해도 우리로서는 막을 수 없어. 그건 그렇고 큰 도박이네. 이건 성공하면 클레오 전하에게도 가능성이 생겨."

지금까지 제로였던 가능성이 몇 퍼센트 정도로는 상승할 것 같다.

세리나는 리암이 진심으로 클레오를 황제로 만들려 한다고 느꼈지만, 브라이언에게 그런 건 상관없었다.

"왜 항상 극단적이신가! 하, 하지만 역시 리암 님이군요. 이런 비상시에도 백성에겐 그다지 부담이 가지 않아."

백성을 총동원하는 것도 가능하지만, 리암은 그러지 않았다.

브라이언은 그걸 상냥함으로 이해했다.

세리나는 고개를 저었다.

"무르지만, 난 싫지 않아. 그건 그렇고 주변국에 시선을 돌리다니, 뭔가 있는 걸까? 브라이언, 뭐 들은 거 없어?"

"이 브라이언은 아무것도 못 들었습니다. 뭐, 레어 메탈 거래만 아니면 문제없겠죠."

"그렇네. 정말로 레어 메탈을 취급하지 않는다면, 말이지."

세리나는 꽤 신경 쓰는 눈치였다.

브라이언은 웃으며 대답했다.

"취급 물품 리스트를 봤습니다만, 문제없는 물품뿐이었습니다. 세리나도 너무 걱정하는군요."

"나도 기우였으면 좋겠네."

성간 국가 루스트와르 통일 정부가 소유한 우주항.

그곳에서는 통일 정부의 군대인 통일군의 함정이 수비를 굳히고 있었다.

경비가 삼엄한 우주항에 온 것은 파트리스가 이끄는 선단이었다.

물자를 수송하기 위한 대형 우주선과 호위하는 용병단의 전함도 항구에 정박해 있었다.

통일 정부가 비밀리에 소유하고 있는 우주항은 채굴이 끝난 소행성을 재활용하고 있었다.

요새라 하는 편이 적절할 것이다.

내부에는 사람이 거주할 수 있는 환경이 갖춰져 있지만, 바깥에서 보면 버려진 소행성으로밖에 안 보였다.

이 우주항은 극비 회의 등을 진행할 때 이용되고 있었다.

또 다른 성간 국가에서 받아들인 요인 등을 감금하는 감옥이기도 하다.

우주항에서 내부로 이동한 파트리스 일행은 미리 준비한 고급스러운 소형정을 타고 안내하는 대로 나아가고 있었다.

아무것도 없는 공중에 라인이 투영되어서 그대로 따라가면 된다.

파트리스가 창문 바깥을 바라보면서 옆에 앉은 마리에게 말을 걸었다.

"설마 요새에서 거래 이야기를 하게 될 줄은 몰랐어요."

마리는 의자에 앉아서 다리를 꼬고 태블릿 단말기로 통일 정부의 극비 정보를 확인하고 있었다.

파트리스는 솔직히 '이제 와서?'라는 마음이 들었지만, 마리는 통일 정부에 대해 자세히 아는 것 같았다.

"우리랑 거래하는 게 싫은 거야. 통일 정부는 옛날부터 귀족제를 싫어했던 것 같네."

"문민 통제 민주주의 국가니까요. 귀족제와는 상반되죠."

통일 정부는 민주주의 국가 집단이다.

민주주의를 채용한 행성이 모여 거대한 성간 국가를 만들어냈다.

"어차피 어중이떠중이들의 모임이야. 통일 정부라고 해도, 권력을 가진 건 일부 발전된 행성을 가진 녀석들뿐이지."

"잘 아시네요."

"귀족제를 비판하면서 한편에서는 권력을 위해서 국내외 할 것 없이 전쟁을 벌이는 놈들이야. 옛날이나 지금이나 변함이 없지."

"옛날이요?"

마리가 묘하게 통일 정부에 대한 사정을 자세히 아는 게 파트리스에겐 신기하게 느껴졌다.

마리가 태블릿의 화면을 보여줬는데, 거기에는 통일 정부의 최신 뉴스가 표시되어 있었다. 어느샌가 열람하고 있는 정보가 바뀌어 있었다.

"최근의 뉴스 기사를 읽었는데, 옛날과 조금도 변하지 않았어. 세습제를 비판하면서 통일 정부의 정치가는 과반수가 정치가 집안에서 태어난 자들이지."

파트리스가 기사 내용을 확인해보니, 정치가 대부분이 몇 대나 걸쳐 당선되었다.

마치 정치가라는 지위를 세습으로 이어받고 있는 듯했다.

그걸 비꼬는 기사가 공개된 정도로는 통일 정부는 제국보다 자유가 보장되어 있는 듯하다.

하지만 파트리스는 솔직하게 중얼거렸다.

"꼭 귀족 같네요."

자신의 호위로 파견된 마리를 보고 파트리스는 마음속으로 리암에게 감사했다.

(실력은 더할 나위 없어. 게다가 통일 정부의 내부 사정도 잘 알고 있는 기사를 파견해주다니, 리암 님은 센스가 있는 분이야.)

최적의 인재를 보내준 리암에게 감탄하면서 파트리스는 마리와 잡담을 계속했다.

"그건 그렇고, 단순한 거래 이야기를 하는데 극비리에 숨기고 있는 요새를 사용할 줄은 몰라서 놀랐어요. 그만큼 초조해하고 있는 걸까요?"

마리는 통일 정부의 뉴스를 열람하면서 파트리스의 물음에 답했다.

"통일 정부는 이 정도의 요새는 여러 개를 가지고 있어. 그중 하나가 알려져도 놈들은 아무렇지도 않은 거지."

파트리스는 시선을 창밖으로 되돌렸다.

소행성의 내부를 파낸 형상이며, 그 중앙에는 태양을 대신하는 조명이 준비되어 있었다.

중앙을 향해 건물이 자라난 것처럼 보이는 광경이 펼쳐졌고, 온통 꽉 막힌 느낌이 강했다.

(자 그럼, 어떻게 이야기를 정리해볼까.)

요새의 귀빈실에서 통일 정부의 정치가와 고급 관료, 통일군의 군인들이 그들을 맞이했다.

무뚝뚝한 군인들과는 대조적으로 관료 한 명이 웃으면서 파트리스에게 손을 내밀었다.

"뉴랜즈 상회의 파트리스 님이군요. 기다리고 있었습니다."

악수하는 파트리스도 웃는 얼굴로 응했다.

"저야말로."

긴 테이블을 끼고 자리에 앉는 파트리스 뒤에 호위인 마리가 섰다.

방 안에는 통일군의 군인들도 호위로서 벽에 서서 파트리스 일행을 주시하고 있었다.

(우리를 환영하는 분위기는 아니군.)

통일 정부, 특히 통일군에서 제국의 귀족제란 시대착오적인 통치법이다.

민주주의 국가 사람들이 보기에 이해할 수 없는 나라일 것이다.

게다가 평소에는 적대관계.

웃는 얼굴을 보이는 정치가나 관료들도 내심 괘씸할 것이다.

아까 파트리스와 악수를 한 관료가 회의를 진행했다.

"그럼 바로 거래 내용을 확인합시다."

"좋아요."

제국의 인간과 거래하는 게 못마땅한 군인들은 씁쓸한 표정을 짓고 있었다.

군인들의 분위기를 헤아린 관료는 서둘러 회의를 끝내려 했다.

파트리스도 이야기만 잘 마무리되면 아무 불만 없기에 순순히 응했다.

관료가 리스트를 파트리스 앞에 투영했다.

"이게 우리가 희망하는 물품 리스트입니다."

"꽤 많네요."

"이래저래 사정이 있어서요. 저희는 지속적인 거래를 희망합니다."

"지속적으로요?"

"네. 그쪽에도 나쁘지 않은 이야기죠? 통일 정부와 지속적인 거래는 큰 이익이 될 겁니다."

파트리스가 좋아서 달려들 줄 알았는지, 관료는 약간 거만한 태도로 교섭을 진행했다.

확실히 이건 파트리스에게도 큰 거래였다. 만약 아무 목적이 없었다면 당장이라도 조건 교섭에 들어갔을 것이다.

하지만 지금의 파트리스에겐 무서운 후원자가 붙어있다. 그의 부하인 마리가 지금도 파트리스의 동향을 감시하고 있다.

"확실히 그렇군요. 다만, 이것만으로는 계약을 맺을 수 없습니다."

"예? 그게 무슨 말이죠? 이만한 물자를 지속적으로 거래하는 게 얼마나 큰 이윤을 가져올지 모르십니까?"

관료가 이해 안 된다는 표정을 짓자 파트리스도 속으로 푸념했다.

(그야 할 수 있으면 나도 빨리 끝내고 싶지!)

토마스가 한 말이 파트리스의 머릿속에 떠올랐다.

리암은 대의가 없는 자를 돕는 것은 용서하지 않을 것이라는 말을.

"——거래하기에 앞서, 통일 정부 내에서 무슨 일이 일어나고 있는지, 자세히 가르쳐주셨으면 합니다."

그러자 정치가와 관료들의 얼굴에서 가식적인 웃음이 사라졌다.

"그걸 왜 알고 싶은지 이유를 물어봐도 될까요?"

관료의 목소리의 톤은 아까 전보다 낮아져 있었다.

파트리스는 웃는 얼굴 그대로이다.

"저희에게 물자를 주시는 분은 번필드 백작입니다. 백작은 대의가 없는 진영에 가담하는 것을 싫어하시죠."

그 말을 들은 한 군인이 테이블에 주먹을 내리쳤다.

격한 소리를 낸 사람은 군복에 훈장을 몇 개나 단 장군이었다.

"뻔뻔스럽게 잘도 그런 말을!"

격노하는 군인들.

파트리스의 뒤에서 대기하고 있던 마리가 위압하자 벽에 서 있던 군인들도 무기를 쥐려고 움직이기 시작했다.

교섭이 당장이라도 결렬될 것 같은 상황이 되자 관료가 황급히 자리에서 일어나 상황을 수습했다.

"기다리세요! ――실례했습니다. 아무래도 상황 설명이 부족했던 것 같군요."

주위 사람들이 분노를 드러낸 군인들을 말렸다.

파트리스는 교섭이 결렬되지 않아 안도했다.

"감사합니다."

(군인들은 상당히 화난 것 같네.)

관료는 힘없이 고개를 젓고는 자리에 앉아 파트리스에게 현재 상황을 간단하게 설명하기 시작했다.

두 사람 사이에는 수많은 자료와 입체영상이 투영되었다.

"시작은 독립운동이었습니다."

"독립이요?"

"통일 정부에 가맹한 나라 중 일부가 독립하여 새로운 성간 국가를 세우려고 했지요."

독립 시도 자체는 제국에서도 일어나기에 그리 드문 이야기가 아니다. 통일 정부도 예외는 아닌 모양이었다.

"통일 정부에서도 독립하는 국가가 나타나는군요. 그래서 바로 진압을?"

제국에서는 독립 세력이 나타나면 바로 진압에 나선다. 상황에 따라서는 행성째로 멸망시킬 때도 있다.

하지만 통일 정부는 사정이 다른 모양이었다.

정치가 한 명이 파트리스의 말을 듣고 코웃음 쳤다.

"거역하면 바로 무력을 쓰다니, 제국은 야만인 집단이군."

관료가 파트리스에게 정치가가 한 말에 대해 대신 사과했다.

"크흠, 죄송합니다."

"아뇨, 괜찮습니다."

"통일 정부에서는 독립운동이 일어나도 바로 무력 행사에 나서지 않습니다."

그러나 관료는 파트리스에게 이번 독립운동이 굉장히 성가시다고 덧붙였다.

"물론 한 행성의 독재자가 독단으로 독립을 시도하면, 저희도 바로 진압에 나섭니다. 하지만 민주주의로 독립을 결정한 경우는 이야기가 다릅니다. 체제에 기반한 결과이기에 저희도 인정할 수밖에 없지요."

군대를 이끌고 억지로 국민을 복종시키는 상대라면 통일 정부도 바로 진압에 나서지만, 민주적으로 당선된 리더가 독립을 선언하면 그럴 수 없다는 뜻이다.

파트리스는 통일 정부의 독자적인 사정에 관심을 가지면서 이야기를 들었다.

"제국과는 사정이 다르군요."

"문제는 여기서부터 일어났습니다. 독립을 주장하는 국가가 하나하나 늘어나더니, 이들이 동맹을 맺고 통일 정부에 전쟁을 선포한 겁니다."

파트리스는 자료를 보고 이상한 점을 알아차렸다.

독립한 나라는 지금까지 통일 정부에서 발언력이 없고 푸대접 받은 나라뿐.

통일 정부에 가맹한 국가 중에서도 국력이 낮은 나라들이었다.

그런데 이들이 집결했다고 한들, 과연 통일 정부를 상대로 전쟁을 벌일 군사력이 나올까?

(누군가가 지원했을지도 모르겠군.)

파트리스가 뒤에 누군가가 있을 것이라 예상하자, 관료가 자기들에게 싸늘한 시선을 보내고 있다는 걸 깨달았다.

"그들의 병기는 대부분 제국제였습니다. 다소 위장하긴 했지만, 금방 알 수 있었죠."

공중에 투영된 영상을 보고 파트리스는 바로 어느 병기공장이 건조한 함정인지를 알아냈다.

(이건 제1병기공장의 함정과 기동기사인가? 제2병기공장도 연관되어 있군. 심지어 신형이네.)

제1과 제2는 이전에 버클리가의 편을 들었던 병기공장이다.

애초에 이런 신형이 갓 독립한 국가에서 돌아다니는 것 자체가 너무 부자연스러웠다.

(외국에 신형 병기를 넘겨주다니, 이런 짓이 가능한 자는 제국에서도 손꼽을 터.)

파트리스가 가능한 인물을 생각하면서 관료들의 태도를 비난했다.

"과연, 적을 지원하는 게 제국이다, 이 말이죠? 그래서 여러분이 화가 나신 건 이해했습니다. 하지만 그 분노를 저에게 쏟아내시면 곤란합니다. 전 상인입니다. 그리고 제 후원자인 번필드 백작은 통일 정부의 적을 지원하지 않습니다."

관료도 이해는 하는 듯했지만, 어쩔 수 없다는 표정으로 입을 열었다.

"실례했습니다. 상황이 상황이라. 현재 통일 정부는 각지에서 독립의 움직임이 나타나고 있습니다. 통일 정부의 군대는 부주의하게 움직일 수 없게 되었고, 도리어 감시와 견제로 전력이 분산된 상태지요."

그는 통일군이 움직이지 못하는 동안 적은 최신예 무기를 갖춰 주변을 무력으로 제압하고 있다고 설명했다.

파트리스가 솔직하게 물었다.

"누가 그들에게 병기를 지원하는지 아시는 게 있습니까?"

"확실하지는 않지만, 제국의 라이너스 전하가 아닌가 추측하고 있습니다. 실제로, 그의 관계자가 움직이고 있다는 정보가 있었지요."

"라이너스 전하라고요? 그걸 아시면서 용케 저희와 만날 생각을 하셨군요."

사실상 제국에 의해 내부가 어지러워진 통일 정부가 왜 이 거래에 응했는가?

파트리스의 의문에 관료는 미소 지었다.

"그건 파트리스 씨의 후원자가 번필드 백작이기 때문입니다. 통일 정부가 요주의 인물로 마크하는 인물이지요."

제국 안에서 돋보이던 리암은 이미 다른 나라에서도 주시받는 모양이었다.

즉, 이들은 리암이 라이너스와 적대하고 있다는 걸 알고 있었다.

"처음부터 전부 알고 있었다는 말인가요?"

"저희의 정보망을 얕보시면 곤란하죠. 자 그럼, 거래 이야기로 돌아갈까요."

파트리스는 내심 식은땀을 흘렸다.

"네, 좋습니다."

(정보는 통일 정부가 한 수 위인가. 성가시게 됐네.)

파트리스가 회의를 진행하고 있는 가운데, 마리는 일시적으로 호위를 부하에게 맡기고 방에서 나와 복도를 걷고 있었다.

눈을 크게 뜨고 번뜩이며 방금 들은 이야기에 흥분하고 있었다.

"로제타 님이 걱정하시던 게 이거였구나. 역시 리암 님의 지휘는 여전히 신들렸어."

라이너스와 적대하자마자 약점이 될 수도 있는 정보를 입수했다.

리암의 예측이라기보다는 행운에 가깝지만, 그렇기에 신들렸다.

"우주가 리암 님의 승리를 바라고 있어. 역시 그분이야말로——."

화장을 고치러 화장실에 오니, 거기에 통일 정부의 관계자를 호위하는 여자가 있었다.

검은 정장에 선글라스를 낀 모습으로 마리를 보자 씨익 웃음을 지었다.

그 모습이 걸쭉한 액체로 변하더니 원래 모습으로 돌아갔다.

가면을 쓴 쿠쿠리의 부하.

번필드가의 암부 한 명이 마리 앞에 모습을 보였다.

마리는 웃음 지었다.

"어땠어?"

결과를 묻자, 쿠쿠리의 부하는 '키히히' 하고 기분 나쁘게 웃은 뒤에 자세한 내용을 보고했다.

"마크하고 있었던 건 사실입니다. 다만, 통일 정부가 중요 인물로 인정한 건 최근이죠. 실제로는 라이너스에 관한 정보를 모으다가 리암 님의 이름이 나온 것입니다."

"허세였나."

"저쪽은 번필드가에 대한 상세한 정보를 가지고 있지 않습니다."

"처음에 적의를 보인 건 연기가 아니라 진심이었나?"

이전부터 리암을 마크하고 있었다는 말은 관료의 거짓말이었다.

마리는 혀를 차고 쿠쿠리의 부하에게 물었다.

"통일 정부의 목적은 알아냈어?"

"물자가 부족한 건 사실입니다. 장거리 워프 장치를 여럿 파괴당해 보급에 문제가 생겼습니다."

"그 외에는?"

"호위가 알고 있는 정보는 여기까지입니다. 더 자세한 내용은 지금부터 조사하겠습니다."

마리는 쿠쿠리의 부하에게 명령했다.

"리암 님이 이용당하는 건 절대로 용납할 수 없어. 넌 이후에도 정보를 수집해서 통일 정부의 약점을 찾아라."

쿠쿠리의 부하가 모습을 다시 호위하는 여성의 모습으로 바꾸었다.

"분부대로."

호위로 변신한 쿠쿠리의 부하는 그대로 마리의 옆을 지나 자기 일을 하러 돌아갔다.

마리가 희미하게 웃음을 띠었다.

"통일 정부는 리암 님의 손바닥 위에서 춤이나 추고 있으면 되는 거야."

옥시스 연합왕국.

이곳은 제국과 똑같이 귀족제를 채용한 성간 국가다.

다만 제국과 달리 이곳은 귀족제 국가의 집합체였다.

국가원수인 왕들이 회의를 통해 방침을 정하는 의회제가 시행되고 있다.

그런 옥시스 연합왕국에 가맹한 국가—— 그보다 더 아래에 있는 한 귀족과 면회하고 있는 사람은 토마스였다.

토마스의 예전 장사 상대였다.

파이프 형태의 물담배를 피우는 귀족의 집무실.

토마스는 고액의 헌금을 대가로 연합왕국의 내부 사정을 알 수 있었다.

귀족은 당당히 토마스에게 국내 사정을 폭로했다. 거리낌은 조금도 보이지 않았다.

"제국의 라이너스 전하가 연합왕국을 구성하는 여러 국가에 지원을 하고 있어. 라이너스 전하가 황제가 되었을 때 분쟁지를 연합왕국에 넘긴다는 뒷거래가 있어서 말이야."

"뒷거래라고요?!"

토마스는 놀랐지만, 그런 일이 있어도 이상하진 않았다.

애초에 제국의 영지—— 지배 공역은 넓다.

조금 깎여나간다고 해도 라이너스는 아무렇지도 않다.

오히려 그 정도 보상으로 황제가 될 수 있다면 싸게 먹힌다고 생각해도 이상하지 않았다.

귀족이 입으로 연기를 뿜자, 그것이 새의 모습이 되어 날갯짓하듯이 날아갔다.

연기가 형태를 가지게 하여 자유롭게 움직일 수 있는 기능이 있는 파이프였다.

연기로 된 새가 벽에 닿아 사라지자 이어지는 내용을 이야기했다.

"연합왕국에서는 뒷거래를 한 놈들이 세를 늘리고 있어. 자잘한 전투도 늘었고, 각자 필요한 물자를 긁어모으고 있지. 우리도 마찬가지고. 우리 사이니 싸게 해주겠지?"

토마스는 당연하다는 듯이 싸게 팔라고 말하는 귀족을 보고 정보료 대신이라 생각하며 체념했다.

고개를 끄덕이면서 더 자세한 정보를 요구했다.

"라이너스 전하와 뒷거래를 한 나라는 알고 계십니까?"

"물론. 국왕도 그중 한 명이야."

국왕조차 라이너스의 지원을 받고 있다는 말을 들은 토마스는 아연실색했다.

"호, 혹시, 당신마저도?"

귀족은 웃으면서 대답했다.

"자네, 나라의 뜻과 귀족 뜻이 항상 일치하진 않아. 국왕은 라이너스 전하에게 협력하고 있지만, 나는 다른 생각이 달라."

토마스는 그 말을 믿을 수 없었다.

그는 얼마든지 협력하는 척하다 배신할 수 있는 사람이다.

토마스가 이자와 거래를 피한 것도 결국 신용할 수 없었기 때문이었다.

"——안심했습니다."

속마음을 숨기고 입으로 그렇게 말하자 귀족은 기분 좋게 이야기를 계속했다.

"연합왕국—— 아니, 우리나라는 라이너스 전하를 지지하고 있어. 그가 황제로 즉위하면 분쟁지가 우리 손에 들어오니까. 이건 연합왕국에도 큰 이익이지."

토마스는 나라를 위해서라고 말하는 귀족에게 불쾌감을 느꼈다.

(지원을 받기 위해 국내에서 작은 분쟁을 일으키고 있는 사람이 할 말이 아니야. 나라를 생각한다면 오히려 작은 분쟁을 피하는 편이 좋아.)

그저 자기 사정을 우선하고 있을 뿐이었다.

그런 귀족이 이상하다는 듯이 고개를 갸웃거렸다.

"하지만 최근엔 여러 가지로 부자연스러운 느낌이 들어."

"무엇이 말입니까?"

"지금까지는 제국이 간섭한다고 해서 이렇게까지 혼란스러워지는 일은 없었어. 상황에 따라 조금 차이는 있겠지만. 아무튼 이번엔 작은 싸움으로 끝날 것 같지 않아. 정말이지, 골치 아픈 이야기야."

토마스는 그 말을 듣고 생각에 잠겼다.

(내통 이외에도 뭔가 있는 걸까?)

그러자 귀족이 부자연스럽게 헛기침을 했다.

"덕분에 나도 주머니 사정이 안 좋아서 말이야. 가능한 한 지속적인 지원을 기대하고 있네. 차라리 우리의 어용상인이 되지 않겠나?"

토마스는 필사적으로 웃음을 만들어냈다. 긴장을 풀면 쓴웃음이 될 것 같았다.

"이미 번필드가의 후원을 받고 있으니, 그건 어려울 것 같습니다."

(네 어용상인이 되면 쓰다 버려지기만 할 건데.)

토마스는 리암의 어용상인이라 다행이라며 눈앞의 귀족을 보고 재확인했다.

대학에서 강의를 듣는 나는 옆에서 나날이 수척해지는 월레스를 곁눈질로 보고 있었다.

클레오를 돕는다고 정한 뒤부터 월레스의 음주량은 늘어가기만 했다.

"아무리 육체강화를 한 튼튼한 몸이라도 도가 지나치면 몸을 해친다고."

이 세계에는 우수한 약이 수없이 존재한다.

전생에서는 꿈같았던 약이 이곳에서는 실존한다.

물론 숙취가 순식간에 풀리는 약도 있다. 매일 밤 술을 들이부어도 이튿날에는 멀쩡해진다.

애초에 육체가 평범한 인간보다 강화되어 있으니 문제없다.

어지간히 마셔도 다음 날에 아무런 영향도 없다.

월레스가 수척해진 건 술의 양이 너무 많은 데다가 정신적인 문제가 크기 때문이다.

"내버려 둬. 어차피 곧 죽을 목숨인데. 아무도 모르게 암살당하고 병사했다는 소문이 퍼지며 잊히겠지—— 후후, 수많은 황족이 걸어갔던 말로야."

너무 비관적이라 싫어졌다.

"너한테도 호위를 달아뒀으니까 안심해."

"황족의 질척질척한 역사는 길어. 그 긴 역사 속에서 특수한 암살 집단이 수없이 생겨났지. 힘만으로는 이기지 못하는 놈들도 있어."

안 좋은 이유로 탄생한 암살집단이군.

하지만 그런 대비는 중요하다.

나도 내 호위에는 돈을 더 투자해야겠다.

비관하는 월레스를 위로하고 있으니 긴급한 보고가 왔다.

강의 중에 책상 아래로 확인하니, 외국에서 활동하고 있는 토마스와 파트리스, 그리고 마리의 보고였다.

토마스의 보고로는 옥시스 연합왕국 내에서 일어나고 있는 작은 분쟁은 라이너스가 원인인 것으로 판명되었다고 한다.

라이너스도 나와 마찬가지로 나쁜 녀석이구나.

그보다 신경 쓰이는 정보가 있었다.

토마스가 정보를 얻은 상대는 아군의 정보를 태연하게 파는 귀족인 모양이다.

마음에 들었다.

토마스에겐 배신자 귀족과 그대로 관계를 유지하라고 지시를 내렸다.

하지만 지원까지는 못 해주겠네.

이번만큼은 라이너스의 지원을 받지 않는 제대로 된 녀석들을 지원하도록 하자.

파트리스에게서 온 보고는—— 루스트와르 통일 정부에서 독립의 기운이 고조되고 있으며, 그걸 지원하는 게 라이너스라고 한다.

이 녀석은 어디에서든 이름이 튀어나오네.

제국 입장에서는 독립할 것 같은 나라를 지원해서 통일 정부를 교란하는 편이 좋다.

하지만 난 라이너스와는 적대관계다.

개인적인 입장으로 이번에는 통일 정부를 지원하기로 했다.

훗, 내가 생각해도 난 나쁜 놈이다.

제국은 전혀 생각하지 않고 마음대로 판단을 내리는 자신이 무서워지기 시작했다.

나도 악덕 영주다워졌구나.

마지막으로 마리의 보고를 읽었는데, 아무래도 상관없는 내용이 적혀있어서 화가 났다.

"누가 오컬트 이야기를 보고하라고 했냐?"

마리의 보고서에는 제국이 개입해서 주변국에 분쟁이 일어났다고 보기 어렵다는 내용이 적혀있었다.

다른 나라의 간섭을 받는 건 성간 국가라고 해도 드문 일이 아니다. 지금까지도 있었던 일이다.

하지만 마리의 보고서에는 이번만큼은 뭔가가 다르다── 라이너스와는 별개로 더 큰 존재가 뒤에서 조종하고 있는 듯한 느낌이 든다고 적혀있었다.

음모론인가? 어이가 없군.

1년 내내 싸움이 끊이지 않는 세계다.

우연히 타이밍이 잘 맞아떨어져 각지에서 작은 분쟁이 빈발하고 격화되었을 뿐이다.

그 뒤에서 뭔가가 움직이고 있다니── 잠깐만?

난 문득 한 가지 가능성에 다다랐다.

황자들과 싸우려는 타이밍에 때마침 주변국에서 소란이 일어났다.

덕분에 외국과의 거래가 수월해졌다.

일이 나한테 너무 유리하게 돌아간다.

──설마?!

난 소리를 지를 뻔해서 손으로 입을 막았다.

나도 모르게 이 자리에서 감사의 말을 외칠 뻔했기 때문이다.

나에게 일방적으로 좋은 흐름—— 이 뒤에는 녀석이 있을 것이다.

그렇다, 안내인이다!

"왜 그래, 리암?"

월레스가 피곤한 얼굴로 나를 봐서 활짝 웃는 얼굴을 보여줬다.

"기뻐해라, 내 승리가 확정됐어."

"잠꼬대하냐?"

난 표정을 지우고 월레스의 머리를 때렸다.

사람이 진지한 이야기를 하고 있는데 얼버무리는 건 무슨 처사냐.

"건배~!"

어둑어둑하고 고급스러운 느낌이 감도는 술집에 밝은 목소리와 잔끼리 부딪치는 새된 소리가 났다.

잘 차려입은 여자들이 리암 주위에서 시중을 들었고, 손에는 술을 따른 잔을 들고 있었다.

그런 리암 가까이에는 울면서 병나발을 불며 술을 마시는 월레스가 있었다.

"젠자아아아앙!"

홧김에 술을 마시고 있었다.

"월레스, 모처럼 고급스러운 가게에 왔으니까 좀 더 즐기라고."

"즐길 수 없어! 전혀 즐길 수가 없다고!"

암살 위험에 겁에 질린 월레스는 술로 마음을 달래고 있었다.

황족으로 태어나 암살이 얼마나 고도화되었는지 알고 있기 때문이다.

가장 가혹했던 건 2,000년 전이다.

당시에 너무 많아진 황족들의 피 튀는 싸움이 오랫동안 이어진 시대가 있었다.

싸움 속에서 암살집단이 몇 개나 탄생하고는 살육전 속에서 사라져갔다.

그런 시대를 살아남고 활약한 암살집단은 마지막에 고용주였던 황제에게 배신당해 돌이 되었다는 이야기가 있다.

그 녀석들의 봉인이 풀리면 황족은 몰살당할 것이라는 이야기가.

월레스는 이 이야기를 교훈을 주는 옛날이야기라 생각하고 있었다.

하지만 암살집단이 고도화된 건 사실이다.

"어차피 나 같은 건 아무도 모르게 사라져버릴 거야. 짧은 인생이었어."

슬퍼하는 월레스 옆에서 리암은 고개를 갸웃했다.

"짧은가? 벌써 80년은 살았잖아."

"겨우 80년이잖아! 난 좀 더 오래 살고 싶다고!"

리암도 월레스가 울부짖어 당황했다.

작은 목소리로.

"80년이 짧은가."

라며 중얼거렸다.

리암 일행이 떠들고 있는 테이블에서 한 여자가 화장실로 가기 위해 일어섰다.

"잠깐 실례할게요."

여자는 화장실에 들어가자 웃음을 지우고 진지한 얼굴을 했다.

그 여자는 혼자인 것을 확인한 뒤에 작은 가방 속에서 침을 꺼냈다.

"바보 같은 남자. 검술 실력만으로 살아남을 수 있는 줄 아나? 남자는 꼭 힘으로만 죽일 수 있는 건 아니지."

암살용 도구를 확인하고 리암 곁으로 돌아가려고 했다.

하지만 화장실 출입구를 큰 벽이 가로막고 있었다.

"어?"

여자가 올려다보니, 검은 벽은 웃고 있었다.

"그 의견에는 저도 찬성이에요. 다만~ 그분의 암살에 쓰기에 그런 침은 너무도 부족하지만요~."

즐거운 듯이 웃고 있는 가면을 쓴 거한은 검은 로브를 두르고 있었다.

여자가 소리를 내려고 하자 뒤에서 뻗어 나온 손이 입을 틀어막았다.

눈치채지 못한 사이에 뒤에도 적이 온 모양이다.

고개를 돌려 확인하니, 뒤에도 비슷한 가면을 쓴 여자가 있었다.

가면을 쓴 여자가 여자의 얼굴에 손을 뻗어 그대로 가죽을 벗겨냈다.

피가 흐르는 대신, 가죽 안에서 또 다른 얼굴이 나왔다. 즉 변장이었다.

변장을 간파당한 여자는 미간을 찌푸렸다.

가면을 쓴 남자가 얼굴을 여자에게 가까이 댔다.

"변장이 너무 허술하군요. 우리 시대에는 엄두도 못 낼 짓이죠. 다른 조직들은 기술을 실전한 걸까요?"

붙잡힌 여자는 관절을 뽑아가며 탈출을 시도했지만, 가면을 쓴 여자의 손에서 벗어날 수는 없었다.

"윽!"

가면을 쓴 여자의 피부가 몸에 들러붙어 떨어지지 않았다.

그리고 여자의 몸만이 바닥에 가라앉아갔다.

"음."

가면을 쓴 남자는 저항하는 여자를 보면서 흥미로워했다.

"실력은 이전만 못 한 것 같지만, 그때와는 다른 기술을 얻었을 가능성도 있겠군요. 흠, 당신에게 여러 가지로 물어보도록 하죠.

우리는 2,000년의 공백이 있거든요~."

동류라는 기색을 느낀 여자는 이대로 잡히는 게 얼마나 위험한 지를 알고 있었다.

(도, 도망쳐야 해!)

여자가 뭔가 하려고 하자 가면을 쓴 여자가 의식을 빼앗았다.

가면을 쓴 여자가 기절한 여자를 내려다보고 있었다.

"이게 황족을 섬기는 암부일까요? 너무 무능합니다만."

가면을 쓴 여자의 소박한 질문에 가면을 쓴 남자── 쿠쿠리는 곤란한 듯이 대답했다.

"전체적으로 실력이 떨어진 걸까요? 뭐, 우리와는 다른 방향으로 발전했을 가능성도 있습니다. 그런 것도 천천히 조사합시다. 아, 당신은 이 녀석으로── 이 자가 변장했던 여자로 변장해서 리암 님을 상대하세요."

소란이 일어나지 않도록 쿠쿠리는 가면을 쓴 여자── 부하에게 명령했다.

부하는 명령에 이의를 제기하지 않았다.

"네."

가면을 쓴 여자는 기절한 여자의 머리를 잡았다.

그러자 가면을 쓴 여자의 모습이 서서히 기절한 여자가 변장했던 모습으로 변모했다.

용모뿐만이 아니다.

옷과 액세서리도 완벽하게 재현되었다.

그대로 여자의 머리를 잡고 마법을 사용했다.

여자가 부들부들 떨기 시작하고 입에 거품을 물기 시작했다.

잠시 뒤에 가면을 쓴 여자가 손을 놓았다.

여자는 바닥으로 가라앉아 이곳에서 사라져버렸다.

"예상대로 말단인 것 같습니다. 제대로 된 지식도 기술도 없었습니다."

여자의 기억을 읽어낸 가면을 쓴 여자의 대답을 듣고 쿠쿠리는 아쉬운 듯이 어깨를 늘어뜨렸다.

"리암 님의 목숨을 노리는데 이런 잔챙이를 보낼 줄은 예상치 못했어요. 뭐, 좋습니다. 그럼 뒤는 부탁할게요."

쿠쿠리도 바닥에 가라앉듯이 사라져갔다.

여자와 쿠쿠리가 사라지자 이쪽으로 다가오는 발소리가 들려왔다.

가게의 남자 점원이다.

"캐서린, 빨리 돌아와~. 오늘 손님은 화나게 하고 싶지 않으니까~."

간사한 목소리를 내는 남자 점원에게 가면을 쓴 여자는 약간 짜증 내면서 대답하는 연기를 했다.

(기가 센 여자를 연기하고 있었으니——.)

"시끄러워. 금방 갈 거야!"

"정말, 항상 심술궂다니깐~."

남자 점원은 아무런 위화감도 느끼지 못하고 떠나갔다.

가면을 쓴 여자는 화장실에서 나와 리암이 있는 곳으로 향했다.

제국대학을 다닌 지 3년이 지난 무렵.

내가 지내는 전통 있는 고급 호텔의 대회의실에는 많은 귀족이 모여있었다.

물론 불러 모은 사람은 나였다.

"모여 주셔서 감사합니다."

나는 이놈이고 저놈이고 다 악한 얼굴을 가진 귀족들을 앞에 두고 능청스럽게 인사하고 있었다.

그중에서도 그럴듯한 분위기를 내는 자가 셋.

그 세 사람은 주위의 귀족들보다 눈에 띄었다.

한 명은 젊은데 백발을 올백으로 넘긴 품위 있고 훤칠한 남자인데 표표한 태도로 있었다.

언행이 부드러운 신사적인 남자는 '프랜시스 세라 갼느' 백작이다.

하지만 내 감이 방심하지 말라고 경고했다.

"설마 수도성에 불려 와서 파벌을 만드는 데 관여하게 될 줄은 몰랐습니다. 감사합니다, 번필드 백작."

생글생글 웃고 있지만 속으로 무슨 생각을 하는지 알 수 없는 타입이었다.

악당 중에 자주 보이는 타입이다.

게다가 또 한 명은 어떻게 봐도 악당 같은 인상의 남자였다.

안대를 쓴 근육질의 남자 '제리코 세라 골' 백작은 팔짱을 끼고 호쾌하게 웃고 있었다.

"설마 이 몸이 젊은이에게 호출당하는 날이 올 줄이야. 부른 사람이 번필드 백작이 아니었으면 무시했을 거다."

태도가 호쾌한 것치고는 말속에 비아냥이 담겨있었다. 온몸에 상흔이 있는 역전의 용사 같은 분위기인데 말이지. 그릇이 작은 남자로군.

제국의 의료 기술이라면 흉터도 간단히 지울 수 있는데도 놔두는 건, 그가 주위를 위압하는 모습을 선호하기 때문일 것이다.

생긴 것에 비해서는 잔챙이 느낌이 드는 녀석이지만, 골 가문은 변경 귀족 중도 힘이 있는 집안이다. 가문을 생각하면 깔볼 수 없는 녀석이다.

개성이 강한 면면들이 모인 회의실을 관리하는 걸 도와주는 사람은 크루트의 아버지인 에크스나 남작이었다.

"본론으로 들어가죠. 리암 공, 진심으로 클레오 전하의 파벌을 만들 생각입니까?"

제위에서 가장 먼 황자를 위해 파벌을 만든다.

이를 듣고 불안하게 여기는 귀족이 많은 것은 사실이다.

내 이름으로 많은 사람을 긁어모았지만, 파벌에 들어오기로 한 귀족은 아직 없다.

아마 지원한들 의미가 없다고 생각하고 있을 것이다.

하지만 나에겐 승산이 있었다.

"물론입니다. 저는 직접 클레오 전하를 차기 황제로 만들겠다고 약속했습니다."

귀족들이 술렁거리는 소리가 회의실을 메웠다.

내가 모은 사람들은 주로 영주 귀족들이다. 이들은 수도성에 올 일이 많지 않으니 궁정의 내부 사정을 잘 모르는 자가 많다.

에크스나 남작이 불안해했다.

"폐하께서도 그…… 좋게 보지 않는다고 들었다만?"

"그렇겠죠. 그렇기에 더 가치가 있는 겁니다."

나에게 현 황제는 적일 가능성이 크므로 배제할 수밖에 없다.

다만 걘느 백작이 강한 관심을 보였다. 파벌 가입이 솔깃한 모양이다.

"실현 가능하다면 재밌는 이야기로군요. 우린 몇 대 전, 폐하의 노여움을 사서 냉대를 받은 경위가 있으니까요. 우리의 상황을 뒤집을 기회가 되겠지요."

이 녀석의 집안은 대체 어떤 못된 짓을 한 거지?

뭐, 악덕 영주 동료로서 믿음직스러울 따름이다.

걘느 백작이 찬성하자 골 백작도 흥미를 보였다.

"궁정의 분쟁이 내 영지까지 영향을 끼치는 건 별로 달갑지 않군. 나로서는 만만한 황제가 좋다만, 칼뱅 전하도 라이너스 전하도 만만치 않은 걸로 아는데."

난 회의실에 자료를 제시했다.

귀족들이 공중에 투영된 자료를 바라봤다.

"이걸 봐주십시오. 라이너스 전하가 외국과 한 뒷거래의 내용입니다."

표시한 것은 통일 정부와 연합왕국에서 이루어진 뒷거래 내용이다.

자료를 응시하는 걌느 백작이 턱에 손을 댔다.

"이것만으로는 부족해요. 드문 이야기도 아니고, 설령 증거가 있어도 라이너스 전하는 끝까지 모르는 척할 겁니다."

"물론, 저도 이런 걸로 라이너스 전하를 실각시킬 수 있다고 생각하진 않습니다."

애초에 그리 몰아세우지 않아도 된다.

라이너스가 뒤에서 다른 나라와 관계가 있다는 말을 주위에 퍼뜨리기만 하면 된다.

"평판을 떨어뜨리는 것만으로도 충분합니다. 그리고 클레오 전하께서 실력으로 제위를 차지하도록 할 겁니다."

골 백작이 실력이라는 말을 듣고 약간 기뻐했다.

"그건 좀 마음에 드는 이야기군. 하지만 라이너스 전하와 싸우는 건 쉽지 않다."

라이너스를 지원하는 귀족은 많다.

이 자리에 모인 귀족들보다 질과 양에서 우세한 것은 틀림없다.

그런 그들과 싸우는 건 피하고 싶다, 고 생각하는 게 보통이다.

에크스나 남작이 식은땀을 흘리고 있었다.

"저 같은 힘없는 남작가에겐 부담이 큰 이야기군요."

자신에겐 힘겹다고 생각하는 모양이었다.

"문제없습니다. 우리 앞에 서는 건 클레오 전하이고, 지원은 제가 할 겁니다. 여러분의 협력이 필요하겠지만, 혹사할 일은 없을 겁니다."

내가 원하는 것은 숫자의 힘이다.

물량은 힘이다.

많은 이들이 클레오를 지원하는 듯이 보이면, 착각해서 협력하려는 귀족도 나타날 것이다.

골 백작이 주위를 살펴봤다.

"버클리가를 멸망시킨 남자가 한 말이 아니었다면 헛소리라고 생각했겠지. 재미있군. 난 협력하겠다."

갼느 백작은 주먹으로 입가를 가리고 큭큭거리며 웃었다.

"저도 거들도록 하죠."

영향력 있는 두 사람이 참가를 표명하자, 귀족들이 앞다투어 클레오 파벌에 속속 참가를 희망했다.

에크스나 남작이 날 보고 기막혀했다.

"리암 공의 부름이 아니었으면 아무도 참가하지 않았을 겁니다."

버클리가를 멸망시킨 실적이 이제야 큰 영향력을 만들어낸 것 같다.

나 같은 젊은도 실적이 있으면 신뢰를 받는다.

실로 고마운 일이다. 하지만 이야기는 이걸로 끝이 아니다.

"지금부터가 진짜 싸움이 될 겁니다. 뭐, 마지막에 이기는 건 우리겠지만요."

난 모인 면면들을 둘러봤다.

이놈이고 저놈이고 만만치 않은 악한 얼굴을 가진 귀족들뿐이다.

악당이라는 자는 자기에게 이익이 생기는 이야기에 민감한 법이다.

이번에도 날 이용해서 이익을 내려 하고 있을 것이다.

어쨌든 클레오가 황제에 즉위하면, 그 이후에는 우리가 마음대로 할 수 있으니까.

우리의 시대가 온다.

그걸 이해한 귀족들이 이렇게 나에게 모여든 것이다.

진정한 악당인 내 주위에는 악당들이 모이는 것이다.

"다음 시대를 만드는 건 우리다."

씨익 웃음을 짓자 죽 늘어앉은 귀족들도 의미심장하게 웃음을 지었다.

회의가 끝나자 걒느 백작과 골 백작이 수도성에 있는 호텔에서 면회하고 있었다.

방을 준비한 사람은 걒느 백작이었고, 골 백작은 창문 앞에 서서 수도성의 풍경을 바라보고 있었다.

골 백작은 등을 돌린 채로 걒느 백작과 이야기하고 있었다.

걒느 백작은 잔에 담긴 술을 바라보면서 골 백작과의 대화를 즐기고 있었다.

"그와 같은 걸물이 변경에 태어난 건 행운이었어요."

"조부모와 부모는 멍청이였지만, 알리스타 공의 피는 아직 끊어지지 않은 모양이야."

"변경의 영웅이라 불렸던 그의 증조부 말인가요? 저도 존경하고 있었습니다. 그분은 위대한 영주였죠."

리암의 증조부인 알리스타는 변경 영주 사이에서는 유명했다.

변경의 영웅. 그리고 명군으로.

골이 낄낄거리며 웃기 시작했다.

"그건 그렇고 불러 모은 귀족들의 면면들을 봤나? 하나같이 다 처세가 서투른 놈들뿐이었어."

"번필드 백작은 입이 험하다는 소문이 있었는데, 그 속은 선량하군요. 이번에 모은 자들만 봐도 알 수가 있어요. 이익보다 의지와 존엄을 중시하는 자들뿐이에요."

리암이 불러 모은 변경 귀족들은 힘은 없어도 영주로서의 고집을 가진 선량한 영주들이었다.

골 백작과 걈느 백작도 마찬가지다.

"중앙은 항상 변경을 방치해왔다. 나도 클레오 전하를 즉위시켜 변경의 문제를 해결하고 싶다고 생각하고 있어. 넌 어떤가, 프랜시스?"

"저도 같은 의견이에요, 제리코 공. 무슨 일이 있어도 번필드 백작이 이겨야만 합니다."

리암이 파벌의 대표가 되어 클레오를 지지하겠다고 대대적으로 선언했다.

그날 저녁에는 라이너스가 클레오를 면회하러 왔다.

응접실에서 면회하는 두 사람.

라이너스는 인사도 간단히 끝내고 본론에 들어갔다.

"클레오, 난 널 오해하고 있었다."

"무슨 뜻인가요?"

"난 네가 줄곧 얌전하고 조용히 살 줄 알았다. 그래서 오늘까지 놔두고 있었지."

"그런가요."

라이너스는 소파에서 일어나 클레오를 싸늘한 눈으로 내려다봤다.

"오늘부터 너에겐 마음 편히 잠들 날은 두 번 다시 오지 않을 것이다."

라이너스가 클레오에게 선전포고했다.

"제게 굳이 선전포고하는 건가요? 여유롭네요, 형님."

정직한 라이너스가 우스운지 클레오는 미소를 지었다.

그 태도가 마음에 안 들었는지 라이너스의 표정이 험악해졌다.

"꼬맹이가, 날 깔보지 마라."

라이너스가 체면치레를 그만뒀다.

"네게 파벌이 생겼다고 해서 나하고 비슷해진 줄 아는 거냐? 어중이떠중이가 아무리 모인들 넌 내 적수가 못 된다."

라이너스는 제법 짜증이 나 있었다.

만약 그들이 말처럼 진짜 어중이떠중이 집단이었다면 이렇게까지 적시할 필요도 없었다.

"상당히 초조해 보이시네요. 무슨 일 있었나요?"

라이너스의 눈에 핏발이 서고 뭔가 하려고 움직이자 클레오 뒤에 대기하고 있던 티아가 말을 걸었다.

클레오 곁에서 호위로서 따르고 있는 티아의 시선은 날카로웠다.

"다 보입니다, 라이너스 전하."

라이너스가 동작을 멈추고 허리를 펴고 방에서 나갔다.

티아가 노려봐서 약간 겁먹은 것처럼 보이기도 했다.

하지만 방에서 나가기 전에는 평소처럼 허세를 부렸다.

"——황위 다툼에 끼어든 것을 후회해라. 넌 이제 내 적이다."

나가는 라이너스를 지켜보고, 클레오는 소파에 등을 기댔다.

"처음부터 우린 적대관계였어요, 형님."

티아가 그렇게 말하는 클레오에게 차를 준비해줬다.

클레오는 그 행동을 보고 티아가 얼마나 뛰어난 인물인지를 헤아리고 있었다.

강한데다가 예의범절도 완벽한 기사.

언니도 우수하다고 생각하지만, 티아는 그 이상이었다.

"클레오 전하께서는 라이너스 전하가 싫으신가요?"

티아의 질문에 난처해졌다.

"싫다는 표현은 조금 오해가 있군. 서로 처지라는 게 있지 않나. 다른 방식으로 만났다면 친해질 수 있었을지도 모르지."

황족이 아니라면 좀 더 친해졌을까? 하지만 클레오는 무의미한 망상이라며 고개를 저었다.

그런 가정의 이야기는 아무 의미도 없다.

티아가 준비한 차를 마시고 있으니 방에 세실리아가 찾아왔다.

황갈색 긴 생머리가 사락사락 흔들렸다.

누긋한 분위기로 클레오에게 말을 걸었다.

"클레오, 라이너스 오라버님이 화내고 있었는데 무슨 일이야?"

무슨 일이 일어나고 있는지 전혀 모르는 세실리아를 보고 클레오는 불안해지기 시작했다.

(가능하면 이 사람만큼은 후궁에서 빼두고 싶은데.)

앞으로 치열한 싸움이 벌어질 것이다.

싸움과 맞지 않는 세실리아만은 어떻게든 빼내고 싶었다.

"아무것도 아니에요, 누님. 그건 그렇고, 티아."

"예, 말씀하시죠."

"번필드 백작에게 한 가지 부탁할 수 없을까? 누님의 약혼자를 찾아줬으면 해."

"약혼자라고 하셨습니까? 황족의 약혼은 궁정의 권한입니다만……."

"찾지 못해서 곤란하던 차야. 어차피 궁정은 진심으로 누님의 약혼자를 찾을 생각이 없어."

클레오의 입지가 미묘했기에 언니인 세실리아도 영향을 받고 있었다.

세실리아는 황족이지만 계승권도 낮은데다가 약혼자도 없다.

언젠가 제거당할지도 모르는 처지.

귀족들은 섣불리 약혼했다가 말려들고 싶지 않아 했다.

어떻게 보면 월레스보다 형편이 나빴다.

티아는 두 사람의 처지를 헤아려 바로 보고하겠다고 약속했다.

"리암 님께 전하겠습니다."

다만 갑자기 약혼 이야기가 나와 세실리아는 이야기를 따라가지 못해 당황하고 있었다.

"어? 어어어?! 왜 내 약혼 이야기를 하는 거야?!"

귀족들과의 만찬이 끝나고, 난 에크스나 남작과 술을 마시고 있었다.

크루트의 아버지니까 친하게 지내려고 했는데, 이 판단이 썩 좋지 못했다.

"아십니까, 백작?! 자신의 포스터가 팔리는 데다가 부하들의 사물함에 그 포스터가 붙는 기분을!!"

아무래도 여러 가지가 쌓였는지 술주정이 심했다.

술을 마시면 남에게 시비를 거는 술버릇이다.

"큰일이네요."

난 에크스나 남작의 기분이 조금도 이해가 안 됐다.

부하들이 내 사진을 가지고 다녀? 뭐, 어딘가에는 있을지도 모르지만, 영주가 아이돌처럼 팬을 가지고 있다는 게 믿기지 않는다.

악덕 영주이면서 인심을 장악하고 있다고 하니 듣기에는 좋다만.

하지만 에크스나 남작은 진심으로 고민하고 있었다.

"평소엔 성실하고 의지가 되는 부하가 뒤에서 내 사진을 보고 흥분하는 모습을 보면, 있던 믿음도 사라진다고요."

울기 시작한 에크스나 남작에게는 동정하고 싶어지네.

"자신의 굿즈를 팔아 돈을 벌고 있는 자신이 한심합니다. 게다가 아들의 약혼은 결정되지 않고. 아! 딸이 수행하러 가는 걸 받아준다는 이야기는 아직 유효하죠?"

자신의 굿즈를 팔아서까지 돈을 버는 장사혼은 경이롭다.

나도 악덕 영주로서 이 정도 기개를 가져야 하나?

아니, 아니지.

내 굿즈를 팔아도 팔릴 것 같진 않다.

한 번 만들자는 계획도 있었지만, 내 손으로 무산시켜버렸다.

어이쿠, 지금은 에크스나 남작을 상대해야 한다.

"안 잊었어요. 언제든지 맡겠습니다. 그보다 크루트의 약혼이 정해지지 않았다는 건 정말인가요?"

"저희는 갑자기 출세했으니까요. 그 애에게 고생을 시키게 됐어요."

크루트에게 미안하다며 낙담하는 에크스나 남작.

급격히 출세한 탓에 귀족 사회에서 인정받지 못하고 있을 것이다.

크루트도 내가 모르는 곳에서 분명 고생하고 있을 것이다.

──그 녀석, 정말 괜찮은 건가?

에크스나 남작과 마시고 있으니 클레오 전하에게 맡겨둔 티아에게서 연락이 왔다.

"이런. 실례합니다. 부하의 연락입니다."

에크스나 남작에게 사죄하고 자리에서 일어나 티아와의 통신을 열었다.

"뭐야?"

작은 목소리로 『아~, 리암 님의 목소리』라는 색기를 띤 목소리가 들린 느낌이 들었지만, 분명 기분 탓일 것이다.

보고를 들어보니, 어째 클레오가 부탁을 한 것 같다.

『클레오 전하께서 리암 님의 힘을 빌리고 싶으시다고 하십니다.』

"돈 얘긴가?"

얼마를 마련하면 되는지 물어보니 티아가 고개를 저었다.

『아뇨, 예산 추가가 아니라 세실리아 전하의 혼인에 관한 이야기입니다. 연령이 150세를 넘겨 슬슬 결혼하셔야 하는데, 처지가 처지인지라 상대를 찾지 못했다고 합니다.』

세실리아의 약혼자를 찾아달라고? 그런 걸 나한테 부탁한들…….

면회했을 때 세실리아도 봤는데, 둥실둥실한 느낌의 미인이었다.

"나라면 상대를 찾을 수 있다고 생각하나? 약혼도 혼인도 궁정이 정하는 사안이잖아."

멋대로 정할 수 있으면 고생하지 않는다.

하지만 세실리아도 성가신 입장에 있는 것 같다.

『그 점에 대해서는 문제없습니다. 상대가 없어서 방치된 상태라고 하시더군요. 이 기회에 리암 님과 친한 분께 소개드리는 게 어떨까 합니다.』

티아의 제안은 세실리아 전하를 이용해서 다른 집안에 은혜를 베풀고 생색을 낼 수 있는 제안이었다.

세실리아 전하는 황족이고 제국에서는 더할 나위 없는 혈통이다.

혈통을 트집 잡는 녀석이 있다면, 그야말로 큰 문제가 된다.

아버지는 황제 폐하이고 어머니의 친정은 대귀족—— 다만, 클레오의 처지도 있어서 귀족들이 약혼을 단행하지 못했다고 한다.

월레스와는 달리 클레오 문제만 정리되면 바로 결혼이 결정될 것 같은 인물이네.

"결혼인가."

『네. 혈통은 확실하고 마음씨가 고우신 분입니다. 좋은 인연이 있으면 좋겠습니다만.』

갑자기 상대를 찾으라는 말을 들어 곤란해하고 있으니, 내 시야에 취해서 잠들어 있는 에크스나 남작이 들어왔다.

약혼자를 찾고 있는 가문…… 여기 있네.

"갑자기 출세한 집안은 상대가 고귀한 혈통일수록 더 좋겠지?"

『생각나는 곳이 있으십니까?』

난 티아와의 통신을 열어둔 채로 에크스나 남작을 깨워서 이야기했다.

에크스나 남작은 의식이 몽롱했지만 어떻게든 이야기할 수 있는 듯했다.

"에크스나 남작, 실은 크루트의 결혼에 대해 할 얘기가 있습니다."

"크루트요? 아~, 빨리 상대를 찾아야죠~."

에크스나 남작은 술에 취해있지만 말은 통하는 모양이다.

"제가 아는 사람 중에 혈통이 좋은 여성이 있습니다. 다소 연상이긴 하지만요."

문제는 연령일 것이다.

크루트는 나와 같은 80대.

그에 비해 세실리아는 150세를 넘었다.

외모는 잘 어울려도 나이 차이가 너무 많은 것처럼 느껴졌다.

"연상인가요~? 그건 크루트가 불쌍하네요."

에크스나 남작도 난색을 표했다.

이건 안 되겠군.

"확실히 70세 정도의 차이가 있으면 힘들겠죠."

내가 나이 차이가 얼마나 나는지 말하자 에크스나 남작이 놀랐다.

"70……? 허용 범위 안이 아닌가요?"

——어? 할 수 있는 거냐?!

"저, 정말로 괜찮은가요?"

내가 거듭 확인했다.

술기운 때문에 뭔가 착각하고 있다고 생각했기 때문이다.

하지만 에크스나 남작은 제정신인 것 같다.

"연상 여성은 좋다고 하니까요. 크루트에게도 의지할 수 있는 연상 아내가 있으면 저도 좋죠."

이 세계에서 70세 정도의 나이 차이는 허용 범위인 모양이다.

"크루트는 괜찮은가요? 나이 차이 때문에 고민하거나 하지 않을까요?"

친구인 크루트의 반응을 걱정하자 에크스나 남작은 골똘히 생각했다.

"100세 차이가 나면 조금은 고민하겠지만, 그 아이도 그 정도 라면 괜찮다고 말했던 것 같습니다."

정말일까?

그렇다면 바로 소개해줘야 할 것이다.

"그럼 바로 두 사람이 선을 보게 하죠."

이야기가 여기까지 진행되었다면, 선이라고 해도 약혼을 전제 로 대면시키는 것이다.

왠지 크루트에게 미안해지기 시작했다.

하지만 우리는 귀족이다.

결혼 상대가 마음에 안 들면 정부라도 두면 된다.

에크스나 남작도 의욕적이었다.

"좋군요! 이제 드디어 크루트도 제 몫을 할 수 있겠어요. 어라? 사관학교를 나온 뒤가 좋으려나?"

에크스나 남작은 취해서 비틀거렸지만, 장래를 걱정하고 있으 니 괜찮을 것이다.

"그럼 사관학교를 졸업한 뒤에 결혼하는 걸로 하고, 지금은 약 혼만 끝내시지요."

"음! 그렇게 하면 문제없지!"

난 대화를 듣고 있던 티아에게 전했다.

"이야기는 끝났다. 세실리아 전하와 크루트를 면회시킬 거야."

『네. 크루트 공을 사관학교에서 불러낼까요?』

"당연하지."

훗, 친구의 결혼 뒷바라지를 해줬다고.

혈통도 확실하고 미인이니까 크루트도 크게 기뻐하겠지.

난 기뻐하며 바로 잠들어버린 에크스나 남작을 봤다.

"축의를 기대하세요."

에크스나 남작이 영지로 돌아오자 난리가 났다.

에크스나 남작의 부인이 머리카락을 흩뜨리고 소리를 지르고 있었다.

"황족이 시집을 오다니, 어떻게 된 건가요?!"

갑자기 출세한 남작가에 황족 여자가 시집을 온다.

믿을 수 없는 사태에 에크스나 남작가는 혼란에 빠져있었다.

남작 부인이 따지고 들어서 에크스나 남작은 몸을 뒤로 젖히면서 변명했다.

"모, 몰라. 난 모른다고! 취해서 자고 있었더니, 그 사이에 크루트의 결혼이 정해졌어!"

일어났더니 아들 크루트와 황녀인 세실리아와의 결혼이 거의 내정되어 있었다.

지금부터 선을 보는데 거부 같은 건 할 수 없다.

이건 결정된 사항이었다.

이제 와서 거부하면 에크스나가는 제국 귀족으로서 끝장나버린다.

"우린 지위가 올라간 지 얼마 안 된 남작가예요. 황족과는 격이 맞지 않는다고요."

남작 부인이 울기 시작하자 에크스나 남작이 달래면서 변명했다.

"나도 어렵다고 했어. 그랬더니 백작이 '할 수 있다. 할 수 있다!' 라고 하니까!"

리암이 강행했다고 말하자 남작 부인이 소리쳤다.

"안 돼요! 애초에 우린 가난하다고!"

시끄러운 부모와 거리를 약간 두고 있는 소녀가 있었다.

크루트의 동생인 '시엘 세라 에크스나'다.

폭신폭신하게 볼륨 있는 은색 머리카락.

크루트와 같은 보라색 눈동자의 소유자다.

얼굴은 크루트와 비슷하며 이목구비가 뚜렷한 미소녀다.

몸집은 작고 슬렌더한 몸매를 하고 있다.

시엘은 부모의 대화를 들으면서 오빠인 크루트에게 사정을 알리고 있었다.

"오라버님도 들었나요?"

투영 디스플레이에 비친 크루트는 난처한 얼굴로 웃고 있었다.

부모의 말다툼을 들었다면 대부분의 사정을 알아차릴 수 있었을 것이다.

『들렸어. 설마 내 약혼자가 황녀님일 줄은.』

"오라버님의 약혼을 멋대로 정하다니, 번필드 백작은 너무해요. 오라버님이 불쌍해요."

『아하하, 시엘은 호들갑이 심하네.』

"오라버님은 좀 더 화내도 된다구요."

『리암이 꺼낸 혼담이니까 난 거절할 수 없어.』

시엘은 약간 섭섭한 듯이 말하는 크루트를 보니 리암에 대한 불만이 커졌다.

(오라버님을 곤란하게 하다니, 번필드 백작은 너무한 사람이에요.)

시엘에게 있어서 크루트는 이상적인 오빠다.

이상적인 남자가 누구냐고 물어보면 망설이지 않고 크루트라 답한다.

그런 오빠가 고민하는 모습을 보게 되면, 그 원인인 리암에 대한 불만도 품게 되는 것이다.

그리고 시엘에겐 신경 쓰이는 것이 있었다.

"오라버님, 요즘 계속 피곤한 것처럼 보여요. 무슨 고민이라도 있나요?"

얼마 전부터 크루트의 상태가 이상하다.

시엘은 걱정했지만, 크루트는 노골적으로 화제를 돌렸다.

『사관학교의 훈련이 힘들어서 그래. 그보다 시엘도 곧 본격적으로 수행이 시작되는 시기지? 그건 괜찮아?』

"네! 조만간 수도성에 가서 인사할 예정이에요."

시엘은 번필드가에 당분간 맡겨지게 되었다.

하지만 먼저 수도성에 있는 리암과 로제타에게 인사를 하도록 이야기가 되어 있었다.

『리암은 엄하니까 정신 똑바로 차려.』

어딘가 평소보다 연약해 보이는 크루트의 모습에 시엘은 불안해졌다.

"오라버님, 정말 괜찮은가요?"

『괜찮아. 시엘은 걱정이 많네.』

동생과의 통신을 끝낸 크루트는 방에 돌아가 침대에 걸터앉았다.

같은 방을 쓰는 학생은 어딘가에 외출해서 지금은 혼자였다.

"──내가 결혼이라."

상당히 고민에 빠진 표정을 지은 크루트는 사관학교에 가져온 짐 속에서 상자를 꺼냈다.

그 안에는 약이 든 작은 병이 몇 개나 있었다.

수도성의 지하 거리에서 입수한 약이다.

약을 들려고 하는 크루트의 손은 떨리고 있었다.

"한 번. 한 번만이라면."

작은 병을 든 크루트는 상당히 괴로워 보이는 표정을 짓고 있
었다.

재상의 집무실.

재상은 세리나에게서 온 정보를 확인하자 몸을 등받이에 기대고 천장을 올려다보면서 깊은 한숨을 쉬었다.

"타국과의 거래를 너무 가볍게 생각하고 있어. 초조하겠지만, 라이너스 전하는 경솔한 행동이 눈에 띄어."

라이너스가 다른 나라와 뒷거래를 하고 있었다는 정보를 파악해 재상은 두통을 느꼈다.

제국 입장에서는 광대한 영지 중 일부를 잃을 뿐.

이쯤이야 아무렇지도 않지만, 재상은 라이너스의 생각이 불만스러웠다.

"책임을 지는 건 본인이 아니라 항상 우리의 일이로군."

계승권 다툼에서 라이너스가 이기면 뒷거래를 한 상대와의 관계가 생겨버린다.

반대로 라이너스가 지면, 그때는 다른 나라가 트집을 잡는다.

어찌 됐든 귀찮아지는 건 황족이 아니라 재상과 황제의 가신들이다.

"황제 폐하가 되신 것도 아닌데 상당히 위세가 좋아."

재상 입장에서는 귀찮은 일이 늘어난 정도의 사건이다.

긴 제국의 역사 속에서 이런 일은 일상다반사였다.

당황할 필요조차 없다.

오히려 문제인 것은 리암이었다.

적극적으로 타국과 관계를 구축하고 있으며, 지금은 대량의 물자를 타국에 지원하고 있다.

라이너스가 지원한 진영과는 반대되는—— 적대하는 측의 편을 들어주고 있었다.

이 움직임은 라이너스도 알아차리고 있을 것이다.

"라이너스 전하는 난폭하게 구시겠지."

파벌 가입을 거부한 리암에게 벌을 줄 생각이었을 것이다.

하지만 리암은 라이너스에게 반항했다.

제위에서 가장 먼 제3황자 클레오를 옹립하고 파벌까지 만들어버렸다.

파벌에 들어간 귀족들은 200명도 채 안 된다.

설립 당시 인원은 100명 정도였지만, 서서히 늘어나고 있다.

자력으로는 영지 경영도 제대로 안 되는 변경의 영주 귀족이 대부분이었지만, 힘을 가지고 있는 귀족들도 섞여 있었다.

제국에서 보면 일부를 제외하면 힘없는 가문뿐.

궁정에도 접근하지 않고, 지금까지 파벌 싸움에서 머릿수로도 취급받지 못했던 이름뿐인 귀족들.

그런 귀족들을 리암이 지원해서 클레오의 존재감을 높이고 있다.

하지만 실질적으로 클레오를 지원하는 건 리암이다.

궁정에 있으면 이게 라이너스와 리암의 싸움이라는 걸 모두가 안다.

재상은 번필드가의 경영 상황을 확인하고 표정이 약간 풀렸다.

"경제 제재를 받아 무너질 줄 알았는데, 예상이 빗나갔군. 수단을 가리지 않고 돈을 벌면서 건전한 영지 경영으로 힘을 기르고 있었나. 얄미울 정도로 착실한 젊은이야."

입으로는 얄밉다고 말하면서 재상은 리암을 높이 평가했다.

레어 메탈만 믿지 않고 착실하게 기반을 다진 영지 경영에 재상도 호감을 느꼈다.

다만, 이건 리암과 라이너스의 싸움이 격화한다는 의미이기도 했다.

리암에게 아무런 타격이 없다는 걸 알면 라이너스가 격노하여 다음 수를 쓸 것이다.

"자, 라이너스 전하는 어떻게 움직일까."

재상은 불성실하게도 이 승부가 어떻게 굴러갈지 약간은 기대하고 있었다.

라이너스의 방.

그곳에서 라이너스는 책상 위에 있는 물건을 손으로 쓸어 넘겼다.

일할 때 쓰는 책상 위에는 비싼 도구가 몇 개나 놓여있었다.

기능성보다 모양과 가치를 중시한 그 장식물들이 바닥을 굴렀다.

"그 꼬맹이가아아아!!"

요즘 라이너스에 대한 나쁜 소문이 퍼지고 있었다. '황제도 아닌데 제국의 영지를 잘라 팔아서 다른 나라의 협력을 얻으려고 했다'는 소문이었다.

그리고 이건 불편하게도 사실이었다.

그는 리암의 뛰어난 정보 수집 능력을 몸소 겪는 중이었다.

"이걸로 날 앞지른 줄 아는 거냐!"

라이너스가 격노한 결정적인 이유는 그 소문을 퍼뜨린 클레오 파벌—— 리암이 직접 라이너스에게 항의하지 않기 때문이다.

이 소문을 이용해 라이너스를 쫓아내려 한 것은 오히려 황태자인 칼뱅의 파벌이었다.

칼뱅의 파벌이 매일같이 기분 나쁘게 라이너스를 비난했다.

궁정 사정을 잘 아는 칼뱅 파벌에 소속된 귀족들이 이 방법 저 방법으로 괴롭히는 나날이 이어지고 있었다.

"진짜로 날 화나게 했구나. 반드시 후회하게 해주마."

라이너스에게 리암은 클레오보다 더 증오스러운 적이 되어 있었다.

하지만 지금 상황에서 리암을 완전히 꺾는 건 어려웠다.

라이너스는 리암보다 더 성가신 칼뱅과 한창 계승권 다툼을 하는 중이다.

리암을 공격하다가 칼뱅에게 빈틈을 보여줄 수는 없는 노릇이었다.

"나와라."

라이너스가 손가락을 튕기자 바닥에서 남자들이 모습을 보였다.

독특한 가면을 쓴 남자들은 라이너스 앞에서 한쪽 무릎을 꿇고 있었다.

제국 뒤에서 암약하는 조직 중 하나를 거느리고 있었다.

빨간 가면을 쓴 리더 남자가 대표하여 라이너스와 대화했다.

가면에 달린 기능인지, 남자의 목소리는 합성된 전자 음성이었다.

"곤란하신 모양이군요, 라이너스 전하."

라이너스는 난폭하게 의자에 앉고는 빨간 가면을 쓴 남자에게 명령을 내렸다.

"너희가 나설 차례다. 클레오를 본보기로 만들어줘라. 그리고 리암을 죽여라. 관계자도 가능한 한 끌어들여라."

라이너스는 아주 차가운 목소리로 암살을 명령했다.

이들은 보수를 받고 비합법적인 일을 하는 조직이다. 그리고 지금의 고용주는 라이너스였다.

"그 둘을 암살하려면 걸맞은 보수를 주셔야 할 겁니다. 듣자 하니 실력자들이 붙어있다는 모양이던데."

라이너스는 이마에 핏대를 세우고 한쪽 눈을 움찔거렸다.

"그게 어쨌다는 거냐?! 빨리 제거하고 와! 나를 거스른 바보들을 제거하란 말이다!"

라이너스는 그들이 제시한 보수를 즉시 지불할 것을 약속을 했다.

빨간 가면을 쓴 남자는 전자음으로 큭큭거리며 웃었다.

"마침 저희 부하 하나가 당했으니, 좋은 기회로군요. 말단이라고는 해도 당한 건 돌려줘야지요. 그런데, 칼뱅 전하 쪽은 어떻게 하실 겁니까? 이건 클레오 전하에게 전력을 분산하는 꼴입니다만."

빨간 가면을 쓴 남자가 이끄는 조직은 라이너스의 호위와 첩보 활동도 하고 있다.

이들을 다른 일로 보내면 당연히 일손이 부족해진다.

물론 라이너스도 잘 알고 있었다. 지금은 클레오를 무시하고 칼뱅과의 싸움에 전념해야 한다는 것을.

하지만 도무지 리암을 가만히 둘 수가 없었다.

"──상관없다. 놈부터 제거해라."

라이너스의 말에 빨간 가면을 쓴 남자가 무릎을 꿇은 모습 그대로 바닥에 가라앉아 사라져갔다.

방에 혼자 남은 라이너스는 리암이 죽는 모습을 상상하며 히죽거렸다.

"검술에 제법 자신이 있는 것 같다만, 제국의 어둠 속에서 암약해온 자들까지 상대할 수는 없을 거다, 리암."

그들은 오랫동안 제국에서 암약해온 자들이다.

아무리 강한 기사라도 훌륭한 수완으로 암살했다.

암살자들은 강하기만 해서는 대처하기 어려운 상대들이었다.

"리암도 암부 세력이 있겠지만, 이런 인재들은 없겠지. 넌 상대를 잘못 골랐다."

"말도 안 돼. 왜 이렇게 됐지."

대학 생활도 절반을 넘겨 슬슬 끝이 보이기 시작했다.

"요 몇 년 동안 내가 무엇 하나 이루어내지 못했다고?"

수도성의 호텔 방.

의외의 사실에 의욕을 상실한 나는 바닥에 양손 양발을 짚고 고개를 떨구고 있었다.

내 곁에는 아마기가 서 있었다.

아마기는 나를 어이없다는 시선으로 내려다보고 있었다.

"주인님이 요 몇 년 동안 이루어낸 일은 아주 훌륭합니다. 제3황자 전하를 옹립하고 파벌을 만들었습니다. 수도성, 특히 궁정 안에서 난리가 났습니다. 그리고 대학에서는 우수한 성적을 거두고 계십니다. 훌륭하십니다."

"이건 내가 꿈에 그리던 대학 생활이 아니야!"

얼굴을 들어 항의했지만, 아마기는 여전히 어이없다는 반응이었다.

다른 녀석이 보면 무표정하게 보였겠지만, 나는 아마기의 반응을 알 수 있었다.

"여색을 즐기지 못한 걸 말씀하시는 겁니까? 포기하지 않으셨군요."

크루트와 재회하고 술을 마신 날에 난 모두 앞에서 여색을 즐기겠다고 공언했다.

내 지위와 재산이 있으면 불가능한 일은 아무것도 없다! 그렇게 생각하고 있었다.

하지만 뚜껑을 열어보니 귀족사회에서 파벌을 만들고, 평범하게 학업으로 바쁜 나날.

이런 때에 의지가 되어야 하는 월레스는 계승권 다툼에 말려든 뒤부터 술로 도피하게 되었다.

술로 망가지는 일이야 없겠지만, 혼자 마시고 싶다면서 매일같이 밤에 싸돌아다니는 형편이었다.

즉, 미팅을 세팅해주지 않았다.

진짜 그 녀석은 도움이 안 되네.

"모두 보는 앞에서 약속했다고! 그런데 내가 이대로 아무것도 못 하면, 그 녀석들이 날 안쓰럽게 볼 거 아니야! 그것만은 용납 못 해!"

그런 눈빛을 받는 상상만 해도 수치심에 얼굴이 빨개진다.

"더는 시간이 없어."

"그렇지요. 크루트 님이 세실리아 황녀 전하와 선을 보기 위해 수도성에 오시면, 자연스럽게 또 친구끼리 모이실 테니까요."

세실리아와 선을 보기 위해 크루트가 일시적으로 사관학교를 떠나 수도성에 온다.

원래라면 허가가 안 나지만, 아무래도 황족이 얽히면 사관학교도 특례로 허용하는 모양이다.

크루트가 수도성에 오면 또 다 같이 마시자! 라고 에일라가 말했다.

"벌써 에일라가 회식 일정까지 정했어! 앞으로 며칠밖에 안 남았는데 난 전혀 여색을 즐기지 못했어. ──모두가 날 비웃을 거야!"

악덕 영주가 여색도 제대로 즐기지 못하는 꼴이라니!

악덕 동료인 크루트와 에일라가 보면 한심한 놈이라고 비웃을 것이다.

"크루트 님은 건전한 남녀 관계를 추구하십니다. 주인님을 비웃는 일은 없겠지요. 에일라 님 역시 이런 일로 주인님을 비난할 가능성은 작습니다. 고작해야 놀림만 당하지 않을까요."

"놀림당하면 마찬가지잖아!"

술자리에서 모두에게 놀림 받는 꼴이 될 것이다.

분명 크루트는 웃으면서 이렇게 말하겠지!

「리암은 입으로는 악당이라고 하지만, 역시 여색을 즐기지 못했구나. 난 리암이 여색을 즐기는 건 어렵다고 생각해.」

에일라도 분명 이렇게 말할 것이다.

「로제타 씨 일편단심인 리암 군은 오히려 순수하단 말이지. 그런데 나쁜 척을 다 하고 말이야. 리암 군은 귀여워~.」

월레스 녀석도 거들 거다.

「리암에게 악덕 영주는 안 맞아. 내가 직접 여색을 어떻게 즐기는지 가르쳐주도록 하지.」

──친구들이 날 놀리는 모습이 상상되었다.

화가 나서 월레스만은 마음속에서 때려줬다.

"아마기는 내가 비웃음을 사도 괜찮아?!"

아마기의 치마에 매달리자 아마기는 어릴 때처럼 내 양 겨드랑이에 손을 넣고 들어 올렸다.

끌어안지 않고 도중에 멈추고 날 일으켜 세웠다.

"여색을 즐기길 원하신다면 영지에서 데려온 여성은 어떤가요? 로제타 님이 데려온 아가씨들부터 해서 기사와 관료, 그 관계자들까지, 상당한 숫자가 있습니다. 주인님이 명령하시면 당장이라도 불러낼 수 있습니다."

내가 지내고 있는 전통 있는 고급 호텔은 번필드가의 관계자가 숙박하고 있다.

당연하지만 여자도 많다.

내가 불러내면 따라야만 하는 자들이다.

당장이라도 여자와 노는 것이 가능한 상황이다.

하지만 여기까지 와서 방침을 변경하고 싶지 않다.

"내 하렘은 엄선한 사람이어야만 해. 타협할 수는 없어."

아마기가 눈을 가늘게 떴다. 화낸다기보다는 기뻐하는 것?

일까?

"건드리면 책임을 지는 자세가 주인님답네요."

"타협하고 싶지 않을 뿐이야!"

내가 토라져서 아마기에게 등을 돌리자 다른 이야기를 꺼냈다.

"주인님, 다른 이야기입니다만."

"응?"

뒤돌아보자 아마기가 내 눈앞에 어느 인물의 정보를 표시했다.

공중에 이력서가 떠오르자 그 인물에 대해 아마기가 설명했다.

"에크스나가에서 번필드가에 수행을 보내기로 되어 있던 시엘 님이 방금 수도성에 도착하셨습니다. 오늘 중에는 이 호텔에 도착할 예정입니다."

"크루트의 동생이? 수행하기에는 아직 이를 텐데?"

번필드가가 남작가 이상의 가문에서 자제를 받아들이는 건 이번이 처음이다.

시엘이 그 1호다.

받아들인다고 해도 수행하러 온 아이를 몇 년 동안 맡을 뿐이지만.

수행이라기보다는 풍습에 가깝다.

다만 번필드가가 다른 가문에서 자제를 받아들일 정도로 귀족 사회에서 인정받았다는 증표이기도 하다.

시엘은 그 1호 자제임과 동시에 소중한 손님이기도 했다.

아마기는 시엘이 수도성에 온 이유를 말했다.

"주인님과 로제타 님이 한동안 수도성을 벗어나실 수 없으니까요. 본성에 맡기기 전에 면회해두고 싶었던 거겠죠."

"면회라."

"그리고 본인이 수도성에 가기를 강하게 희망했다고 합니다."

"도시에 흥미가 있었나?"

젊은이가 도시를 동경하는 건 현생에서도 전생에서도 똑같구나.

수도성에서 놀고 싶은 것이겠지.

난 소중한 손님인 시엘을 대접하도록 아마기에게 부탁했다.

"그럼 안내를 준비하고 관광을 시켜. 용돈도 마련해줘."

이만하면 환심을 사기에는 충분하겠지 생각했지만, 시엘의 목적은 따로 있었다.

"아뇨, 본인은 이번 기회에 크루트 님과 만날 생각인 듯합니다. 남매의 사이가 아주 좋은지 크루트 님을 만나는 걸 기대하고 있다고 합니다."

"크루트를 만나기 위해 날 구실로 삼은 건가?"

이용당한 기분이 들었지만, 이전에 크루트가 어두운 표정을 보였던 게 떠올랐다.

오랜만에 동생을 만나면 기분전환이 되겠지.

"뭐, 그 정도는 괜찮겠지. 정중하게 대접해."

"알겠습니다."

아마기가 나에게 머리를 숙였다.

그보다 시엘 문제는 해결했는데—— 내 문제가 아직 해결이 안 된 그대로구나.

"시엘 세라 에크스나입니다."

전통 있는 고급 호텔의 응접실.

시엘이 긴장한 얼굴로 커트시*를 하자 로제타는 미소로 시엘을 맞이했다.

그녀 주위에는 번필드가 관계자가 몇이 서서 두 사람의 면회를 지켜보고 있었다.

로제타는 시엘에게 앉으라고 권했다.

"잘 부탁해, 시엘. 자, 앉아."

"아, 네."

고급스러운 느낌이 있는 방.

실제로 가구는 전부 고급품뿐이라 시엘은 주눅이 들었다.

앉은 소파도 대체 값이 얼마인지 신경 쓰여서 견딜 수가 없었다.

로제타는 긴장한 시엘에게 상냥하게 말을 걸었다.

"본격적인 수행을 하려면 아직 멀었으니까, 지금은 신경 안 써도 돼. 넌 손님이야."

"말씀은 감사하지만, 앞으로 신세를 질 처지이니까요."

---

*여성이 지위가 높은 자에게 하는 인사. 한쪽 발을 뒤로 빼고 가볍게 무릎을 굽혀서 한다. 양 손으로 치맛자락을 가볍게 들어 올리며 하는 경우도 있다.

손님으로 취급한다고 해서 멋대로 행동하면 본가인 에크스나가에 폐가 되고 만다.

그리고 번필드가는 에크스나가보다 격이 더 높다.

결례가 있어서는 안 된다는 것 정도는 시엘도 이해하고 있었다.

로제타는 긴장을 풀지 않는 시엘을 보고 약간 난처한 표정을 지었다.

"벌써 긴장하면 금방 지칠 텐데……. 그렇지! 모처럼 수도성에 왔으니까 관광은 어때?"

갑작스러운 제안에 시엘이 당황했다.

"아, 아뇨, 이번에는 인사만 하러 왔을 뿐이니까 괜찮습니다."

로제타는 사양하는 시엘을 부드럽게 타일렀다.

"식견을 넓히는 것도 공부야. 시엘도 수도성이 어떤 곳인지 알아둬."

"네……."

로제타의 설명에 납득한 시엘은 제안을 따르기로 했다.

로제타는 난처한 표정으로 말을 이었다.

"사실은 달링도 올 예정이었는데, 갑자기 외출할 일이 생겨서. 지금은 부재중이야."

"그렇군요."

"밤에는 돌아올 테니까 그때 이야기하면 될 거야. 아, 그리고."

로제타는 시엘에게 기쁜 소식을 전해줬다.

"──크루트 씨도 호텔에 들어왔어. 지금은 외출한 것 같지만.

나중에 방을 가르쳐줄 테니까 돌아오면 만나봐."

"정말요?!"

정말 좋아하는 오빠와 만날 수 있다는 말을 듣고 시엘은 크게 기뻐했다.

로제타는 그 모습을 흐뭇하게 바라봤다.

시골 사람이 도시로 나왔다가 사람이 많은 걸 보고 놀랐다는 이야기를 아는가?

마치 축제라도 열린 것처럼 사람이 많은데, 이게 평소 모습이라는 말에 한층 더 놀랐다는 이야기 말이다.

하지만 이 세계의 도시는 그냥 사람이 많은 게 아니다.

수도성에서는 항상 어딘가에서 축제가 열리고 있다.

크고 작고 다양한 축제나 이벤트가 끊임없이 개최된다. 그리고 대부분은 아무나 즐길 수 있다.

리암은 이 기회를 노려 여자를 유혹할 생각이었다. 하지만 현실은 뜻대로 되지 않았다.

"운도 없지. 하필이면 오늘 개최하는 이벤트가 신형 기동기사 공개 이벤트밖에 없다니."

무작정 호텔에서 뛰쳐나왔는데, 이벤트가 헌팅에 적합하지 않았다.

기동기사 공개 이벤트는 군사 기업이 신형 병기 전시회를 하고 있을 뿐이다.

이런 곳에서 무슨 헌팅을 하겠는가.

"그만 돌아갈까."

큰 한숨을 쉬던 찰나, 한 여자가 시야에 들어왔다.

이곳 분위기와는 도무지 어울리지 않는 여자였다.

수도성은 이것저것 가득 채워서 답답한 느낌이 드는 곳이다.

건물은 득실거리고 패션은 지나치게 다채로워서 코스프레처럼 보인다. 이런 점도 있어서 수도성은 매일 축제가 개최되고 있는 것처럼 보였다.

하지만 그 여자는 이 도시의 거리를 푸른빛 찰랑찰랑한 긴 생머리를 흔들며 걷고 있었다.

옷차림도 심플한 하얀 원피스.

주변이 너무 화려한 탓에 소박한 원피스가 도리어 눈에 띄었다.

주변 행인들도 마찬가지였는지, 그녀와 엇갈려 지나가는 사람들이 하나같이 넋을 잃고 그녀를 바라봤다.

나는 수도성과 어울리지 않은 독특함에 흥미가 생겼다.

내가 가까이 다가가자 걷고 있던 여자가 멈춰 서서 쇼윈도로 몸을 돌렸다.

유리에 비친 모습을 보니, 슬림한 모델 체형이었다.

가슴 크기는 보통일까? 선명하게 부풀어 있지만 크다고 할 정도는 아니었다.

아름다운 얼굴은 다소 나른한 표정을 짓고 있었다.

여자는 작게 한숨을 쉬고는 왔던 길을 되돌아갈까 고민하기 시작했다.

쇼윈도에 진열된 것처럼 보이는 상품. 그것들은 모니터에 표시되어 있을 뿐이지만, 실제로 거기에 존재하는 것으로밖에 안 보였다.

그 상품들을 살까 고민하는 것처럼 보이진 않았다.

떠나가는 여자의 뒷모습을 본 나는 자신의 마음이 끌리고 있다는 것을 깨달았다.

"──마음에 들었어."

나른하고 덧없어 보이는 여성.

내 주위에 있는 제대로 된 여자는 아마기 정도.

그 외에는 아름다워도 성격이 너무 끔찍해서 전혀 매력적으로 보이지 않았다.

하지만 눈앞에 있는 여자에겐 아무래도 마음이 술렁였다.

용기를 내서 말을 걸기로 했다.

하지만 여자 주위에 누가 봐도 경박해 보이는 남자들이 모여서 둘러싸고 있었다.

수는 세 명.

도망갈 곳을 막고 여자에게 말을 걸고 있었다.

"혹시 수도성은 처음? 그럼 우리가 안내할게."

"혼자지? 사람이 많은 편이 재밌다고."

여자에게 말을 거는 것이 익숙한 남자들이 등장하여 난 약간 빠른 걸음으로 다가가 3인조에 말을 걸었다.

"내 일행이다."

여자가 나를 돌아보더니, 놀랐는지 눈을 몇 번이나 깜빡였다.

그래서 작은 목소리로 가르쳐줬다.

"곤란한 상황인 거 맞지?"

여자가 당황하면서도 작게 고개를 끄덕이는 것을 확인한 뒤에 남자들 앞으로 나섰다.

"그런 거다. 빨리 떠나라."

명령하자 남자들은 서로의 얼굴을 마주 보고 히죽거린 뒤에 내 멱살에 손을 뻗었다.

"씩씩한 남자 친구잖아. 너도 나 좀 보자── 어?"

남자의 뻗은 손을 잡자 거기서 우득우득 소리가 났다.

팔을 잡힌 남자의 얼굴이 일그러지고 진땀이 뿜어져 나왔다.

"그, 그만!"

"그만? 그만해주세요, 라고 해야지? 이대로 으스러뜨려줄까?"

위협하니까 남자들은 얼굴이 파랗게 질려서 도망쳤다.

내가 잡고 있던 남자도 한심한 얼굴을 하고 있어서 놓아줬다.

헌팅하는 놈들이 사라지자 나는 여자를 돌아보며 말을 걸었다.

"──구해줬으니까 나랑 어울려줘."

귀족답게 오만한 태도로 말을 거니, 여자는 날 보고 심하게 놀란 얼굴을 하고 있었다.

"그, 저기."

겁을 줬나 싶어서 불안해졌는데, 날 앞에 두고 당황했나? 혹시 아는 사람인가?

하지만 기억이 없다.

"혹시 아는 사이인가? 미안하지만 기억이 안 나. 어딘가에서 만난 적이 있나?"

이만한 여자를 봤다면 기억하고 있을 것이다.

내가 고민하자 여자는 얼굴을 빨갛게 물들이고 고개를 저었다. 파란 머리카락이 크게 흔들렸다.

"마, 만나는 건…… 처음, 이에요."

만난 적은 없다.

"그런가. 혹시 나에 대해 알고 있나?"

나도 어지간한 유명인이니까 이름이 알려진 건가?

하지만 이 여자의 반응이 문제다.

"──알고 있어요."

얼굴을 붉히고 고개를 숙이며 양손으로 원피스의 치마 부분을 꽉 쥐었다.

호의적으로 보이는 건 기분 탓일까?

어떻게 해야 할지 고민한 결과, 난 기동기사 공개 이벤트를 떠올렸다.

"지금부터 시간을 때울 생각이었어. 혼자 가면 재미없으니까 너도 올래?"

내가 생각해도 잘 꼬드긴 것 같은데, 이게 올바른 헌팅인지 어떤지는 미묘하다.

전생하고 80년이 지났는데, 이쪽에 온 뒤에 헌팅 경험은 처음이다.

전생에도 경험은 그다지 없다.

"네?"

고개를 든 여자는 내 제안이 의외였는지 표정이 어리둥절했다.

"심심풀이나 하자고. 신형 기동기사 공개가 있어. 회장에 가면 노점도 있겠지. 어, 어때?"

괜찮은 축제 기분을 맛볼 수 있을 것이다.

사실은 좀 더 분위기 있는 곳에 데려가고 싶지만, 안타깝게도 내가 이용하는 곳은 대학과 관련된 음식점이나 호텔 안에 있는 가게로 한정되어 있다.

주변의 가게를 이용한 적이 없다.

대학에 데려갈 수도 없고, 그렇다고 해서 호텔 안에 데려가는 건 좋지 않다.

거기에 있는 건 번필드가의 관계자뿐이다.

내가 여자를 데리고 있으면 반드시 로제타의 귀에 들어간다.

그 녀석이 쳐들어올 것 같진 않지만, 쓸데없는 소동을 일으키고 싶지 않다.

무난한 선택지가 기동기사 공개 이벤트밖에 없었다.

여자가 당황한 걸 보고 난 헌팅이 실패했다고 판단했다.

"싫으면 됐어. 방해해서 미안해."

귀족의 지위를 이용해 억지로 데리고 다니는 것도 가능하다.

악덕 영주로서 맞는 행동이겠지만, 뭐랄까, 눈앞에 있는 여자는 순진무구하다는 말이 딱 맞는 존재다.

티아나 마리라면 두드려 패도 마음이 아프지 않다.

니아스나 유리시아도 마찬가지다.

거칠게 대해도 아무렇지도 않지만, 눈앞에 있는 여자는 뭔가 달랐다.

내가 이 자리에서 떠나려고 하자 여자가 황급히 내 팔을 잡았다.

아까 전까지 덧없고 연약한 여자라 생각하고 있었지만, 아무래도 내 인식은 틀렸던 것 같다.

의외, 라고 해야 할까, 놀랍네.

"너……."

내 팔을 잡은 여자를 눈을 가늘게 뜨며 돌아봤다.

본인은 오른손을 가슴에 놓고 상당히 부끄러워했다.

하지만 회색 눈동자로 나를 바라보고 있었다.

아까보다 얼굴을 더 빨갛게 물들이고.

"가, 가요."

그 무렵, 시엘은 안내역을 맡은 여기사와 함께 호텔 주변을 산

책하고 있었다.

대강 설명을 들은 후, 찻집에 들어가서 자리에 앉아 창문으로 밖을 바라보고 있었다.

여기사는 자리를 비웠다.

"수도성은 정말 대단하네. ——어라?"

시엘의 눈앞으로 여자와 동행하고 있는 리암이 지나갔다.

시엘은 이전에 본가를 방문한 리암을 본 적이 있다.

수도성에 오기 전에도 리암의 모습을 확인했기 때문에 잘못 본 것이 아니었다.

고개 숙인 파란 머리의 여성을 데리고 있는 모습을 보고 약간 욱했다.

"로제타 님이 있는데 다른 여자랑 걷고 있다니! 남자는 정말 이해가 안 돼. 오라버님이었으면 절대로 있을 수 없는 일이지."

약혼자가 있으면서 다른 여자와 거리를 걷는 모습에 화를 냈다.

하지만 리암 정도의 지위가 있으면 여러 여자와 사귀는 건 드문 일도 아니다.

결혼 파트너와 연애 파트너가 따로 존재하는 귀족은 많다.

문제가 있다면, 로제타가 리암을 연애 파트너로 원한다는 것이다.

시엘이 보기에 심한 배신으로 보여서 로제타가 불쌍했다.

상대 여자를 봤다.

"꽤 귀엽네."

상대 여자를 트집 잡을 생각이었지만, 상상 이상으로 예뻐서 아무 말도 못 했다.

시엘 안에서 또 리암에 대한 평가가 내려갔다.

◇ ◆ ◇ ◆ ◇

수도성에 있는 광장.

이벤트 등을 하기 위한 장소인데, 오늘은 기계 거인들이 수십 기나 전시되어 있었다.

"거인의 나라에 들어온 기분이야."

"저쪽에 귀여운 게 있어."

"역시 기동기사는 외형이 좋아야지."

흥미로 방문한 손님들이 기동기사를 올려다보며 떠들고 있었다.

평소 기동기사를 늘 보아서 익숙한 나는 전혀 신기하지 않았다.

기껏해야 여러 기동기사가 전시되어 있구나~ 하는 평범한 감상만 품었다.

옆에서 걷는 여자도 관심은 없겠지만, 일단 설명했다.

"각 병기공장이 신형기를 발표하는 이벤트야. 재미없을 테니까 한 번 둘러보면 어디 가게에라도 들어가자."

제국군의 병기를 제조하는 병기공장은 여럿 존재하며, 서로 경쟁하며 신병기 개발을 진행하고 있다.

니아스가 있는 제7병기공장도, 유리시아가 있었던 제3병기공장도 똑같이 제국 소속이지만 라이벌 관계다.

기동기사에도 각 공장의 특색이 나타났다.

여자가 걸음을 멈췄다.

"제3병기공장의 네반이네요."

"잘 아네."

여자의 의외의 일면에 흥미를 보이자 부끄러워했다.

"그, 번필드가에서도 채용하고 있다고 들었어요."

"가장 유력한 차세대 기종 후보이니까. 좀 비싸지만 우수한 기체야."

많은 관객에게 둘러싸여 있는 기동기사는 날개를 가진 기사와 같은 외형을 가졌다.

외형이 좋고 성능도 우수하다.

제3병기공장은 멋진 외형은 물론, 안정적이고 뛰어난 성능을 가진 병기를 제조한다. 제국에서도 특히 인기 있는 공장이다.

여자가 다른 곳으로 시선을 돌렸다. 제7병기공장의 전시 구역이었다.

네반과는 달리 둥글둥글하게 생긴 기동기사 앞에 아이들이 모여있었다.

"저건 라쿤이죠?"

"오, 기동기사 마니아인가? 저건 개발된 지 얼마 안 돼서 아직 알려지지 않은 기체인데."

"조금만 검색하면 알 수 있는 정보이니까요."

생각보다 이 이벤트를 즐기고 있는지, 여자는 흥미진진하게 기동기사를 바라보았다.

제7병기공장 녀석들을 놀리기 위해 라쿤의 전시 장소를 향해 걸어가기 시작했다.

즐거워 보이는 여자의 옆얼굴을 보고, 내가 아직 이름을 물어보지 않았다는 것을 깨달았다.

"아직 이름을 말하지 않았었네. 난 리암이다. 넌?"

여자는 나와 나란히 걷고 있었는데 걸음을 멈춰버렸다.

내가 몇 걸음 앞으로 나아가서 뒤돌아보자 약간 난처한 얼굴로.

"——릴리에예요."

고민하는 것을 보니 실명을 대지 못하는 이유가 있을 것이다.

여자는 '릴리에'라고 이름을 댔지만, 분명 가명일 것이다.

릴리에—— 전생으로 치면 백합인가? 확실히 눈앞에 있는 여자와 잘 어울린다.

"잘 어울리네."

"그, 그런가?"

태도는 딱딱하지만 부끄러워하면서도 기쁜 듯이 미소 지었다.

혹시 귀족 집안에서 애지중지 자란 딸인가?

세상에는 아이를 너무 사랑한 나머지 저택에서 거의 내보내지 않고 키우는 귀족도 있다.

반대로 엄하게 자라는 경우도 있는데, 이 아이도 혹시 몰래 집에서 뛰쳐나온 걸까?

그래서 세상에 물들지 않고 순수한 걸지도 모른다.

여기서 구태여 실명을 묻는 건 멋없는 선택이겠지.

"스스럼없는 말투도 할 줄 아는군. 그게 원래 말투라면 굳이 고칠 필요 없어. 난 신경 안 쓰니."

말투를 지적받아 놀란 릴리에가 양손으로 입을 가렸다.

"아, 아니에요."

"그래, 좋을 대로 해. 다음은 라쿤을 보러 가자. 난 제7병기공장과 오랫동안 알고 지냈거든. 라쿤은 어른들에게 별로 인기가 없는 모양이니, 이참에 놀려야겠다."

"조금 짓궂은 면이 있으시네요."

릴리에가 나를 나무라면서 나란히 걸었다.

가끔 팔이 가볍게 닿았는데, 그 정도로도 릴리에는 부끄러워했다.

이 얼마나 귀여운가.

내 주위에는 두드려 패도 좋아할 것 같은 변태가 많아서 더 신선해 보였다.

나까지 긴장되기 시작했다.

"고, 곧 도착하겠네. ──응?"

라쿤의 전시 구역에 오니, 아는 사람이 울면서 노점에서 과자를 만들고 있었다. 뭔가 타코야키 비슷한 음식이었다.

노점 주변에는 아이들이 모여 아는 사람을 놀리고 있었다.

──아니, 동정하는 건가? 아이들이 니아스를 둘러싸고 위로하

고 있다.

"누나, 아무리 우리가 어제 맛없다고 말을 심하게 했다지만, 요리 공부 대신 기계를 가져오는 건 좀 어떨까 싶은데."

"노점에 이런 큰 기계를 가져오면 축제의 맛이 살질 않잖아."

"언니, 왜 울고 있어?"

노점에 어울리지 않는 기계가 설치되어 있었다. 니아스가 그 옆에서 눈물을 흘리고 있었다.

"나도 노력했어! 하지만 과자를 만드는 것보다 제조기를 만드는 게 더 쉬웠다고. 맛있어졌으니까 불평하지 마!"

아이들의 대화로 추측해보면, 니아스는 노점을 맡았으나 요리가 서툴렀던 모양이다. 그래서 해결책으로 요리를 제조하는 기계를 만들었다.

쓸데없이 굉장한 점은 기계로 만든 과자가 축제에 어울리지 않을 만큼 호화롭다는 것이다. 노점을 뭐라고 생각하는 거지?

이런 곳은 보통 싸구려가 나와야지.

"넌 진짜 안쓰러운 여자구나."

내가 냉담하게 바라보니 니아스가 노점을 팽개치고 달려왔다.

앞치마를 입은 모습 그대로 나에게 다가오더니 태블릿 단말기를 꺼냈다.

"리암 님, 이런 곳에서 우연이네요!"

"너야말로 왜 여기 있는 거야? 넌 판매보다 제조나 개발이 맞을 텐데."

니아스는 성격이 상당히 안쓰럽지만 우수한 녀석이다.

그런 녀석에게 노점을 맡기는 건 인재 낭비다.

니아스는 안경을 벗고 눈물을 닦았다.

"라쿤이 처음 계획처럼 팔리지 않자 상사가 절 여기로 보내버렸어요. 리암 님이 라쿤을 안 사주셔서!"

"사줬잖아! 무려 300기나!"

"차세대기로 개발했다고요. 300기만으로는 적자에요! 제발 더 사주세요! 뭐든지 할 게요오오오!!"

다른 사람의 눈도 신경 쓰지 않고 나에게 달라붙어서 우는 니아스를 주위에 있는 아이들이 보고 있었다.

"누나, 안쓰러워서 버려졌구나."

"안쓰러운 누나보다 젊고 예쁜 누나가 낫지."

──아이들이 가차 없는 말을 했다.

마침 지나가던 관객들도 소곤소곤 이야기했다.

"치정 싸움인가?"

"이런 곳에서?"

"불쌍하게도. 저 여자는 버려졌구나."

릴리에가 보는 와중에 니아스가 나에게 달라붙어 있으니 지나가던 행인들이 오해하기 시작했다.

내가 니아스를 버리고 릴리에와 사귀기 시작한 나쁜 남자가 되고 있다.

아니, 확실히 난 나쁜 놈이지만, 저지르지도 않은 나쁜 짓으로 비난받는 건 용납할 수 없다.

"이거 놔!"

"사줄 때까지 절대로 안 놓을 거예요! 리암 님을 위해 특별한 라쿤도 준비했다고요!"

"……특별하다니?"

내가 흥미를 보이자 니아스가 태블릿 단말기의 화면을 보여 줬다.

거기엔 라쿤의 사진이 표시되어 있었다.

있었는데.

"자! 리암 님이 정말 좋아하는 금색 라쿤이에요. 취향이 저급한 ──이 아니라, 독창적인 리암 님을 위한 특별 사양이에요. 어비드의 대체기로 어떤가요? 싸게 드릴게요."

이 라쿤이라는 기체는 외형은 귀여운데 너구리를 연상케 하는 모습을 하고 있다.

그 자체는 문제없지만, 그런 너구리가 황금──.

전생의 너구리 도자기를 떠올려버렸다.

외설스러운 상상을 해버린 나는 태블릿 단말기를 쳐 떨어뜨렸다.

"흥!"

"안 돼애애애!! 어째서 이런 무자비한 짓을?!"

"그 정도로는 부서지지도 않잖아. 그리고 이건 너무 저급해서 탈락이다."

201

"네?! 어비드를 황금으로 도금하려던 리암 님이 그런 말씀을 하시는 거예요?! 저도 저급하다고 생각하면서 열심히 도장했는데!"

다른 사람의 취향을 멋대로 저급하다고 하네.

"적어도 판매원이 네가 아니었으면 거래했을 거다!"

이 녀석은 귀족인 나에게 너무 무례하다.

이 녀석이 어비드 정비 담당이 아니었다면 바로 베어서 죽였을 것이다.

그때 옆에서 누군가가 다가왔다. 이를 깨달은 릴리에가 난처한 표정으로 나를 불렀다.

"리암, 저기."

"응?"

내가 고개를 돌리자, 줄무늬가 들어간 보라색 정장을 입은 남자가 다가오는 중이었다.

온몸에 명품을 두른 남자는 이번 이벤트 관계자임을 나타내는 신분증을 매고 있었다.

왁스로 조정한 머리카락과 수염이 자랑인 모양이다.

"나 참, 못 봐주겠네요. 좀 더 어른스러운 태도를 보여줄 수 없나요? 바로 앞에서 소란을 피우면 우리의 품위까지 의심받는다고요."

남자의 시선은 니아스를 보고 있었다.

니아스가 태블릿 단말기를 주워서 일어서자 노골적으로 싫다는 얼굴을 했다.

"제6병기공장의 메이슨. 일부러 시비를 걸러 오다니, 여전히 아니꼬운 놈이네."

제6병기공장의 판매원인 모양이다.

그는 니아스와 면식이 있는지 여기서 말다툼을 시작했다.

"제7병기공장 분들은 왜 이렇게 조잡한 걸까요. 성능만 좋으면 외형을 무시하는 자세가 일하는 사람들한테서도 배어 나오고 있어요."

"하! 쓸데없이 외형에만 집착하는 게 제6병기공장의 나쁜 버릇이지. 그렇게 외형과 성능만 추구해서 생산성과 정비성을 무시하는 게 당신들다워."

"아까 전까지 꼴사납게 울고 있던 여자가 그런 말을 해도 말이지."

"이이이익!!"

인상이 안 좋은 남자는 니아스를 째려보면서 말했다.

"제가 여기에 온 건 당신이 주위에 폐가 되고 있다는 걸 가르쳐 주기 위해서예요. 애초에 단골손님에게 매달려서 울다니, 머리가 어떻게 된 겁니까? 안 좋은 의미로 눈에 띄니까 그만하라고 주의를 주는 게 잘못됐습니까?"

"큭!"

정론으로 대답하니 니아스가 나를 힐끔힐끔 쳐다보며 도움을 구했다.

난 팔짱을 끼고 니아스를 외면했다.

"이참에 조금은 반성해라."

"리암 님?!"

내가 도와주지 않자 니아스가 충격에 빠져 자리에 주저앉았다.

한숨을 쉰 나는 메이슨에게 시선을 돌렸다.

"나를 알고 있나?"

나를 보고 제7병기공장의 단골이라는 걸 알아차린 것 같다.

메이슨은 머리를 깊이 숙였다.

"번필드 백작가의 리암 님을 뵙게 되어 대단히 영광입니다."

니아스와의 대화를 들어서인가, 애초부터 나에 대해 사전에 조사한 것인가.

어쨌든 판매원의 실력은 확실히 니아스보다 우수하네.

릴리에가 곤란한 듯이 나와 니아스를 번갈아 가며 보고 있었다.

"저기, 방치해도 괜찮아?"

"문제없어. 그보다 제6병기공장에 관심이 생겼어."

내가 관심을 보이자 메이슨은 빠릿빠릿하게 제6병기공장의 전시 구역으로 안내했다.

"감사합니다. 그럼 안내하겠습니다."

제6병기공장의 전시 구역은 라쿤을 전시하던 곳과는 분위기가 달랐다.

기동기사를 구경하는 손님들 대부분은 부자들인지 화려한 차림을 한 사람이 많았다.

"다른 곳과는 분위기가 다르네."

릴리에도 알아차렸는지 나에게 의견을 구했다.

"니아스의 이야기로는 생산성과 정비성을 도외시하고 외양과 성능을 추구하는 공장이라고 하니까."

우리의 대화를 듣고 메이슨이 웃으면서 제6병기공장에 대해 설명하기 시작했다.

"오해가 있으신 것 같네요. 확실히 외양과 성능을 추구하고 있지만, 생산성과 정비성을 무시하지는 않습니다. 실제로 차세대기는 지금까지보다 생산성과 정비성이 3할 증가했으니까요."

데이터를 표시해서 해설해줬지만, 결국엔 '자사 제품과 비교한 자료'다.

원래부터 생산성과 정비성이 안 좋은 상품밖에 없는데, 그 상품들과 비교해서 3할 증가했다고 해도 믿을 수 없다.

"신경 쓰지 마. 난 생산성과 정비성을 무시한 기체도 좋아해."

메이슨이 곤란한 듯이 웃었다.

"믿어주시지 않는 것 같네요. 그렇다면 차세대기보다 여기 있는 전시품이 리암 님의 취향일 겁니다."

메이슨이 차세대기—— 양산기 앞을 지나 그 옆에 전시된 또 한 기의 기동기사 앞에 섰다.

많은 손님이 모여있어서 이벤트 회장에서도 상당히 눈에 띄었다.

릴리에가 놀랐다.

"설마 원오프기?!"

하나밖에 없는 기체.

양산되지 않고 이 세상에 하나만 있는 특별한 기체다.

기체 근처에 그런 설명이 공중에 투영되어 있었다.

──내 어비드도 지금은 원오프기 같은 기체지만, 원래는 한정품으로 나름의 수량이 제조된 기체다.

이 세상에 한 기밖에 없는 원오프기는 아니다.

메이슨이 가슴을 펴고 설명했다.

"최첨단 디자인을 채용한 기체입니다. 현재는 중형에 날씬한 기체가 주류니까요. 하지만 기체는 날씬해도 성능은 종래의 기동 기사를 능가합니다. 외형뿐만 아니라 성능도 추구한 최고의 기체니까요. 그리고 모든 부품이 이 기체만을 위해 제조되고 있습니다. 엄격한 기준을 통과한 부품만을 엄선하여 조립하였습니다."

그 설명을 듣고 릴리에가 말을 잃었다.

양손으로 입가를 가리고 믿을 수 없다며 놀라고 있었다.

당연하다.

원오프기라고 해도 양산기의 부품이나 규격을 공유하여 운용하는 것이 보통이다.

모든 부품을 재설계했다는 것은 말이 안 되는 짓이다.

기동기사는 본디 전장에서 사용되는 병기니까.

즉, 제6병기공장 녀석들이 제조한 것은 전생으로 치면 고급 스포츠카인 거다.

스포츠카를 타고 전장에 뛰어드는 짓은 하지 않을 것이다.

"진짜 전시용 기체네."

솔직한 감상을 중얼거리자 메이슨은 그런 반응이 의외인 것처럼 해설했다.

"외형만 좋은 것이 아닙니다. 이 기체의 훌륭한 점은 겉모습으로는 상상할 수 없을 정도의 출력입니다. 그 출력을 견딜만한 재료를 사용하여 완벽하게 설계된 기체에서 나오는 파워는 양산기따위와 비교할 필요도 없습니다. 전장에 나서더라도 일기당천의 활약을 해낼 것입니다."

릴리에가 완벽하다고 말하고 아무 말도 하지 않는 메이슨에게다음 말을 재촉했다.

"그래서?"

"엄청 강합니다. 저희 제6병기공장의 기술을 집약한 기체니까요. 분명 좋은 활약을 해줄 겁니다. 이 기체야말로 저희의 상징입니다."

메이슨은 공장의 자랑인 이 기체가 전장에서 활약할 것이라 믿는 모양이다.

우리 세 명은 제6병기공장이 만들어낸 이 세상에 한 기밖에 없는 기체를 올려다봤다.

날씬한 실루엣.

고출력 기체라고 하지만, 얇은 기체에서 어느 정도의 파워가 나올까?

다만—— 왠지 모르게 이 녀석은 인기가 없을 것 같았다.

"외형과 성능은 더할 나위 없이 좋아. 하지만 정비성은 빈말로도 좋다고 못 하겠지? 이 녀석을 위해 부품을 제조하면 유지비가 엄청나게 비싸질 텐데."

내가 기체의 약점을 말하자 메이슨이 시선을 살짝 돌렸다.

역시 문제라고 생각하고 있는 것 같은데, 메이슨의 대답이 너무 끔찍했다.

"무, 물론 전장에서의 운용을 고려하고 있으니까, 정비는 가능합니다. 유지비는 다소 비싸지지만, 이 정도의 기체라면 어쩔 수 없습니다. 리암 님의 어비드도 상당한 유지비가 들 텐데요?"

"어비드는 일단 제국의 규격을 따르고 있으니까 너희 기체만큼은 아니야. 그래서 이 녀석의 정비 환경은 어떤 식이지?"

히죽거리면서 물어보니, 메이슨이 횡설수설하면서 대답했다.

"저희가 전속 정비사를 파견합니다. 정비사들의 인건비에 더해 운용을 상정한 전함과 기지, 전용 행거를 설치해주셔야 합니다. 그, 그리고—— 부품은 현재 완전 수주 생산 체제이며, 필요하실 때 주문해주시면 빠르게 준비해드리겠습니다."

릴리에가 천천히 고개를 저었다.

너무 말이 안 되기 때문이다.

"그건 전장에서 운용할 수 없을 거예요. 애초에 기체 가격도 문제 아닐까요? 이야기를 들어서는 싸지 않을 것 같은데요?"

메이슨이 공중에서 계산기를 두드리듯이 손가락을 움직이자 우리 앞에 엄청난 금액이 표시되었다.

그 금액에 릴리에가 비명을 질렀다.

"헉!"

메이슨은 놀라는 릴리에에게 계속해서 메리트를 제시했다.

"일기당천의 기동기사를 얻을 수 있다면 이 정도 지출은 싼 거죠. 거기에 뛰어난 조종사만 있다면 활약은 보장된 거나 마찬가지입니다!"

필사적인 메이슨이 재밌어서 나는 옆에서 훼방을 놓았다.

"이럴 바에는 전함을 사는 편이 더 이득 같은데. 이거 하나로 대체 몇 척을 살 수 있을까? 유지비를 생각하면 전함을 갖추는 편이 이득이야."

"그, 그건."

"그리고 이 녀석은 전장에는 안 나가겠지."

"네?"

메이슨과 제6병기공장 사람들은 알아차리지 못한 것 같다.

외형과 성능을 중시한 기동기사.

내 취향이지만, 사겠냐고 묻는다면 미묘하다.

취미로 살 수 있지만, 아마기에게 혼나면서까지 살 생각은 없다.

릴리에가 턱에 주먹을 댔다.

"그렇지. 외형은 나쁘지 않지만, 너무 날씬하다고나 할까──대놓고 여성형인걸."

우리가 올려다보고 있는 기동기사는 그 실루엣이 여성을 연상케 했다.

부푼 가슴에 잘록한 허리.

확실히 외형은 좋지만, 기사가 타기에는 너무 아름답고 우아하다.

메이슨은 납득이 안 되는 모양이다.

"요즘은 날씬한 기체가 인기이니 여성형도 곧 인기가 나올 겁니다. 애초에 기사 중에는 여성분들도 많지 않습니까? 이런 외형을 원하시는 분들도 있을 겁니다."

"파일럿 중에서는 그렇겠지."

실제로 이런 디자인을 선호하는 사람도 제법 있을 것이다. 문제는 그런 녀석들이 살 수 있는 가격이 아니라는 점이다.

내가 메이슨의 착각을 바로잡아줬다.

"부자들은 전시만 해놓아도 만족할 테니까, 전장에서 진짜 싸울 일은 없을 거야. 그리고 나는 굳이 말하자면 강해 보이는 외형이 좋아."

릴리에도 고개를 끄덕이며 내 의견에 동의했다.

"그렇지. 확실히 외형은 좋으니까 좋아하는 사람도 있을 거야. 하지만 살 수 있는 사람은 유복한 귀족이겠지? 그렇게 되면 실전에 나갈 기회는 없으니까 오히려 성능이 높아도 의미가 없을지도."

오히려 정비가 편한 기체가 더 잘 팔리지 않았을까?

엄청난 유지비가 드는 감상용 기동기사 따위는 방해만 될 뿐이다.

부자가 취미로 살 수도 있지만, 그럼 쓸데없이 높은 성능은 의미가 없다.

제6이 기대하는 전장에서 활약할 기회는 찾아오지 않을 것이다.

메이슨이 식은땀을 흘렸다.

"하, 하하하, 이제 막 공개했으니까요. 어쩌면 구매자가 몰려들어 추첨 판매가 될 가능성도……."

허세를 부리는 메이슨에게 얼굴이 파랗게 질린 동료가 찾아왔다.

"메이슨!"

"지금은 손님과 이야기하는 중입니다."

"──평판이 안 좋아."

"어?!"

얼빠진 대답을 하는 메이슨에게 동료가 굉장히 초조한 얼굴로 숨도 쉬지 않고 말했다.

"양산기는 기대만큼은 아니더라도 제법 손님이 있는데, 이쪽은 반응이 없어. 관심은 있는 것 같은데, 높은 유지비 때문에 구매가 꺼려지는 모양이야. 솔직히 평판이 좋지 않아. 수요 좀 똑바로 파악하라던데……."

제6병기공장은 터무니없는 실수를 저지른 듯했다.

지금 유행은 날씬한 기체이고, 그 경향은 수백 년 동안 이어졌다. 이에 따라 여성형 기동기사도 인기가 생기고 있지만, 이 원오

211

프기는 부자만 살 수 있다.

어찌 구매자를 찾는다고 해도, 메이슨이 상상하는 것처럼 전장에서 쓰지는 않을 것이다.

고급 스포츠카로 오프로드를 달리는 꼴이나 마찬가지니까.

기동기사 전시회장에 빨간 가면을 쓴 남자의 부하들이 일반인으로 변장해 침입했다.

이들은 휴게소에 벤치에 앉아 계획에 관해 이야기했다.

"리암이군. 귀여운 여자 친구를 데리고 있네."

"우리가 모르는 여자야. 여기서 만난 건가?"

"부자들이 부럽군."

구성원들은 잡담하며 리암의 상황을 확인했다. 오늘 계획에 없던 리암과 모르는 여자가 작전 지역에 있기 때문이었다.

하지만 명령은 바뀌지 않았다.

"이번엔 소동만 일으킬 예정이었는데 뜻하지 않은 거물이 걸렸군. 위에는 보고했나?"

그들의 목적은 전시회장에서 소동을 일으키는 것이지, 리암을 어쩌는 것이 아니었다.

이들은 사람의 왕래 속에서 당당하게 작전을 의논했다. 주위 사람들은 조금도 신경 쓰는 기색이 없었다. 지나가는 이들에게는 평범한 대화로 들리도록 하고 있기 때문이다.

"가능하다면 둘 다 같이 처리하라는군. 다만 여자는 아직 정체를 모르니까, 놓쳤을 경우에는 추적 조사를 하라는 명령도 받았어."

구성원들의 목적은 이벤트 회장에서 기동기사를 빼앗아 날뛰는 것이었다.

제국의 지배 체제에 불만을 가진 활동가들이 날뛴 것처럼 보여주기 위해서다.

"그럼 빨리 끝내도록 하지."

한 명이 자리에서 일어나 모자를 깊이 눌러쓰고 목표로 삼고 있던 기동기사—— 네반 쪽으로 향했다.

다른 두 사람도 자리에서 일어났다.

그 움직임에 맞춰서 일반인의 모습을 한 구성원들이 움직이기 시작했다.

모자를 쓴 남자가 양 입꼬리를 올리고 웃었다.

"싸움을 건 상대가 안 좋았구나, 꼬마야."

리암을 꼬마라고 부르고, 소란을 틈타 암살하기 위해 행동을 개시했다.

모든 것은 라이너스의 계략.

소동을 일으키고 자신이 진압하여 제국 내의 평가를 올리려는 작전이었다.

그 소동을 이용해서 리암을 매장할 생각이었다.

◇◆◇◆◇

제6병기공장의 전시 구역.

피곤한 표정을 지은 메이슨이 나와 릴리에를 기동기사의 콕핏으로 안내했다.

날씬한 기동기사는 동체 부분도 아담했지만, 조종실은 공간 마법이 걸려있어서 충분한 공간이 있었다.

"취향을 한껏 드러냈네."

디자인이 뛰어난 시트를 보고 감상을 말하자 메이슨이 이래도 안 살 거냐고 말하는 듯이 권유했다.

"탑승감도 최고예요! 제6병기공장이 키워온 기술이 전부 투입되었으니까요. 리암 님의 예비기로. 아니, 탑승기로 쓰셔도 훌륭하게 역할을 다할 수 있을 겁니다."

"내 애용기는 어비드야. 그리고 이 기체는 외형이 내 취향이 아니야."

솔직한 감상을 곁들여 거부하자 메이슨이 어깨를 축 늘어뜨렸다.

"그런가요."

릴리에가 흥미로운 듯이 콕핏을 바라보았다. 만져보고 싶은지 손이 근질거리고 있었다. 뻗었던 손을 한 번 거두는 행동에서 품위가 느껴졌다.

"궁금하면 앉아봐."

"괜찮을까?"

사양하는 릴리에게 괜찮으니까 앉으라고 말했다.

"메이슨의 허가는 받았으니까."

"그럼."

릴리에는 기뻐하면서 시트에 앉았다.

그때 치마 속이 보일 뻔했지만 나도 메이슨도 얼굴을 돌렸다.

메이슨도 신사구나.

알아차리지 못한 릴리에는 시트에 앉아 조종간을 잡자 아주 좋아했다.

"대단해. 앉은 순간에 조정이 끝났어."

릴리에가 앉자마자 조종간과 페달, 그 외의 기기가 적절한 위치로 이동했다.

거의 몇 초 만에 조정이 끝났는데, 그 이유를 메이슨이 자랑스럽게 이야기했다.

"파일럿의 신체 데이터를 기초로 최적의 위치를 자동으로 산출하니까요."

돈이 꽤나 든 기체다.

어비드에는 뒤지지만, 궁극의 원오프기라는 점에서는 로망이 느껴진다.

이것도 사치라고 하면 사치다.

"외형만 괜찮았으면 샀을 텐데."

내가 아쉬운 듯이 중얼거리자 메이슨이 기회라고 판단하고 잘 선전해서 팔려고 했다.

"리암 님, 옵션으로 아머를 장착하면 외형도 변경할 수 있습니다."

"안 산다고 말했잖아."

릴리에는 콕핏에 정신이 팔려 우리의 대화를 듣고 있지 않았다.

"굉장해. 언젠가 이런 기체를 조종해보고 싶어."

눈을 반짝이며 아이처럼 들뜬 릴리에. 겉보기에는 얌전해 보이지만, 내면은 아이 같아서 사랑스럽다.

바라보고 있으니 메이슨이 나에게 속삭였다.

"리암 님, 같이 오신 분이 갖고 싶어 하네요. 어떻습니까? 선물로 주시는 건?"

"넌 여자한테 기동기사를 선물하냐?"

어지간한 보석이나 명품보다 비싼 선물이지만, 그렇다고 여자가 받고 좋아할 것 같진 않았다.

릴리에도 처음 본 남자에게 갑자기 기동기사를 선물 받으면 난처할 것이다.

메이슨에게 질색하고 있으니 열린 해치로 강한 바람이 불어 들어왔다.

동시에 폭발음과 비명이 들려왔다.

당황한 메이슨이 열린 해치로 얼굴을 내밀려고 했다.

"무슨 일—— 크헥!"

그럴 메이슨의 등을 잡아당겨 나가지 못하도록 했다.

――밖에서 우리를 기다리는 기척이 있었다.

릴리에가 재빠르게 시트에서 떨어져 내 옆에 왔다.

생각보다 침착한 반응이었다. 이런 거친 일에 제법 익숙한 모양이었다.

"리암, 바깥에서 뭔가 일어난 것 같아."

"넌 보기보다 멘탈이 강하구나. 좀 더 생긴 대로 귀여운 구석이 있어도 괜찮았는데."

나는 바깥의 상황을 신경 쓰는 릴리에에게 관계없는 대답을 했다.

릴리에는 얼굴을 빨갛게 물들이면서 화냈다.

"이런 때에 무슨 말을 하는 거야!"

"뭔가 무술을 익혔지? 거친 일에도 익숙할 줄은 몰랐는데, 혹시 기사야?"

릴리에의 정체를 파헤칠 생각은 없었지만, 바깥에서 사건이 일어났다면 이야기가 달라진다.

이 소동 속에서 빠져나가기 위해서라도 릴리에가 어디까지 할 수 있는지 알고 싶었다.

"알고 있었어?"

눈을 크게 뜨고 놀라는 릴리에를 보고 웃었다.

"하! 날 누구라고 생각하는 거야? 그보다 지금은 바깥에 나가면 위험해. 우리를 기다리고 있는 놈들도 있어."

열린 해치를 통해 전해져 오는 진동음에는 기동기사가 움직이는 기척이 있었다.

기동기사로 날뛰고 있군. 지상에서 돌아다니는 동료도 있는 것 같다.

메이슨이 바닥에 엉덩방아를 찧어 아파하면서도 기체를 어떻게든 하려고 했다.

"수도성에서 소동을 일으키다니, 제정신이 아니군요!"

"제정신이 아니니까 소동을 일으켰겠지."

"어쨌든 이 기체를 당장 안전한 곳에 이동시켜야 합니다."

메이슨은 이곳에서 도망치기 위해 기체를 조종하려고 했다.

난 메이슨의 어깨를 붙잡고 제지했다.

"잘됐네. 이 기체를 빌려줘. 밖에서 날뛰는 기동기사를 이 기체로 진압해야겠어."

내가 조종하겠다고 하니 메이슨이 거부했다.

"안 됩니다! 이 기체만큼은 빌려드릴 수 없습니다! 담당자에게 말씀해 주시면 옆에 있는 양산기를⋯⋯!"

한시가 급한데 귀찮게 무슨 소린가.

난 주머니에서 카드를 꺼내 메이슨에게 보여줬다.

"하, 이 자리에서 사줄게."

내가 재력으로 사주겠다고 말하니, 메이슨이 자세를 바로 고쳐 90도를 넘는 각도로 인사했다.

"감사합니다!"

사람으로서는 좀 그렇지만, 판매원으로서는 대단한 녀석일까?

이 녀석 좀 재밌네.

내가 즉석에서 기동기사를 사자 릴리에가 기막혀했다.

"진짜로 사버렸어……."

내가 시트에 앉으니 조종간이 전부 적절한 위치에 왔다.

조종간을 쥐자 해치가 닫히고 콕핏의 내벽에 바깥의 경치가 투영되었다.

"성능 하나는 진짜인 모양이군."

조종간의 감촉과 여러 가지를 확인해보니, 네반이나 테우멧사를 뛰어넘는 성능이 느껴졌다.

"자, 소란을 일으킨 바보들을 짓뭉개볼까."

기동기사 전시회장은 불과 연기에 휩싸여 있었다.

네반 기체 하나가 비명을 지르며 우왕좌왕 도망치는 사람들을 뒤쫓았다. 기동기사는 전시회장에 있던 소드를 들고 내리쳤다.

"빨리 도망치지 않으면 싹 타버리거나 밟힐 거다."

사람의 목숨 따위는 아무렇지도 않게 여기는 자들.

"중화기가 있으면 더 편했을 텐데."

네반 주위에도 탈취당한 다른 기동기사들이 날뛰고 있었다.

라쿤을 비롯하여 전시되어 있던 대부분의 기동기사가 탈취당했다.

"네반인가. 번필드가에는 아까운 기체군."

구성원은 네반을 조종하면서 그 성능을 칭찬했다.

"번필드가가 정식 채용할 만해. 이런 기체로 리암을 죽일 수 있다면 유쾌하겠지."

자신이 채용한 기체에 죽은 리암은 귀족 사회에서 웃음거리가 될 것이다.

그가 그런 미래를 망상하던 찰나, 아군이 탄 기체가 폭발과 함께 갑자기 허공을 날았다.

폭발의 화염 속에서 튀어나온 기동기사는 바닥을 굴렀다. 폭발에 휘말려 이렇게 된 게 아니었다.

『사, 살려——.』

"어이, 무슨 일이냐!"

그러나 동료에게 다가가기도 전에 불꽃 속에서 또 다른 기동기사가 튀어나왔다.

바로 여성형 기동기사였다. 보는 눈이 많아 탈취하지 못했던 그 원오프기였다.

"칫! 성가신 게 나왔군."

소동이 일어나면 관계자들이 바로 챙겨서 달아날 줄 알았는데, 무슨 영문인지 눈앞에서 일행을 가로막고 있었다.

여성형 기동기사는 쓰러진 아군에게 다가가 오른손에 쥔 검으로 콕핏을 찔렀다.

망설임 없는 일격에 구성원은 타고 있는 자가 프로라고 판단했다.

"익숙한 놈인가. 지상반! 리암은 어떻게 됐나?!"

상황을 봐서 철수할까 생각했지만, 돌아오는 대답은 없었다.

구성원은 얼굴을 찌푸렸다.

"——전부 당했나?"

눈앞에 있는 적기가 검을 뽑고 이쪽으로 다가왔다.

아군 셋이 포위하여 달려들었지만, 허무하게도 순식간에 베여 쓰러졌다.

"성능이 차이만이 아니군. 실력 또한 일류다."

적기와의 통신이 열리더니 콕핏 내벽의 모니터에 리암의 얼굴이 표시되었다.

『허? 사운드 온리? 얼굴 정도는 보여주는 게 어때?』

구성원의 콕핏의 상황은 리암 측에 보이지 않았다.

구성원은 어금니를 꽉 깨물었다.

"그 기체에 타고 있는 게 네놈이었나."

설마 리암이 여성형에 탑승할 것이라고는 예상하지 못했다.

하지만 구성원은 이를 기회라고 생각했다.

(리암이 이름을 날린 건 건 무지막지한 성능을 가진 기동기사가 있기 때문이다. 제아무리 맨몸을 단련했더라도 다른 기체에 탄 지금이라면——.)

——이길 수 있다.

네반의 성능도 있으니. 구성원은 기체를 전진시켰다.

"얕보지 마라, 꼬맹이!"

(나도 한때는 전장에서 에이스라 불렸던 남자다. 경험의 차이를 알려——.)

네반이 달려들고자 발을 내디딘 순간, 시야가 갑작스럽게 흔들렸다.

콕핏 안이 충격으로 심하게 흔들린 것이다.

무슨 일이 일어났는지 이해하기 전에 리암의 목소리가 들려왔다.

『좀 더 싸우는 맛이 있으면 좋겠는데.』

그대로 네반의 콕핏은 여성형 기동기사에 밟혀서 뭉개졌다.

제6병기공장이 자랑하는 기동기사는 정비성이 다소 부족할지언정, 성능만은 확실히 뛰어났다.

"양산형이랑 비교할 수준이 아니군."

전시회장에 굴러다니는 양산형 기동기사는 모두 여성형 기동기사에 의해 쓰러졌다.

그중에는 차세대기 후보인 네반도 있었다.

공중에 창이 나타나자 콕핏에서 나온 메이슨의 얼굴이 비쳤다.

지금은 그가 오퍼레이터를 대신하고 있었다.

『어떻습니까, 리암 님? 제6이 자랑하는 최신예기의 성능이?』

"어비드만큼은 아니지만, 출력이 상당하군. 몸이 얇은데도 파워가 나오는 것도 마음에 들어. 그런데 왜 전투 중에는 콕핏이 좁아지지?"

전투를 개시하기 전에는 널찍했던 콕핏이 좁아져 있었다.

혼자라면 여유롭게 쓸 수 있지만, 둘이 쓰기엔 어렵다.

『전투 중에는 시트에서 벗어날 일이 없고, 넓이를 유지하는 에너지를 아낄 수 있습니다.』

"그렇다 쳐도 너무 좁잖아."

메이슨이 내가 아니라 내 무릎 위에 앉아있는 릴리에에게 시선을 돌렸다.

『그래서 아까 혼자 타시는 편이 좋다고 말씀드렸잖습니까.』

릴리에가 얼굴을 붉히고 움츠러들었다.

내 시야를 가리지 않도록 머리는 내 가슴에 밀어붙여서—— 안겨있는 모양새였다.

"미안, 리암. 이렇게 될 줄은 몰랐어."

부끄러운 듯한 릴리에가 미안하다며 사과했는데, 나도 전투 중에 콕핏이 좁아질 줄은 몰랐다.

난 작게 한숨을 쉬었다.

"내 판단 미스니까 신경 쓰지 마. 미안하지만, 한동안은 답답할 거야. 자, 적은 얼마나 남았지?"

시선을 움직여 적의 수를 확인하자 메이슨이 남은 적의 수와 있는 곳을 알려줬다.

『3기입니다. 제일 성가신 건 제7의 라쿤일 것 같군요.』

굉장히 불쾌한 표정으로 제7병기공장이 개발한 라쿤을 성가시다고 평가했다.

니아스 앞에서는 이런저런 말을 했지만, 성능만은 인정하는 모양이었다.

"잘됐군. 라쿤과 한번 싸워보고 싶었는데."

조종간을 움직이고 페달을 가볍게 밟았다.

쓰러뜨린 적기가 놓쳐서 땅에 박힌 검을 여성형이 들게 했다.

이도류 자세를 취하게 했다.

내 얼굴을 안으면서 올려다보는 릴리에는 의외라는 얼굴을 했다.

"이도류? 그런데 듣기로는……."

"내 유파도 알고 있나? 평소엔 칼 한 자루로 끝내지만, 이건 놀이니까."

단순한 애들 장난이다.

압도적인 성능을 가진 여성형으로—— 그리고 보니, 이 녀석의 이름은 뭘까?

"메이슨, 이 기체의 이름은?"

『저희는 [바나디스]라 부르고 있습니다.』

그럴싸한 이름이라 생각하고 있으니 릴리에가 중얼거렸다.

"바나디스? 좋은 이름 같은데?"

"그렇네."

여성형의 이름도 판명되어 개운해하고 있으니 메이슨이 추가 주문을 했다.

『그런데 리암 님.』

"왜?"

『바나디스의 첫 전투를 기록하려고 녹화하고 있습니다만, 너무 압도하는 영상뿐이라 단조롭습니다. 좀 더 시간을 들여주세요.』

"뭐?"

『선전 영상으로 쓰려고요.』

상인 정신이 투철한 놈들이다.

기막혀하고 있으니 두 기의 기동기사가 바나디스를 베려고 달려들었다.

전시회에서는 중화기 반입이 허가되지 않아 총기는 전부 장식이다.

때문에 기동기사들이 들고 있는 무기는 전부 근접전투용 무기였다.

"적이 양쪽에서."

릴리에가 알려주는 대로, 적은 바나디스를 사이에 끼우듯이 하여 덤벼들었다.

"실전 경험이 있는 것 같네. 숙달된 기사들인가? 하지만 상대가 안 좋았어."

바나디스가 양손에 각각 든 검을 휘두르고 그 자리에서 1회전.

상대의 공격을 튕겨내고 회전하는 기세 그대로 갈랐다.

벤다기보다는 쳐서 으깨는 식이었다.

중간 사이즈에 날씬한 기동기사가 누가 봐도 강해 보이는 신형 기동기사를 압도했다.

그리고 마지막으로 라쿤이 나왔다.

적에게 탈취당한 라쿤과 마주 봤다.

큰 도끼를 쥔 라쿤은 우리를 무서워하는 듯했다.

릴리에는 이 상황이 이해되지 않는 모양이었다.

"왜 수도성에서 이런 소동을 일으킨 걸까?"

난 적의 생각 따위는 모르기에 릴리에의 의문에 대충 대답했다.

"아무래도 상관없어. 날 거역했다. 그게 이놈들이 죽는 이유다."

──손이 많이 가는 소동을 일으킨 것치고는 대단한 성과를 얻은 것처럼 보이지는 않았다.

전시회에서 기동기사를 훔친 수완.

우리를 죽이려고 노리던 놈들도 있었다.

이미 전부 처리했겠지만, 릴리에를 말려들게 해버렸다.

『비, 빌어먹을 놈!』

사운드 온리 통신회선이 열려있는데, 아무래도 적 파일럿은 도망칠 생각인 것 같다. 등을 보이고는 버니어 엔진의 출력을 높였다.

이길 수 없는 적으로부터 도망치는 건 옳은 판단이지만, 판단이 늦었다.

바나디스는 등을 보인 적을 가차 없이 베기 위해 버니어 엔진의 출력을 높였다.

그 가속력은 상상 이상이었다.

급가속에 몸이 시트에 밀렸고, 릴리에가 내 가슴에 달라붙었다. 나는 왼손으로 릴리에의 몸을 받쳐줬다.

"금방 끝낼 테니까 참아."

"으, 응."

릴리에가 작게 고개를 끄덕이는 걸 보고 도망치는 라쿤의 등을 봤다.

벌써 검이 닿는 범위다.

양손에 들린 두 자루의 검을 내려쳐 라쿤의 중장갑을 찢었다. 양 어깨부터 동체 중앙까지 베여 내부에서 전기가 방출되고 있었다.

그대로 폭발이 일어나고 바나디스도 휘말렸다.

바나디스는 폭발에 튕겨났지만, 공중에서 한 번 회전하여 땅에 착지했다.

타이밍 좋게 무릎을 굽혀 충격을 흡수시켰다.

"——생각보다 튼튼한데? 정비가 까다로워서 그렇지, 이 정도면 한두 번쯤은 실전에서 써도 되겠어."

감상을 말하자 모니터 일부에 울먹이는 니아스의 얼굴이 확대되어 표시되었다.

『왜 라쿤을 파괴한 거예요!』

"그건 또 무슨 소리야?"

『게다가 허세만 가득한 제6의 기체를 타고 날뛰다니, 리암 님은 너무해요! 우리와의 오랜 관계를 무시하고 제6에 붙다니 너무해요! 그렇게 제7을 버리시려는 거죠?! 리암 님은 나쁜 남자예요!』

마치 질척질척한 아침드라마의 인간관계를 설명하는 듯한 말을 듣고, 나는 싫증이 나서 크게 한숨을 쉬었다.

메이슨이 끼어들었다.

『리암 님, 헌병대가 도착했습니다. 바나디스를 정지하고 콕핏에서 나오라고 요구하고 있습니다.』

이제야 진압을 위한 부대가 도착한 모양이다.

"꽤나 늦었네."

『리암 님이 빠르게 정리하신 덕분입니다. 원래라면 피해가 더 생겼을 겁니다.』

바나디스의 활약이 기쁜지, 상당히 기분이 좋아져 있었다.

메이슨 주위에서는 제6의 관계자들이 압도적인 성능에 기뻐하고 있었다.

이 녀석들도 제7과는 다른 의미로 미쳐있구나.

"바로 내리지."

통신을 끊고 콕핏에서 내릴 준비를 하자 콕핏 내부가 넓어졌다.

무릎 위에 앉아있는 릴리에게 말을 걸었다.

"말려들게 해서 미안해."

"아, 아냐."

내 무릎 위에 앉은 채로 시선만 위로 올려 바라보는 릴리에의 눈동자가 젖어있었다.

볼이 약간 빨갛고 호흡이 약간 흐트러져 있었다.

지친 거겠지.

전투에 휘말렸다는 긴장감에서 해방되어 멍하니 있는 것처럼
보였다.

릴리에를 끌어안으니 부끄러웠는지 몸부림쳤다.

"진정해. 이제 밖에 내려줄 테니까. 다만 밖에 헌병들이 와있으
니까, 이대로 나가면 곧장 조사를 받아야겠지. 넌 좀 쉰 다음에
할래?"

지쳐 있는데 조사까지 받으면 괴로울 것이다.

그렇게 생각해서 쉬라고 하니, 릴리에가 황급히 왼팔에 낀 팔
찌에 시선을 돌렸다. 팔찌가 시선에 반응해서 현재 시각이 표시
되었다.

"앗?! 어, 어떡하지? 이제 돌아가야 하는데……."

지금부터 조사를 받으면 무슨 수를 써도 시간을 맞출 수 없다
며 울먹였다.

"상황이 안 좋아?"

"──응."

방금까지 빨개져 있던 얼굴이 지금은 파랗게 질려있다.

돌아가야만 하는 이유가 있는 모양이다.

"그런가. 그럼 뒷일은 나한테 맡기고 먼저 돌아가. 내 부하에게
안내를 시키지."

"괜찮아?"

"현장 사정을 이야기하는 데 둘이나 필요 없으니까."

헌병은 모두에게 이야기를 듣고 싶겠지만, 그런 건 알 바 아니다.

콕핏의 해치가 열리자 바나디스의 손이 콕핏 앞에 왔다.

거기에 릴리에를 태우니 릴리에가 미안한 얼굴을 하고 있었다.

"저, 저기, 정말 죄송합니다. 제멋대로만 해서."

"신경 쓰지 마. 그럼 또 보자."

"어?"

또 만나자고 하니 릴리에는 굉장히 놀란 표정을 지었다.

바나디스의 손이 움직였고, 릴리에를 땅에 내려줬다.

릴리에는 계속 나를 걱정하면서도 달려갔다.

그 모습을 보고 있으니 콕핏 내부의 벽에서 쿠쿠리가 모습을 드러냈다.

벽에서 상반신을 드러낸 모습으로 나에게 릴리에의 취급을 물었다.

"추적할까요?"

"필요 없어. 안전한 곳으로 나올 때까지 바래다줘."

"알겠습니다."

릴리에를 추적하면 어디의 누구인지 바로 판명될 것이다. 하지만 그건 마음이 켕겼다.

무엇보다 금방 만날 수 있을 것 같은 느낌이 들었으니까.

그건 그렇고 재밌는 여자였어.

순진무구하고 덧없는 인상인데 무술에 정통하고 기동기사를 좋아한다.

닛타 군이 말했던 갭 모에, 라는 걸까?

이상하게 미소가 나오는 걸 깨닫고 머리를 흔들어 표정을 고쳤다.

내가 진지한 표정을 짓자 심정을 헤아린 쿠쿠리가 이번 소동에 대해 보고했다.

"──이번 소동을 일으킨 자들은 훈련을 받은 자들이었습니다."

즉흥적으로 호텔에서 나왔지만, 진짜로 혼자 돌아다닐 정도로 바보가 아니다.

당연히 쿠쿠리 일행을 호위로 두고 있었다.

기동기사로 날뛰던 놈들은 내가 쓰러뜨렸지만, 지상에서 움직이던 놈들을 처리한 건 쿠쿠리 일행이다.

"훈련?"

"군의 데이터베이스에 기록이 남아있는 전 기사들을 확인했습니다. 노골적으로 소거된 데이터도 있었으니, 뒤가 구린 일을 하기 위해 준비된 자들일 것입니다."

"너희의 동업자인가?"

쿠쿠리 일행과 같은 암부를 상상했지만, 그런 것 치고는 싸우는 맛이 너무 없었다.

"말단들이 아닐까 싶습니다. 쓰고 버리는 장기말인 것 같습니다."

"──잡았나?"

"잡은 직후에 사망했습니다. 꽤 공들여서 훈련한 장기말 같습니다."

나름의 실력자들을 쓰고 버리는 장기말로 쓰는 조직?

떠오른 자는 라이너스였다.

"라이너스인가?"

라이너스의 수하냐고 물으니 쿠쿠리는 대답을 애매하게 했다.

"현 단계에서는 가능성이 높다고밖에 대답할 수 없습니다."

난 쿠쿠리에게 명령했다.

"너희가 나설 차례네. 나에게 너희의 존재가치를 보여라."

암부가 움직이고 있다면 똑같이 암부로 맞부딪치면 된다.

쿠쿠리는 짧게, 그리고 힘 있게 대답했다.

"분부대로."

번필드가가 이용하고 있는 호텔.

꽤 가까이에서 진행되고 있던 기동기사 전시회 이벤트에서 소동이 일어났다는 소문이 자자했다.

"어떻게 됐지?"

"수도성에서 사건이라니, 중죄라고."

"리암 님도 휘말리셨다고 하지만 무사해서 다행이야."

시엘이 라운지에 오자 관료와 기사들이 모여 안도한 표정을 짓고 있었다.

소동이 일어난 회장에는 리암도 있었다고 한다.

안부 확인이 되어 침착한 상태지만, 한때는 큰 소란이 일어났다.

호텔 주변을 둘러보고, 이번에는 호텔 안의 시설을 둘러보던 시엘도 안심했다.

"첫날에 큰 사건이 일어날 줄은 몰랐어. 그래도 아무 일도 없어서 다행이야."

리암에 대해 유감스럽게 느끼는 부분은 있지만, 사건에 휘말린 걸 걱정하고 있었다.

앞으로 신세를 지게 될 가문의 주인이다.

여자관계가 복잡해도 죽기를 바라지는 않았다.

시엘이 라운지에서 기다리고 있으니 안내역을 맡은 여기사가 왔다.

기사 제복이 아닌 정장을 입은 그녀는 시엘에게 다가가자 웃음을 지었다.

"시엘 님, 크루트 님이 방에 돌아오셨다고 합니다."

"정말인가요!"

시엘이 라운지에 있었던 건 오빠를 걱정했기 때문이다.

이 소동에 말려들었으면 어떻게 할까 불안해하고 있었다.

연락해도 연결이 되지 않아 여기사에게 확인을 부탁했다.

"네. 방에서 이발하고 계셨다고 합니다. 맞선이 얼마 안 남았으니까요. 그래서 의상 체크 등을 하셔서 단말기를 떼어두고 있었다고 합니다."

"다행이다아. 감사합니다."

가슴을 쓸어내린 시엘은 여기사에게 감사 인사를 하고 크루트의 방으로 향했다.

크루트의 방 앞.

호텔이 준비한 것은 등급이 높은 방이었다.

리암의 친구인 크루트는 호텔에서도 특별대우를 받고 있었다.

"오라버님, 시엘이에요."

문을 향해 말을 걸고, 잠시 시간이 흘렀다.

"어라? 안 들리나?"

방에 크루트가 없는 건 아닌지 불안해하고 있으니, 문 표면에 크루트의 얼굴이 비쳤다.

『시엘, 잘 왔구나.』

"오라버님!"

『잠깐 기다려. 바쁘게 지내서 방이 더러우니까 호텔 안의 레스토랑에서 이야기하자. 시간도 딱 적당하니까.』

"네!"

크루트가 방에서 나오자 시엘과 함께 레스토랑으로 향했다.

빨간 가면을 쓴 남자는 전시회의 상황을 멀리서 보고 있었다.

실패한 것을 깨닫자 바로 결단했다.

"소란을 일으킨 것만으로도 충분하다. 이번에 사용한 녀석들은 살아남은 자도 전부 파기해라."

"넷."

옆에 있던 부하가 파기라는 말을 듣고 바로 손에 들고 있던 스위치를 눌렀다.

그 스위치는 구성원들을 파기하는—— 죽이기 위한 것이었다.

전시회장에서 도망친 구성원들도 그 목숨을 빼앗겼다.

구성원들이 죽으면 조사를 받을 걱정도 없다.

과학과 마법으로 조사는 가능하겠지만 흔적은 가능한 한 제거했다.

조사하려면 시간이 걸릴 것이다.

설령 자기들에게 다다른다고 해도 암살하거나 권력을 쓰면 쉽게 사건을 뭉갤 수 있다.

부하가 빨간 가면을 쓴 남자에게 이번 소동에서 활동한 자들에 관해 물었다.

"소동은 일으켰지만, 이쪽도 투입한 장기말을 전부 잃었습니다. 번필드가의 암부는 얕볼 수 없는데, 어떤 자들일까요?"

자기들에겐 못 미치지만, 훈련을 받은 부하들을 간단히 쓰러뜨리는 번필드가의 암부가 신경 쓰이는 모양이다.

빨간 가면을 쓴 남자는 어깨를 으쓱였다.

"잡아서 조사하면 된다. ——그럼 우리도 움직이도록 하지."

사건이 일어난 날 밤.

후궁에서 지내고 있는 클레오는 자기 방에서 진정하지 못했다. 누워도 잠이 들지 않았고 이상하게 땀이 났다.

"꺼림칙한 기분이야."

라이너스에게 선전포고를 받은 뒤부터 불안한 나날이 이어지고 있었다.

언제 암살자가 오는가? 그런 공포에 떨고 있었다.

클레오는 자신의 심약함이 한심했다.

침대에서 나와 창문에 다가가 거기로 보이는 경치를 바라봤다.

"수도성에서 큰 사건이 일어났다고 들었는데, 뭔가 관계가 있을까?"

리암도 휘말린 사건 이야기는 클레오에게도 전해졌다.

생각에 잠긴 클레오의 뒤.

바닥에서 가면을 쓴 자가 천천히 모습을 드러냈다.

뒤돌아본 클레오는 수상한 자가 나타난 것을 알아차리고 한 걸음 물러났다.

몰래 가지고 있던 칼자루를 바로 쥐자 레이저 블레이드가 나타났다.

"누구냐?!"

가면을 쓴 자들은 왠지 분위기가 이상했다.

기사와는 다른 이질적인 분위기가 클레오에겐 굉장히 위험하게 느껴졌다.

가면을 쓴 자들이 바닥에서 나와 전신을 보이니—— 그 손에는 똑같이 가면을 쓴 자들의 머리를 쥐고 있었다.

클레오는 식은땀이 멈추지 않았다.

(이 녀석들은 대체 누구지?! 뭐가 목적이지!!)

날 죽이러 온 것인가?

도움을 요청하려고 하자, 도움을 요청하려던 인물이 문을 난폭하게 열고 방으로 들어왔다.

달려온 사람은 티아였다.

"무사하십니까, 클레오 전하!"

티아의 손에는 레이피어가 쥐어져 있었고, 튀는 피를 뒤집어썼는지 몸도 칼날도 더러워져 있었다.

격렬한 전투를 벌였을 것이다.

클레오는 티아에게 수상한 자들이 있다는 것을 알렸다.

"조심해라! 이 자들은 위험하다."

그 위험한 무리가 티아를 보자 길을 열었다.

"무슨?!"

티아는 무슨 일인지 이해하지 못하고 있는 클레오에게 다가가 무사한 것을 확인했다.

"괜찮으신 것 같네요."

놀란 클레오는 가면을 쓴 자들을 보고 이해했다.

일부러 모습을 보이고 덮치지 않은 이유는 자신을 죽일 생각이 없었기 때문일 것이다.

"아군인가?"

"네."

티아는 클레오의 안전을 확인하자 통신기를 써서 연락을 취하기 시작했다.

"나다. ——그런가, 알았다. 리암 님의 생명이 최우선이다."

통신을 끊은 티아는 클레오를 보고 상황을 설명했다.

"라이너스 전하가 움직였습니다. 이곳과 클라베 상회의 엘리엇 공에게 동시에 암살자를 파견한 것 같습니다."

"암살자?"

클레오는 후궁에도 출입하고 있는 암부를 떠올리고 가면을 쓴 자들이 가지고 있는 시체를 봤다.

(설마 이 녀석들이? 처음 봤어.)

하지만 그렇게 되면 가면을 쓴 패거리가 문제다.

어쨌든 비슷한 가면을 쓰고 있다.

누가 적인지 아군인지 처음 보면 판단하기 어렵다.

"이 녀석들은 정말로 아군이겠지? 모습이 비슷한데?"

같은 조직에 소속된 자들끼리 적과 아군으로 나뉘어 고용된 걸까?

그런 생각을 하고 있으니 티아가 재촉했다.

"문제없습니다. 우선은 서둘러 이동하시지요. 리암 님이 걱정하고 계십니다."

"──그렇지."

◇ ◆ ◇ ◆ ◇

클라베 상회의 본사 빌딩.

그 회의실은 피로 더러워져 있었다.

의자에 앉은 엘리엇은 눈앞에 펼쳐진 광경에 동요하지 않은 척을 하고 있었다.

팔짱을 끼고 다리를 꼬아 바닥에 주저앉은 배신자들을 내려다보고 있었다.

"절 배신한 건 라이너스 전하의 지시인가요. 설마 가까운 간부 중에도 배신자가 있을 줄은 몰랐어요."

붙잡힌 정장 차림의 남자들은 클라베 상회의 간부들이다.

그들 주위에는 고용된 암살자들이 굴러다니고 있었다.

엘리엇에게 필사적으로 애원하고 있다.

"회장님, 죄송합니다!"

"하, 하지만 이것도 클라베 상회의 존속을 생각한 결과입니다!"

"두 번 다시 이런 짓은 하지 않겠습니다!"

엘리엇 주위에는 가면을 쓴 남자들이 있었다.

나이프를 빙빙 돌리며 놀고 있는 남자가 간부들에게 얼굴을 가까이 대고 빨간 눈동자를 보여줬다.

그러자 간부들이 거품을 물고 쓰러졌다.

리암이 파견한 호위 암부들이다.

회의실의 창문은 관통되어 빼곡하게 미세한 금이 가 있었다.

저격으로 엘리엇을 죽이려고 한 흔적이다.

"엘리엇 회장님—— 아무래도 이 녀석들은 라이너스 전하의 움직임에 맞춰 당신을 망자로 만들려 한 것 같네요. 독자적인 판단이라는 것이죠."

가면을 쓴 남자가 담담하게 엘리엇에게 사정을 이야기했다.

그 말을 듣고 엘리엇은 작게 고개를 끄덕였다.

"그런가요. 안타깝게 됐네요."

엘리엇은 등이 땀으로 젖어있었다.

(이만한 인재를 데리고 있을 줄은 몰랐다고요.)

실력 좋은 기사가 호위로 파견될 줄 알고 있었다.

하지만 실제로 파견된 것은 쿠쿠리의 부하들이다.

고용된 암살자들의 수는 10명을 넘었지만, 그들의 손에 죽었다.

창문 밖—— 저격수도 이미 처리한 듯하다.

가면을 쓴 남자들이 의논하기 시작했다.

"리암 님은?"

"두목이 호위하고 있다."

"그보다 재밌는 이야기가 있다."

시체를 앞에 두고 희희낙락 이야기를 나누는 호위를 보고 엘리엇은 심경이 복잡해졌다.

(이거, 섣불리 배신하면 저도 이 녀석들과 똑같은 길을 걷겠네요.)

리암이 두렵다.

하지만 동시에 굉장히 믿음직스럽다고 생각했다.

(리암 님, 당신을 이용하도록 할게요. 제가 이 상회에서 명실공히 정상에 서서 상회를 크게 키우려면 당신의 힘이 필요해.)

대상회를 물려받았을 때부터 험한 일도 각오하고 있었다.

지금은 강력한 아군이 생겼다며 기뻐하는 엘리엇이었다.

그 무렵.

리암이 숙박하고 있는 호텔 옥상에서는 가면을 쓴 자들끼리 격렬하게 싸우고 있었다.

쿠쿠리와 싸우고 있는 자는 조직에서도 손에 꼽히는 실력자인 빨간 가면을 쓴 남자였다.

그런 남자가 당황하고 있었다.

"너희는 누구냐? 왜 우리와 똑같은 기술을 쓰지?!"

남자가 당황한 이유는 쿠쿠리 일행이 자기들과 똑같은 기술을 쓰기 때문이다.

비슷한 것이 아니라 똑같다는 것을 바로 이해할 수 있었다.

그 의문에 쿠쿠리가 대답했다.

"똑같아? 아뇨, 아니죠~. 똑같은 것이 아니라, 당신들이 우리를 흉내 낸 거예요."

"무슨 소리냐?!"

혼란스러워하는 빨간 가면을 쓴 남자를 앞에 두고 쿠쿠리는 어깨를 떨며 웃고 있었다.

"동족이 아니군요. 우리의 기술을 훔치고 새로운 조직을 만든 걸까요? 그래서 기술이 서투르군요. 구전이 상실됐어."

빨간 가면을 쓴 남자가 주위를 신경 썼다.

동료들이 차례차례 당하고 있어서 초조함이 커졌다.

전황이 좋지 않아 도망치려 했지만, 쿠쿠리의 부하들이 둘러싸고 놓아주지 않았다.

몇 명이 바닥에 손을 대자 바닥 전체에 불길한 룬 문자가 떠올라 이동 마법을 방해했다.

같은 기술을 쓴다는 것은 대책도 전부 알고 있다는 것과 같은 뜻이다.

남자는 도망칠 곳이 없다고 판단하자 오히려 냉정해졌다.

"──혼란스럽게 만들 생각이겠지만, 그렇게는 안 되지."

쿠쿠리 일행이 석화되고 2,000년이라는 세월이 지났다.

누군가가 쿠쿠리 일행의 기술을 훔쳐 새 조직을 세웠을 것이다. 그때 경위가 설명되지 않았다면, 쿠쿠리의 말을 의심하는 것도 어쩔 수 없는 일이다.

그들은 그런 사정을 모르고 기술을 계승해온 것이다.

설마 2,000년 전의 존재가 이 시대에 되살아날 것이라고는 생각지도 못했을 것이다.

"혼란스럽게 만들어? 흠, 직업병이군요. 의심이 아주 많아. 하지만 서로를 이해하는 일 따위는 무의미. 빨리 끝내버립시다."

쿠쿠리는 빨간 가면을 쓴 남자와의 거리를 좁혀 그 커다란 팔을 뻗었다.

그러자 빨간 가면을 쓴 남자는 몸을 젖혀 그 팔을 피했다.

쿠쿠리의 손이 남자의 빨간 가면에 닿아 입가 부분이 드러났다.

빨간 가면을 쓴 남자의 입은 웃음을 띠고 있었다.

"한 방 먹었다."

빨간 가면을 쓴 남자가 그렇게 말하자, 등에서 마치 곤충의 다리── 끝부분이 뾰족한 여덟 개의 다리가 옷을 찢고 나타났다.

그 다리가 한 번 펼쳐졌다가 쿠쿠리를 끌어안듯이 닫혀갔다.

끝부분이 쿠쿠리의 등을 찌르고 가슴을 뚫고 튀어나왔다.

주위에 있던 쿠쿠리의 부하들이 놀랐다.

도와주기 위해 무기를 들고 다가갔다.

빨간 가면을 쓴 남자는 죽음을 각오하면서도 쿠쿠리를 길동무로 삼아 웃고 있었다.

"이대로 너희 모두를 길동무로 삼아주마!"

빨간 가면을 쓴 남자는 자신의 몸에 설치한 폭탄을 작동시켰다.

그것은 리암이 이용하는 호텔을 통째로 날릴 수 있는 위력을 지니고 있었다.

남자는 목숨과 바꿔 임무를 수행했다며 웃고 있었지만, 죽인 줄 알았던 쿠쿠리가 움직이기 시작했다.

여덟 개의 다리에 가슴이 뚫려도 아무렇지도 않게 움직이고 있었다.

빨간 눈동자가 강하게 빛나더니 쿠쿠리는 기쁜 듯이 손으로 남자의 가슴을 찔러 폭탄을 뽑아냈다.

폭탄은 해제되어 있었다.

입으로 피를 토하는 빨간 가면을 쓴 남자는 믿을 수 없다는 눈빛으로 쿠쿠리를 보고 있었다.

"어, 어째서냐?"

"이 정도로 안심하면 안 되죠~. 하지만 정말 훌륭해. 지금의 기술은 우리에겐 없는 기술이야. 당신은 철저하게 조사하도록 하죠."

쿠쿠리는 자신에게 박힌 다리를 뽑아냈다.

그 모습은 생명에 지장이 생기는 상처를 입은 것처럼 보이지 않았다.

빨간 가면을 쓴 남자는 쿠쿠리의 부하들에게 구속되었다.

쿠쿠리는 그대로 빨간 가면을 쓴 남자의 몸을 흥미롭게 관찰하고 만졌다.

"거미를 모델로 삼은 암기인가요. 독도 있군요. 흠 나쁘진 않지만, 좋지도 않네요. 하지만 흥미는 있어요. 다른 생물의 특징을 재현하는 기술인 걸까요?"

흥미진진하게 조사하는 쿠쿠리에게 부하가 말을 걸었다.

"리암 님께서 부르십니다."

쿠쿠리는 아쉬워하면서도 주인을 우선했다.

"음~, 아쉬워! 그럼 반은 시체를 회수해서 철저하게 조사하도록. 우리의 후배들이니까 시체는 조심히 다루세요. 그리고 그는 산 채로 조사하고 싶으니 살려두세요."

정신을 잃어가던 빨간 가면을 쓴 남자의 입이 막히고 치료가 시작되었다.

쿠쿠리는 리암이 있는 곳으로 향했다.

쿠쿠리를 불러냈는데 암살자들은 처리된 뒤였다.

"벌써 끝났나."

"네. 라이너스 전하는 진심인 것 같습니다. 이곳에 보낸 자들은 낮의 소동 때와는 달리 진짜 실력자였습니다."

"너무 단락적인데."

연합 왕국과의 뒷거래 건으로 라이너스를 도발하긴 했지만, 조건반사를 하듯이 암살을 시도할 줄은 몰랐다.

황자라면 좀 더 신중해야 한다.

"라이너스에겐 실망했어."

쿠쿠리는 상대의 기분을 짐작했다.

"칼뱅 전하와 한창 싸우는 중이니까요. 이쪽을 먼저 정리하고 싶었겠죠."

"우리쯤은 간단히 처리할 수 있다고 생각했나."

다시 말해서 나 같은 건 안중에도 없었다는 것이다.

재미없는 이야기다.

적이 방심하는 건 환영이지만, 나를 경시하는 건 마음에 들지 않았다.

하지만 라이너스가 진지하게 노리는 사람은 칼뱅이다.

우리 같은 건 언제든지 처리할 수 있는 방해꾼 정도로 느끼고 있을 것이다.

──덕분에 나에게 굉장히 유리한 상황이 만들어졌다.

대처한다면 한 명씩 대처하는 게 좋으니 말이다.

라이너스 같은 하찮은 놈은 바로 제거하자.

이 정도로 참지 못하고 날 제거하러 오는 것을 보면, 라이너스는 언젠가 칼뱅에게 패배할 것이다.

"그건 그렇고, 너희가 실력자라 할 정도로 강한 놈들을 보냈다면 클레오가 위험하지 않나?"

"무사히 구출했으니 안심하십시오."

쿠쿠리는 일을 잘하고 부지런해서 정말 기특하다.

어딘가의 바보 둘과는 아주 다르다.

이런 우수한 부하와 만나서 행복하다.

혹시 이것도 안내인 덕분일까?

그 녀석에겐 정말 머리가 절로 숙여진다.

오늘도 정성을 들여 기도해두자.

하지만 그건 그거고 이건 이거다.

난 클레오의 무사를 직접 확인하기로 했다.

"클레오가 있는 곳으로 간다."

"알겠습니다."

라이너스는 보고를 받고 아연실색했다.

눈앞에 있는 무릎을 꿇은 가면을 쓴 남자── 빨간 가면을 쓴 남자의 후임에게 책상 위에 있던 물건을 던졌다.

"실패했다니! 네놈들이 그러고도 제국의 암부냐?! 일부러 수도성에서 소란을 피워놓고도 그 꼴이냐?!!"

라이너스가 격노한 이유는 암살만 실패한 게 아니기 때문이다.

클라베 상회의 간부들이 라이너스와의 관계를 폭로해버렸다.

자기들이 암살의 주모자라는 것이 리암 진영에 알려진 것이 문제였다.

"너희가 움직이기 쉽게 일부러 소란을 일으켜도 된다는 허가까지 내줬단 말이다! 이 수도성에서 말이다! 어쩔 거냐?!"

"죄송합니다."

성가신 점은 헌병이나 치안을 유지하는 조직의 눈을 리암과 클레오에게서 돌리기 위해 수도성에서 큰 소동을 일으켰다는 점이다.

제국의 수도성에는 황제 폐하가 사는 궁전이 있다.

그런 행성에서 큰 사건을 일으키면 죄를 매우 엄하게 묻는다.

황족이라 해도 그 죄에서 벗어날 수 없다.

수도성에서 기동기사를 훔치고 날뛴 것은 라이너스에게도 큰 타격이 되었다.

그 계획에 허가를 내린 이유는 그만한 대사건이어야 주위의 시선을 모을 수 있기 때문이다.

리암과 클레오 암살을 결행한 것도 큰 사건이 일어난 뒤면 헌병이나 치안을 유지하는 조직의 손길이 미치지 않으리라 생각했기 때문이다.

큰 사건이 일어나 어수선한 와중에 암살 사건을 일으키면 증거 인멸도 쉬울 터였다.

원래 불온분자들이 일으킨 소동을 자기 파벌로 처리할 생각이었고, 소동에 관한 증거도 인멸할 생각이었다.

하지만 리암이 소동을 신속하게 해결하면서 그게 불가능해졌다.

오늘 밤의 암살 소동도 리암을 죽이지 못한 라이너스의 조바심에 의해 강행되었다.

하지만 그마저 실패한 탓에 라이너스는 파멸의 위기에 놓였다.

후임인 가면을 쓴 남자도 라이너스와 마찬가지로 초조했다.

"적은 우리의 방식을 모두 알고 있었습니다. 실력이 아주 뛰어나며, 리암 곁에 있는 자들도 상당한 실력자가 아닐까 싶습니다."

리암이 제국의 암부와 동등한 조직을 보유하고 있다.

그 말을 들은 라이너스는 등골이 오싹해졌다.

자신이 잔챙이라 보고 있던 적이 사실은 굉장히 성가시다고 다시 인식했기 때문이다.

그것도 이미 저질러버린 후에.

"——클레오는 어떻게든 된다. 무슨 수를 써서라도 리암을 제거해라. 지금 움직이지 않으면 내 지위가 위태로워진다!"

라이너스는 이 선택이 잘못됐다는 걸 알고 있었다.

암살이 실패한 단계에 라이너스는 이미 끝장났다.

가면을 쓴 남자가 라이너스에게 간언했다.

"리암은 클레오 전하에게 면회를 요청하여 궁전에 들어간다고 합니다. 궁전 안에서 이 이상의 소동을 일으키면 라이너스 전하께서도 무사하실 수 없습니다."

"아직 끝나지 않았다. 리암과 클레오를 매장하면 만회할 수 있다. 어떻게 해서든 둘을—— 리암을 죽여라. 무슨 수단을 써도 상관없다."

라이너스는 선택을 잘못했다.

빠르게 리암과 클레오를 암살하기 위해 무리한 수단을 채용하고 말았다.

실패를 생각하지 않았던 건 칼뱅에게 주력한 나머지 리암을 과소평가했기 때문이다.

라이너스는 칼뱅에겐 신중했지만, 리암은 잔챙이라 판단해 방심한 결과가 이번 실패로 이어졌다.

가면을 쓴 남자가 라이너스에게 물었다.

"정말 괜찮으시겠습니까?"

라이너스는 고개를 숙였고, 그리고 중얼거렸다.

"해라."

가면을 쓴 남자가 바닥에 가라앉듯이 사라지면서 어딘가 아쉬운 듯이 대답했다.

"옙."

가면을 쓴 남자가 사라진 방에서 라이너스는 절망하여 공허한 표정을 지었다.

"이대로 실패를 받아들이고 목숨을 부지한다 해도, 그 뒤에 기다리고 있는 건 패배자의 삶이다. 그렇다면 차라리——."

라이너스에게 있어서 이 무모한 선택지는 마지막 도박이었다.

클레오 전하의 무사를 확인하기 위해 나는 호위를 동반하고 궁전에 들어갔다.

하지만 수도성의 궁전은 굉장히 넓다.

암살 소동이 있었는데, 이상할 만큼 적막했다. 아무리 밤이라고 해도 너무 조용했다.

도로 위를 떠서 이동하는 차에 올라타 창문 밖을 보고 있던 나는 살기를 감지했다.

"인간은 구석에 몰리면 지푸라기라도 잡으려 드는 법인가."

차 안에는 나 외에도 호위로 온 클라우스와 기사들도 있다.

하지만 살기를 알아차리지 못하고 있었다.

"리암 님, 왜 그러십니까?"

"차를 세워라."

차를 세우게 한 나는 문을 열고 호위와 함께 밖으로 나왔다.

숨어서 나를 호위하고 있던 쿠쿠리 일행도 눈치를 챘는지 내가 밖으로 나왔을 때는 부하들과 함께 모습을 드러냈다.

차에서 내린 곳은 깔끔하게 포장된 도로다.

양옆에는 가로수와 가로등이 늘어서 있고 화단도 설치되어 있었다.

도로 폭은—— 전생으로 치면 8차선 정도일까?

우리 외에는 아무도 없는 그곳에 서 있으니, 주위의 호위들이 의아해했다.

하지만 호위로 따라온 첸시는 달랐다.

"적이 있네."

무기를 든 첸시가 그렇게 말하자 밤의 적막 속에서 발포음이 울려 퍼졌다.

내가 몸을 반걸음만 옆으로 이동하니 탄환이 통과하여 땅에 박혔다.

귀에서 삐~ 하는 듣기 싫은 소리가 들리는 정도로 그친 건 육체강화를 했기 때문이다.

클라우스가 황급히 무기를 들고 내 앞으로 튀어나왔다.

"리암 님, 물러나십시오!"

"난 신경 쓰지 마라. 너희는 자기 몸을 지켜라."

클라우스를 밀어내고 앞으로 나온 나는 가지고 있던 칼을 뽑았다.

다른 곳에서 나를 노리는 스나이퍼가 쏜 탄환을 차례차례 베어나갔다.

전생에 본 탄환을 베는 달인의 기술을 재현할 수 있어서 난 조금 기뻤다.

뭐, 육체강화를 받은 데다가 일섬류 기술이 있으면 이 정도는 아무것도 아니다.

나한테는 애들 장난과 마찬가지다.

쿠쿠리와 암부에게 시선을 보내 명령했다.

"저격수가 방해된다."

"옙."

쿠쿠리의 부하들 몇 명이 재빠르게 어둠 속으로 사라져갔다.

금방 총성이 멎더니 그늘에서 사람의 형상이 속속 나타났다.

이변을 알아차리고 달려온 궁전 안을 경비하는 자들이 아닌 살기를 띤 자들이다.

기사, 군인, 그리고 용병일까? 많은 사람이 우리를 둘러쌌다.

모두가 무기를 가지고 있고 얼굴을 복면 같은 마스크로 가리고 있었다.

그런 놈들을 앞에 두고 클라우스를 비롯한 호위들이 검을 겨눴다.

"누구냐!"

클라우스가 상대에게 물었지만, 당연하게도 적은 대답하지 않았다.

"내 사냥감이다. 클라우스, 너희는 방해하지 마라."

"리암 님?!"

적을 앞에 두고 턱을 위로 가볍게 들어 도발했다.

"왜 그러나? 덤비지 않는 거냐?"

이들 중에는 강한 녀석들도 있을 것이다.

라이너스가 거느린 실력자들이 어느 정도의 실력이 있는지 시험해보고 싶다.

내가 도발하자 적은 말없이 덮쳐왔다.

적 기사들이 손에 무기를 들고 나에게 달려들었다.

병사들은 내게 총기를 겨눴다.

나머지도 마찬가지였다. 다들 무기를 나에게 겨누고 있었다.

"그래야지."

거만한 태도로 적 앞에 선 나는 덤벼드는 놈들을 바라보고 있었다.

자세는 바꾸지 않고 그저 바라보기만 할 뿐.

그 직후, 적의 몸에서 차례차례 피가 뿜어져 나왔다.

호위하는 기사들이 놀라는 목소리가 들려왔다.

"이게 말로만 듣던……."

"정말로 참격이 보이지 않았어."

"이것이 일섬류인가."

두려움이 담긴 감탄의 목소리에 내가 만족하고 있는데, 딱 한 명 이질적인 녀석이 있었다. 외모로 호위로 채용한 첸시다.

"이게 소문으로 듣던 일섬류인가요. 후훗, 정말 훌륭하네요."

감탄하는 말이 들려왔는데, 열기를 띤 숨소리도 들려왔다.

아무래도 흥분한 것 같다.

눈앞의 적, 특히 용병들이 내 일섬을 보고 겁을 먹고 있었다.

기사가 그런 용병들에게 호통쳤다.

"겁먹지 마라! 일제히 달려들면 승기가——."

입을 연 기사의 목이 몸과 분리되더니, 피를 뿜으며 쓰러졌다.

그 주위에 있던 적들도 차례차례 쓰러졌다.

난 살아남은 적들을 앞에서 난 필시 사악한 표정을 짓고 있었을 것이다.

"기개만으로 해결할 수 있다고 생각하지 말라고."

무서워하는 습격자들.

도망치는 자가 잇따라 나타났지만—— 전부 베어서 쓰러뜨렸다.

살아남은 자는 너무 놀란 나머지 움직이지 못했던 자들 뿐.

주위에서 보면 아무것도 안 했는데 적이 털썩털썩 쓰러져 가는 것처럼 보일 것이다.

그 모습을 보고 있던 클라우스가 아연실색하여 멍하니 있어서 주의를 줬다.

"보는 건 상관없지만 경계는 게을리하지 마라."

"아, 네!"

기사들이 쓰러진 걸 보고 있을 수밖에 없는 용병들—— 현상금 사냥꾼이라 부르나?

현상금 사냥꾼들이 나를 보고 떨었다.

"왜 그러나? 너희는 내 목을 원하잖아? 그럼 무기를 들어야지. 아니면 목숨을 빼앗을 수 없다고."

한 걸음 나아가니 겁먹은 그들은 무기를 버리고 도망치려고 했다.

내게 등을 보인 놈부터 베었다.

우왕좌왕 도망치는 녀석들이 울부짖었다.

"이딴 건 말도 안 돼! 칼이 닿는 거리가 아니잖아! 참격의 기색도 없는데 어떻게——!"

시끄러워서 목을 베어서 날려줬다.

적의 말대로 나와 적 사이에는 상당한 거리가 있다.

평범한 검술이나 다른 유파라면 닿을 수 없을 것이다.

하지만 일섬류는 다르다.

"확실히 칼이 닿는 거리는 아니지만, 너희가 있는 곳은 이미 내 칼이 닿는 범위야. 나에게 무기를 겨눈 순간부터 너희도 너희의 주인도 죽을 수밖에 없어. 안타깝게 됐구나."

현상금 사냥꾼들이 착란에 빠져 무기를 들고 다가왔다. 나는

칼을 칼집에 넣었다

팅 하는 소리가 나는 것과 동시에 적이 털썩털썩 쓰러져 갔다.

보는 사람들은 이해가 안 되는 광경일 것이다.

클라우스가 당황했다.

"뭐, 뭐가 뭔지."

"클라우스, 이제 끝났다. 다른 루트로 클레오 전하를 만나러 간다. 궁전 내의 경비대에도 알려둬라."

주위의 광경은 굉장히 끔찍했다.

클라우스가 머리를 흔들고 진지한 표정을 지었다.

"예정했던 코스는 파기하시는 겁니까?"

"굳이 적이 원하는 대로 해줄 필요는 없지. 안 좋은 느낌도 들고."

차로 돌아가려는 나에게 쿠쿠리가 다가왔다.

"리암 님, 알려드려야 할 일이 있습니다."

클레오가 도망친 곳은 후궁 밖의 시설이었다.

그곳에는 경비대가 상주하고 있어서 유사시의 피난소로 정해져 있다.

클레오는 호위인 리시테아와 안도의 한숨을 내쉬고 있었다.

"세실리아 누님이 후궁에서 나와 있어서 다행이야."

거친 일과 맞지 않는 세실리아가 선을 보기 위해 후궁에서 벗어나 있었던 건 행운이었다.

클레오는 도망쳐 온 고용인들의 얼굴을 봤다.

모두가 필사적으로 도망쳐 와서 숨을 헐떡거리며 바닥에 주저앉아있었다.

"티아, 몇 명이 안 보이는데?"

호위로서 무장한 티아에게 물어보니, 티아는 보이지 않는 고용인들에 대해 굉장히 차가운 말을 했다.

"습격을 예상했는지 오늘은 이유를 대고 외박하고 있었어요."

클레오는 그 말을 듣고 헤아렸다.

"그런가……. 오랫동안 시중을 들어준 자도 있었는데."

습격을 예견했다── 즉, 배신자다.

그래도 클레오는 몸을 맞대고 떨고 있는 고용인들 앞에서 불안해하는 태도를 보일 수 없었다.

당당하게 행동하도록 유의했다. 장식 황자라고 하더라도 클레오에게도 고집이 있었다.

그런 클레오의 태도를 보고 티아가 칭찬했다.

"훌륭하십니다, 클레오 전하."

"아이 취급은 그만했으면 하네. 그보다 백작과는 연락이 됐는가?"

"네. 도중에 습격을 받은 모양이지만, 문제없이 이곳으로 오고 있다고 합니다. 앞으로 5분 정도 있으면──."

거기까지 말한 티아는 레이피어를 뽑아 클레오 곁으로 달려갔다.

난폭하게 클레오를 잡아 자기 뒤로 잡아당겼다.

클레오는 무슨 일이 일어난 건지 이해가 안 됐지만, 곧 금속끼리 부딪치는 소리가 들려왔다.

고개를 돌리니, 클레오에게 날아든 무기를 티아가 튕겨낸 듯했다.

출입구에서는 튀어나온 피를 뒤집어쓴 자들이 속속 침입해왔다.

시설을 지키던 경비대 기사들의 피일 것이다.

리시테아도 드디어 무기를 쥐고 자세를 잡았다.

"이런 곳까지 쳐들어온 건가?!"

리시테아가 당황하는 것도 당연하다.

극비에 부쳤던 피난소에 적이 있었으니까.

적이 당황한 클레오와 리시테아 앞에서 피를 뒤집어쓴 모습으로 미소 지었다.

"궁정 사정은 참 희한하죠. 이 정도 일은 일상다반사입니다."

상황에 어울리지 않는 표표한 목소리였다.

그리고 리시테아가 깨달았다.

"너, 넌, 어디선가 본 적이 있다!"

"네, 평소엔 궁전에서 기사로서 일을 하고 있으니까요."

솔직하게 대답하는 남자는 궁전 안에 출근하는 기사였다.

평소 평범한 기사로 일하던 자가 이 습격에 가담했다는 사실이 클레오는 이해가 되지 않았다.

가는 눈이 특징적인 남자인데, 태도나 말투에서는 상상할 수 없는 차가운 눈빛을 지니고 있었다.

티아는 부하들에게 클레오를 지키도록 명령하고 그 남자 앞에 섰다.

티아는 평소와 똑같이 침착한 태도로 실눈을 가진 남자와 이야기했다.

"너희 주인은 눈에 보이는 게 없나보네."

그 말을 들은 남자들이 큭큭거리며 웃기 시작했다.

이상하게 여긴 티아가 눈을 가늘게 떴다.

"뭐가 웃긴 거지?"

실눈 남자가 손을 약간만 벌리면서 어깨도 으쓱였다.

"너무 맥을 못 짚어서 그만."

"──라이너스 전하의 부하가 아닌가?"

정보를 캐려고 하는 티아에게 실눈 남자는 손가락으로 볼을 긁으면서 상대했다.

"궁정 사정에 어두운 것 같네요. 가르쳐줄 순 없지만, 우리의 진짜 고용주를 알면 분명 모두가 충격을 받겠죠."

"말하고 싶지 않다면 상관없어. ──너희를 잡은 다음에 천천히 알아내면 되니까."

티아는 실눈 남자와 그 일행을 앞에 두고 여유로운 태도를 잃지 않았다.

"꽤나 성미가 괄괄한 사람이네요. ──해치워라."

실눈 남자 곁에 있던 기사 두 명이 무기를 쥐더니 순식간에 티아에게 접근했다.

적은 모두 숙련된 기사.

하지만 티아는 그 이상이었다.

"약해."

티아는 덤벼든 두 기사를 레이피어로 베었다.

한순간의 공방.

클레오의 눈에는 무슨 일이 일어났는지 보이지 않았다.

(이것이 일류의 싸움인가?)

동료가 죽었지만, 실눈 남자는 태평하게 티아에게 박수를 보낼 뿐이었다.

이쪽도 티아와의 실력 차를 느끼면서도 여유로운 태도를 잃지 않았다.

"훌륭합니다. 아무래도 우리 실력으론 당신을 이길 수 없을 것 같네요. 번필드 백작은 우수한 부하를 두고 있는 것 같아요. 차라리 이 자리에서 스카우트하고 싶을 정도예요."

실눈 남자의 제안에 티아는 표정이 사라졌다.

"내 주인은 리암 님뿐. 다른 사람을 섬기는 건 역겨워."

티아는 실눈 남자를 죽이려고 발을 내디뎠지만, 바로 그 자리에서 뒤로 홱 물러났다.

그 직후, 티아가 있던 곳을 검이 내리찍었다.

검의 주인은 3m는 되어 보이는 큰 남자였다.

자기 키만큼이나 큰 검을 내리친 남자는 티아의 반응속도에 감탄했는지 묘하게 기뻐 보였다.

"내 공격을 피한 자가 몇 년 만인지."

단련된 육체의 소유주가 우락부락한 얼굴로 기쁜 듯이 미소 지었다.

클레오는 그 남자를 본 적이 있었다.

"게르트 공?! 어째서 검성인 당신이——!"

장검을 어깨에 멘 거한의 이름은 '게르트'.

제국에서 검성의 칭호를 받은 검사였다.

검 한 자루로 출세한 강자이며, 기사에게도 귀족에게도 흥미를 보이지 않는 싸움에 죽고 싸움에 사는 검사.

그런 검성이 덤벼들었다.

게르트는 클레오에게 왜라는 질문을 받았지만, 그는 실눈 남자를 보고 있었다.

굳이 설명할 생각은 없는지 실눈 남자에게 질문을 넘겼다.

"제국의 어둠이라는 건 굉장히 깊죠. 그걸 들여다봤나 싶었는데, 아직 제대로 본 것도 아니었다. 이런 건 흔한 이야기죠. 검성이 당신들을 습격하는 것도 어둠의 일부예요."

제국에는 검성이 여럿 존재한다.

시대에 따라 인원은 다르지만, 현대에는 네 명이 검성 칭호를 획득했다.

유파나 파벌과 관계없이 검술 실력만으로 정점에 오른 자——
그 최고위 검사가 눈앞에 적으로 나타났다.

이 사태에는 그 대단한 티아도 강하게 경계했다.

아까보다 여유가 느껴지지 않는 티아에게 게르트가 말을 걸었다.

"넌 강하구나. 그만한 실력을 가진 검사를 이런 곳에서 죽이는 건 아깝지. 이쪽에 붙어라."

티아는 강자의 제안을 거부했다.

"내 주군은 리암 님뿐. 배신 따윈 있을 수 없다."

레이피어를 쥐고 자세를 잡는 티아를 보고 게르트는 진심으로 아쉬운 듯이 작은 한숨을 쉬었다.

"아쉬워. ──좀 더 실력을 기른 널 죽이고 싶었는데!"

한순간에 거리를 좁혀온 게르트가 티아와 검을 맞댔다.

금속끼리 부딪쳐 불꽃이 튀고 새된 소리를 냈다.

순식간에 격렬한 소리와 불꽃이 몇 번이나 튀었는지 세는 것이 못 따라갈 정도로 발생했다.

게르트와 티아의 격렬한 검격을 평범한 사람인 클레오는 이해하지 못했다.

(이것이 최상위 기사들의 싸움인가!)

두 사람의 움직임이 너무 빨라 보이지 않았고, 갑자기 티아가 튕겨 나와 벽에 부딪혔다.

실눈 남자가 게르트를 칭찬했다.

"역시 검성 공이에요. 당대 최고의 실력은 장식이 아니군요."

하지만 노골적인 아부에 게르트는 눈살을 찌푸렸다.

"속이 빤히 보이는 빈말은 됐다. 그보다 정리는 너희가 해라.

약자를 베어도 재미없다."

검성은 강자와의 싸움을 추구하는 타입이었는지, 티아가 있는 방향을 보며 클레오와 다른 사람들은 거들떠보지도 않았다.

기사로서 평범한 실력밖에 없는 리시테아 같은 사람은 안중에도 없는 듯했다.

실눈 남자가 머리를 빗었다.

"그럼 정리를 시작할까요. 그다지 시간을 들이고 싶지 않으니 빠르게 끝내죠. 자, 일할 시간입니다."

실눈 남자가 뒤돌아보며 부하들에게 명령했지만, 반응이 이상했다.

명령을 받았는데 움직이려 하지 않았다.

실눈 남자는 그런 부하들에게 화가 나서 약간 분노를 담아 명령했다.

"왜 그러죠? 빨리 정리하세요."

그래도 움직이지 않는 부하들의 대답 대신 출입구 안쪽에서 대답이 돌아왔다.

"──이미 죽었으니까 일은 못 하지."

"누구냐?!"

뚜벅뚜벅 발소리를 내며 다가오는 자의 목소리를 듣고 클레오가 중얼거렸다.

"번필드 백작."

어둠 속에서 모습을 드러낸 사람은 웃음을 띤 리암이었다.

"꽤 재밌어 보이잖아. 나도 끼워줘."

리암이 실눈 남자의 부하들을 무시하고 지나가자 털썩털썩 쓰러져 피를 흘렸다.

벽에 박힌 티아는 괴로워하면서도 리암을 보고 기뻐하는 표정을 지었다.

"리암 님——."

리암은 티아를 슥 보더니 검성에게 시선을 향했다.

키 차이 탓에 자연스럽게 검성을 올려다보는 모양새가 됐다.

"언젠가 검성이란 놈들을 만나보고 싶었는데, 잘됐네. 그 칭호, 내놔."

검성과 대치한 리암은 마치 게임에서 대전을 거는 듯한 느낌으로 싸움을 걸었다.

검성 게르트와 대치하는 리암.

그 모습을 보고 있던 리시테아는 정말로 믿기지 않았다.

(이 남자, 어떻게 검성과 대치할 수 있는 거지?!)

검을 손에 쥔 게르트는 꾸준히 단련해온 리시테아도 떨릴 정도의 위압감을 발하고 있었다.

일류를 넘어 무의 정점으로 향하기 위해서 사는 인간이다.

인간을 벗어난 경지에 발을 들인 듯한 존재를 앞에 둔 리암에게서는 여유마저 느껴졌다.

리암은 칼을 뽑더니 손끝으로 빙빙 돌리며 게르트에게 웃는 얼굴로 말을 걸었다.

"여기에 오기 전에 부하에게 네가 있다는 보고를 받았다. 검성과 싸울 수 있다고 해서, 나잇값도 못 하고 가슴이 두근거리고 있어."

아직 젊은 리암이 나잇값도 못 한다는 말을 하니 이상했다.

다만 리시테아는 게르트와 싸울 생각인 리암이 제정신인지 의심하고 있었다.

(검성과의 실력 차를 모르는 건가?!)

일류 기사도 쓰러뜨리는 상대다.

상대도 안 될 터인데, 게르트의 반응은 상상과 달랐다.

리암보다 사나운 짐승 같은 웃음을 띠고 칼자루를 쥐는 손에서 우득우득 하고 소리가 들려왔다.

티아와 싸우던 때보다 더 즐거운 듯이 보였다.

"네가 리암인가?"

게르트가 서로의 공격이 닿는 범위까지 리암에게 다가갔다.

키 차이는 마치 어른과 아이였다.

올려다보고 있는 리암이 게르트 앞에서 거만한 태도로 이야기했다.

"님을 붙여라. 난 차기 공작님이다."

게르트를 앞에 두고 끝까지 뻔뻔스러웠다.

리암의 태도는 세상 물정 모르는 아이처럼도 보였다.

리시테아는 고개를 저었다.

(아무리 강해도 검성을 상대로는 무의미해. 검호가 몇 명이 있어도 이길 수 없는 게 검성이다. 아무리 번필드 백작이라 해도 그런 상대에게 이길 수 있을 리가 없어.)

소문으로 들은 일섬류도 검성을 상대로 어디까지 통할지는 불명하다.

실제로 실력이 뛰어난 티아조차 게르트에겐 순식간에 패배했다.

그런 상대에게 리암이 이길 수 있는가?

리시테아는 불안해서 참을 수가 없었다.

게르트가 리암 앞에서 검을 쥐고 자세를 잡았다.

"꼬맹이, 유파는 일섬류라고 했나? 스승은?"

진지한 표정을 지은 게르트를 앞에 두고 리암은 자연스럽게 서서 아무 자세를 취하지 않았다.

"스승의 이름은 야스시. 이 세상에서 가장 강한 남자다."

게르트가 눈을 가늘게 떴다.

"야스시? 못 들어본 이름이군."

그 말을 들은 리암의 표정이 변했다.

"신경 안 써도 돼. 넌 오늘 여기서 죽을 테니까."

그 직후, 두 사람 사이에서 아까 전보다 더 큰 불꽃이 튀었다.

두 사람의 움직임이 너무 빨라서 리시테아의 눈에는 잔상이 보였다.

검이 서로 부딪칠 때마다 티아 때보다 더 큰 불꽃이 흩날렸다.

그 수도 소리의 크기도 티아가 싸울 때 이상이었다.

(검성은 아직 실력을 숨기고 있었나?!)

근거리에서 서로 검을 휘두르자 그 여파로 실내에 바람이 일었다.

인간의 영역이 아니었다.

(뭐, 뭐지?)

리시테아는 게르트 앞에서 한 걸음도 물러서지 않는 리암을 보고 믿기지 않았다.

(말도 안 돼. 제국이 인정한 검성이라고! 어떻게 서 있을 수 있는 거지?!)

혼란스러워하는 리시테아에게 클레오가 말을 걸었다.

"누님, 당장 티아의 치료를!"

"어, 어어, 그렇지."

동생의 말을 듣고 바로 움직이기 시작한 리시테아는 벽에 파묻힌 티아에게 다가갔다.

바로 벽에서 떼어내니, 티아는 상처투성이가 되면서도 황홀하게 리암을 바라보고 있었다.

(이 상황에 뺨을 붉히지 마!!)

티아는 리암의 모습에 시선을 빼앗겼다.

"임무를 다하지 못한 건 아쉽지만, 리암 님의 용맹하고 씩씩한 모습을 이 눈에 새겨야 해."

티아를 성실한 여기사라 생각하고 있었지만, 이런 비상시에 리암에게 넋을 잃은 모습에 환멸했다.

하지만 티아는 장비 파우치에서 꺼낸 작은 병을 입에 머금더니, 조금 마신 뒤에 상처에 내뿜었다.

치료약이다. 약이 피부에 닿자 상처가 난 곳을 소독하고 그대로 아물어갔다.

티아가 가지고 있던 것은 비싼 치료약이었을 것이다. 그 효과는 좋으며 치료 속도도 빨랐다.

하지만 상처를 치료해나갈 때 아픔도 발생한다.

원래는 치료와 동시에 아픔도 생기지만, 티아의 안색은 변하지 않았다.

안색이 변하기는커녕 두 사람에게도 리암을 보라고 권유했다

"두 분, 리암 님의 늠름한 모습이 보이나요?"

"너, 너, 이런 때에 무슨 소리냐?! 당장 이 상황을 어떻게 하지

않으면 우리 모두 죽는다고!"

리시테아가 격노하는 것은 당연하다.

경비대가 상주하는 시설에 쳐들어온 실력이 뛰어난 기사들.

게다가 게르트까지 있는 것이다.

이 상황에서 생환할 확률은 굉장히 낮아 보였다.

애초에 이만한 소동이 일어났는데 지원이 오지 않는 것도 이상했다.

(라이너스 오라버니뿐만이 아냐. 더 윗선이 얽혀있다고 봐야 하나? 그렇게까지 해서 클레오를 제거하고 싶은가.)

라이너스만으로 검성인 게르트를 움직일 수 있을 리 없다. 라이너스보다 더 위—— 칼뱅이나, 자칫하면 더 위가 얽혀있을 가능성이 있다.

리시테아는 생환을 반쯤 단념하고 있었다.

상처 치료가 끝난 티아는 무기를 들고 일어섰다.

하지만 리암에게 가세하지 않았다.

"당황할 것 없습니다. 보세요. 제가 아는 한, 이 세상에서 가장 강한 기사는 리암 님이에요."

검성과 검을 맞부딪치며 한 가지를 이해했다

"이 정도로 검성이라는 이름을 댈 수 있는 건가? 그럼 오늘부터 내가 검성이라 칭해도 되겠네!"

내가 비웃자 검성이 이를 꽉 깨물었다.

나와의 난타전으로 인해 손발에는 찰과상이 늘어나 있었다.

그에 비해 난 상처가 없다.

검성은 여유가 없었다.

"아직 100년도 안 산 꼬맹이가!"

검성이 검을 휘두르는 속도가 빨라지자, 나도 그에 맞춰 속도를 높였다.

"그 꼬맹이보다 못한 너는 뭐냐? 안 어울리는 칭호는 버리는 편이 좋다고."

"어디 지껄여봐라!"

검성의 일격을 받아서 도로 튕겨냈다.

자세가 흐트러진 검성의 가슴 근처에 붉은 선을 그어줬다.

"이, 이 자식!"

내가 놀고 있다는 걸 알자 더 화내는 게 불쌍했다.

일섬류는 정말 훌륭한 검술이다.

이 세계에서도 최고의 검술일 것이다.

그런 훌륭한 검술이 악인인 나에게 전수된 것은 이 세계의 불행이다.

그건 그렇고, 이렇게 검을 맞부딪치는 건 얼마 만일까?

수행지에서 크루트와 시합을 했을 때인가?

그때는 봐주는 방법을 생각하느라 고생했다.

일섬류에 약점이 있다고 한다면, 봐주는 게 극단적으로 어렵다는 점일 것이다.

검을 뽑으면 상대를 죽이는 검술이니까.

시합에서는 사용할 수 없어서 얼마나 강한지 자랑을 할 수 없다.

쓸 수 있는 때는 진검승부나 실전뿐.

"놀아나고 있다는 걸 이해할 정도는 되는 모양이네"

"얕보고 자빠졌어!"

애초에 내가 칼을 뽑은 상태로 상대하는 것부터가 놀이다.

일섬류는 칼집에서 칼을 뽑지 않은 상태로 준비하는 검술이다.

얕보고 자시고 간에 처음부터 접대 플레이를 해주는 중이다.

접대 플레이—— 접대하듯이 플레이한다는 뜻의 게임 등에서 사용되는 말이다. 실력이 떨어지는 상대를 봐주면서 대전하는 행위다.

원래라면 칼집에서 칼을 뽑은 순간에 승패가 결정되는 것이 일섬류다.

굳이 검성과 치고받는 이유는 그의 실력을 확인하기 위해서다.

그리고—— 내가 얼마나 강해져 있는지 보기 위해서다.

그때 검성이 뒤로 휙 물러나 나에게서 거리를 벌렸다.

그러자 흐름을 읽지 못하던 실눈 남자가 경악했다.

"검성 공, 언제까지 놀고 있을 건가!"

검성은 그런 실눈 남자에게 일갈.

"닥쳐라! ——머리에 피가 좀 거꾸로 솟았는데, 설마 나와 이렇게까지 싸울 수 있는 남자가 있을 줄은 몰랐다. 넌 최고의 사냥감이군."

눈앞에 있는 검성은 싸움을 즐기는 타입인 모양이다.

가끔 이런 기사가 있다.

싸움의 스릴을 추구하는 애처로운 녀석들이다.

자신의 힘을 추구하는 것이라면 몰라도, 스릴을 맛보고 싶다는 마음은 전혀 이해가 안 됐다.

검성이 팔상세—— 검을 얼굴 옆으로 드는 자세를 취하자 내 감이 위험하다고 알렸다.

"이 기술을 진지하게 쓸 수 있는 상대가 또 나타날 줄은 몰랐다. 부탁이니 한동안은 버텨서 날 즐겁게 해다오."

검성은 웃으면서 참격을 날렸는데, 그 참격이 끔찍했다.

마치 그물과 같은 참격이다.

한순간에 몇 번이나 참격을 날리고, 그 참격들이 겹쳐져 그물코 모양이 되었다.

면으로 제압하는 듯한 참격에 나는 낙담했다.

"이 얼마나 끔찍한가."

검성이 웃고 있다.

"이기기 위한 필살의 검! 이 참격에서 도망칠 수 있을 것 같냐!"

그런 참격을 몇 번이고 날렸다.

——아니, 정말 끔찍하다.

이 정도의 참격에 위험을 느낀 내가 바보 같다.

일섬류의 면허개전을 받은 내가 이 정도로 놀라면 스승님께 혼날 것이다.

그런 참격을 검을 한 번 휘둘러 쓸어내자 검성이 움직임을 멈췄다.

다만, 놀라지 않고 기뻐하고 있었다.

"이것도 베어내는 것이냐!"

"정말 유감스러운 검이다. 너, 정말 강한 거냐?"

검성이 강하다는 게 의심스러워지기 시작했다.

애초에 이런 떳떳하지 못한 일을 하는 녀석이 검성이라는 게 말이 되는가?

실은 이름뿐인 검성이 아닐까? 이런 일을 받는 대신 표면상으로는 검성으로 취급받는다는 대가를 받았다거나?

정말 실망이다.

──하지만, 그렇다면 검성의 칭호는 나에게 어울리지 않을까? 일섬류를 세상에 널리 알리기 위해서라도 내가 검성이 되어야 할 것이다.

"그럼 나도 검성이라 칭할 수 있겠구나!"

"마음대로 지껄여라."

검성이 또 자세를 바꿨다.

검을 한 손에 들고 자연스러운 자세를 취했다.

그리고 입을 오므리고 숨을 길게 내쉬자 검성의 몸의 근육이 한 번에 부풀어 올랐다.

"뭘 할 생각이지?"

무엇을 할 생각인지 모르겠지만, 이때까지 어울려줬으니 마지막까지 봐주기로 했다.

그러자 이번에는 부풀어 오른 근육이 조여들어 탄탄해졌다.

한순간에 부풀어 올랐나 싶었더니 원래 상태보다 더 가늘어져 있었다.

검성은 헐렁해진 옷을 성가시다는 듯이 찢어 버렸다.

팬티 한 장만 걸친 상태다.

웃긴 꼴이지만, 몸에서 김이 나오고 있었다.

애니메이션이나 만화에 나오는 오라처럼 일렁거렸다.

"모습이 변했네."

"지금부터가 진짜다. 나에게 시간을 준 것을 후회하는 게 좋을 거다."

검성은 웃고 있지만, 몸에 부담이 되는지 괴로워 보였다.

"내 검이 도달한 극치다. 순수한 힘을 추구했고, 그리고 다다른 답이다. 폭발적인 신체능력과 맞바꾸어 생명을 깎는 오의이지."

검성이 한 걸음 내딛자, 다음 순간에는 내가 있던 곳에 검을 내려치고 있었다.

칼날이 내려찍힌 바닥에는 마치 폭발이라도 일어난 듯한 충격이 발생했다.

그 자리에서 피한 나는 눈을 크게 떴다.

벌써 내 몸통을 가로로 양단하려고 검이 육박해오고 있었다.

그러나 이번에도 내가 피하자 이번에는 다른 방향에서 치려고 달려들었다.

아까보다 더욱 빠르고 강력했다.

"어떠냐, 꼬맹이! 이래도 내가 약하다고 생각하나? 지금의 난 기동기사마저도 가른다. 이것이 인간을 뛰어넘은 힘이다!"

검성의 일격을 칼로 받아치니 도리어 내가 충격으로 밀려났다.

검을 양손으로 쥔 검성이 혼신의 힘을 담아 자세가 무너진 나를 내리쳤다.

"이걸로 끝이다!"

"칫."

내려치는 일격을 칼로 막아내니, 내 발이 바닥에 박혀버렸다.

확실히, 이 정도라면 기동기사도 자를 수 있을 것 같았다.

하지만—— 내 마음에는 전혀 울리지 않았다.

"이게 극치라고? 넌 목표로 할 곳을 틀렸어."

"아앙?"

몇 번이고 치려고 달려드는 검성의 일격을 받아넘기자, 내가 가져온 칼이 너덜너덜해졌다.

내 마음에 드는 칼을 가져오지 않길 잘했다.

그리고 빨리 끝내뒀어야 했다며 후회했다.

내 마음을 헤아리지 못할 뿐만 아니라 착각하고 있는 검성이 우쭐거렸다.

"저항도 못 하는 네가 앞으로 어떻게 승리를 쟁취할 생각이냐!

내가 움직이지 못하게 되는 걸 기다리는 거라면 아쉽게 됐군. 이 상태로도 온종일 싸울 수 있다!"

검성은 일격을 날릴 때마다 살이 갈라지고 거기서 피가 조금 뿜어져 나왔다.

근육과 뼈가 움직임에 따라가지 못하는 것이리라.

이 모양인데 하루를 버티는 건가? 그건 대단하군.

"아쉽게 됐어. 뭔가 참고가 되면 좋겠다 싶었는데, 네 검은 너무 조잡해."

모든 움직임을 힘에 맡기고 있다.

아름답지 않다.

뭔가 도움이 되는 움직임은 없는지 살펴보고 있었는데, 이래서는 아무것도 볼 것이 없다.

──이 녀석의 검은 참고가 안 돼.

"내 검을 우롱하는 거냐, 꼬맹이!"

내가 칼을 내리고 저항하지 않자, 검성이 내려친 검이 나를──베지 못했다.

눈을 휘둥그레 뜨고 놀라고 있는 검성. 그의 검이 밑동부터 부러져 있었다.

부러진 칼날이 공중을 빙글빙글 돌아 떨어져 바닥에 박혔다.

격렬하게 휘둘렀던 칼날은 열기를 품고 있었는지 표면이 살짝 달아올라 있었다.

난 바닥에 박힌 발을 뽑고 칼을 집어넣으면서 검성에게 말했다.

"오늘까지 고생했어. 앞으로는 내가 검성이라는 이름을 대주지. 넌 이제 쉬어."

검성은 놀란 얼굴로 날 보고 있었다.

"아직이다. 아직 안— 끝났— 어."

검성의 목이 툭 떨어지더니 이윽고 커다란 몸이 쓰러지며 피를 뿜었다.

실눈 남자는 뿜어져 나온 대량의 피를 그대로 뒤집어쓰고 말았다.

그는 날 보며 살기를 드러냈다.

그런 실눈 남자에게 부드럽게 말해주었다.

"왜 그래? 목숨 구걸 안 하냐?"

다가오더니 칼자루에 손을 대길래 양팔을 잘라서 날려버렸다.

실눈 남자는 고통에 괴로워하면서 그 자리에 무릎을 꿇었다.

하지만 허세를 부리는 건지 그 상태인데도 웃음을 잃지 않았다.

"처음 일섬류의 이름과 기술을 들었을 때는 곡예 같은 것이냐며 웃었는데—— 이렇게 실제로 당해도 웃을 수밖에 없어. 지금도 믿기지 않아."

보이지 않는 참격.

언제 베였는지도 알 수 없는 일섬류의 오의다.

실눈 남자는 고개를 숙이고는 내 얼굴을 보지 않고 말을 걸어왔다.

"누가 흑막인지 알고 싶나?"

이런 남자가 진실을 말할 것 같지는 않고, 의미가 없다.

오히려 날 혼란스럽게 만들 것이다.

"필요 없어."

"네 적이 제국 그 자체라고 해도?"

얼굴을 든 남자는 눈을 크게 뜨고 굉장히 꺼림칙한 얼굴로 웃고 있었다.

"바라던 바다."

제국 자체가 적? 그게 어쨌다는 거냐?

이 세계는 내 놀이터다.

적대한다면 파괴할 뿐이다.

이야기를 끝낸 나는 실눈 남자의 목을 날려줬다.

싸움이 끝나자 리시테아가 나에게 따지고 들었다.

"왜 죽인 거냐?! 뭔가 캐낼 수 있을지도 모르는데!"

난 일에 관해서는 무의미한 짓은 안 하는 주의다.

"이제 와서 적을 알아낸들 어쩌겠다는 거지? 애초에 주위가 적투성이잖아."

"그, 그건 그렇지만."

"애초에 이 녀석이 진실을 말할 것 같나? 거짓말을 해서 혼란스럽게 만들 뿐이다."

클레오가 공격받고 있는데 도우러 오지 않는 경비대.

움직이고 있는 건 라이너스뿐만이 아닐 것이다.

실제로 그 녀석이 검성을 부릴 수 있을 리는 없다.

역시 적은 칼뱅이나 황제── 명확하게 날 적대하니 오히려 후련해졌다.

리시테아가 고개를 숙이자 티아가 내 곁에 와서 무릎을 꿇었다.

"꼴사나운 모습을 보였습니다."

패배하긴 했지만 검성을 상대로 시간을 번 것만 해도 충분한 활약일 것이다.

이로써 나도 오늘부터 검성이라 칭할 수 있다.

검성── 정말 좋은 울림이다.

일섬류 검사에게 어울리는 칭호일 것이다.

"아니, 잘했다. 칭찬해주지. 오늘 난 기분이 좋거든. 검성이 되었으니 말이야."

그렇게 말하니 티아는 야단스럽게 머리를 깊이 숙였다.

"리암 님의 관대하신 마음에 감사드립니다!"

정말이다.

널 고용한 시점부터 난 관대하다고.

티아가 손으로 깍지를 끼고 눈을 반짝이며 나를 봤다.

실로 기분이 좋다.

티아를 앞에 두고 으스대고 있으니, 이야기를 듣고 있던 클레오가 고개를 갸웃했다.

"검성? 백작은 모르는가?"

"응?"

클레오는 쓰러진 검성에게 시선을 돌리면서.

"제국에서 검성을 임명할 수 있는 사람은 폐하뿐이다. 물론 추천을 받으면 폐하께서 고려하시지만, 검성을 쓰러뜨렸다고 해서 검성이 되는 건 아니다."

그 말을 들은 나는 검성을 쓰러뜨려도 아무 이득도 없다는 사실에 절망했다.

"진짜?"

어안이 벙벙해진 나를 본 티아는 볼을 물들이고 몸을 비비 꼬았다.

"예정이 어긋난 리암 님도 멋, 져!"

아무래도 이런 일로는 검성의 칭호를 받을 수 없는 모양이다.

무엇을 위해 서둘러 달려왔다고 생각하는 건가?

의욕이 사라진 난 오늘은 그만 돌아가기로 했다.

"이제 됐어. 자, 철수하자."

리시테아가 돌아가려고 하는 나를 필사적으로 말렸다.

"이 상황을 방치할 셈이냐?! 클레오의 안전을 확보하는 게 먼저잖아!"

이 녀석은 아무것도 이해 못 하고 있다.

내가 왜 검성과 놀았다고 생각하는가?

──그건 여기에 온 시점에 전부 끝나 있었기 때문이다.

"바깥의 적은 섬멸했고, 내 부하들이 여길 지키고 있다. 높으신 놈들한테도 보고했다. 이미 전부 끝났다. 이제 돌아가서 자기만 하면 된다."

이런 때에 윗선과의 연줄은 도움이 된다.

재상에게 연락해 손을 써달라고 했다.

"끝났다고?"

접대 플레이를 하기 위해서는 모든 귀찮은 일을 끝내야 한다.

이긴 상태로 접대 플레이를 해야 의미가 있는 것이다.

승패가 결정되기 전에 노는 것은 그냥 방심이다.

일이 남아있는데 놀아서는 안 된다.

그리고 이곳에 달려올 만한 상황이었으니 일부러 내가 쳐들어

와서 검성을 상대해줬다.

접대 플레이는 이기고 나서! ——뭔가 명언 같네.

내 격언으로 삼아두자.

취침 중에 암살 기도 소식을 듣고 일어난 재상은 한숨을 쉬었다.

"라이너스 전하께서 너무 서두르셨군."

칼뱅이라는 강적과 싸우기 전에 클레오라는 잔챙이를 정리한다—— 그 정도의 인식이었을 것이다. 그 결과, 대응이 허술해지고 말았다. 암살은 실패했고, 오히려 반격을 당했다.

라이너스는 원래 유능한 사람이었다. 파벌을 잘 통합했다.

재상도 같은 의견이었으나, 이번 일로 평가를 고치지 않을 수 없었다.

이제 재기는 불가능. 황태자의 길도 사라져버렸다.

재상은 계승권 다툼에서 탈락한 라이너스를 의식에서 배제하고 다른 인물에 대해 생각했다.

"——대체 누가 검성을 움직였는가."

제국이 인정한 검성은 현재 네 명. 그중 한 명을 클레오 암살에 보냈다.

물론 재상은 아니다.

검성 게르트가 영달을 목적으로 클레오 암살에 협력했다고 생각할 수도 있지만, 힘만을 추구하는 검사가 권력을 추구한다는 것도 이상한 이야기다.

보고서에는 게르트가 자신의 판단으로 암살을 실행했다고 적혀있지만, 누군가가 명령했을 가능성이 컸다.

재상은 보고서를 앞에 두고 입꼬리를 올렸다.

"그건 그렇고, 설마 이렇게까지 강할 줄은 몰랐는데."

제국이 인정한 검성 중 한 명을 리암이 쓰러뜨렸다.

리암의 실력을 보여주는 결과였다.

이건 리암, 그리고 클레오 파벌에도 큰 선전이 될 이야기였다.

재상은 옷을 갈아입었다.

손목시계를 만지자 잠옷이 순식간에 일할 때 입는 옷으로 바뀌었다.

"그럼, 지금부터 바빠지겠군."

궁전 안은 난리가 났을 것이다.

클레오 암살 소동 때문이 아니라 제2황자 라이너스의 실각 때문에.

사건 이후 하룻밤이 지나고── 낮이 지나도 난 궁전 안에서 움직이지 못하고 있었다.

어젯밤부터 계속 조사를 받고 있다.

장소는 회의실 같은 곳인데, 난 차기 공작── 현 백작이라 호화로운 회의실이 마련되었다.

푹신푹신한 의자에 앉아 시녀가 타준 홍차를 마시면서 조사를 받고 있다.

주위에는 고위 관리들뿐만 아니라 궁전에서 근무하는 기사와 군인들도 있었다.

그들은 긴장한 눈치로 날 에워싸 감시하고 있다.

이래서는 마음이 편해지질 않는다.

"어이, 점심은 아직인가? 모처럼 궁전에 왔는데 풀코스 요리 정도는 내놓아야지."

그건 그렇고 시녀가 한 명이라니, 눈치가 없네.

내 상대를 시킬 거라면 미녀를 다스 단위로 데려와야지.

난 백작님이라고!

고위 관리—— 고관이 내 태도에 짜증을 냈다.

"번필드 백작, 어젯밤에 무슨 일이 일어났는지 이해하고 계십니까? 그런데도 마치 자기 집에 있는 것처럼 계시는군요."

"섭섭하네. 이래 보여도 나 역시 마음이 아프다고."

궁전 안에서 황족이 암살당할 뻔했다. 이 말만 들으면 아주 큰 사건이지만, 이 세계에서는 정말 피로 피를 씻는 싸움이 궁전 안에서 일상적으로 벌어지고 있다.

애초에 궁전이라 불리는 부지는 대륙 전체 넓이다.

매일같이 사건이 일어나도 이상하지 않다.

"하지만 이 정도의 소란은 너희에게 늘 있는 일 아닌가?"

"황족 암살과 자잘한 사건을 똑같이 다룰 수는 없는 노릇이지요."

고관들이 보기에는 내가 너무 편하게 있는 모양이다.

말이 나와서 그런데, 날 조사하러 온 고관과 군인들…… 신분이 너무 낮지 않나? 더 잘난 놈을 데려오란 말이다.

얕보이는 느낌이 들어서 의욕이 전혀 나지 않았다.

난 사건보다 오늘의 강의를 더 걱정했다.

"오늘은 오후부터 강의가 있어. 빨리 끝내줘."

내 태도에 고관이 머리를 싸맸다.

"제2황자 전하의 진퇴가 걸려있습니다. 좀 더 긴장감을 가져주십시오."

"그거 큰일이네. 나도 걱정하던 참이야."

"──능청스럽군요."

"진심이라니까."

아니, 나도 라이너스 전하는 걱정하고 있었다.

싸움을 걸 상대를 잘못 고른 불쌍한 남자로서.

그 녀석이 쉽게 화내는 성격이라 다행이야.

정공법으로 오는 게 더 귀찮았을 테니 말이야.

시간도 걸리니 천천히 계승권 다툼을 이어나갈 생각이었는데, 라이너스 덕분이다.

라이너스 본인의 손에 의해 라이벌 한 명이 사라졌다.

고관들 입장에서는 중대사일지도 모르지만, 나에게는 이미 끝난 이야기다.

제2황자 라이너스는 이미 끝났다.

처음부터 내 상대가 아니었다. 애초에 질 것 같지도 않았다.

길가의 거슬리는 작은 돌을 발로 차서 굴린 것과 마찬가지다.

아, 이것도 일종의 접대 플레이구나.

"참, 한 가지 궁금한 게 있다만."

"뭡니까?"

내가 질문을 하니 고관들이 경계했다.

"검성이 되기 위한 신청은 누구에게 하면 되지?"

라이너스 일보다 지금은 검성 칭호가 더 중요했다.

"——백작, 농담은 그만하십시오!"

한순간 아연실색한 고관들. 이 자리에 있는 모두가 어이없어했다.

하지만 난 진지했다.

"농담이라고?! 난 진심이다. 잘 들어라, 난 일섬류를 세상에 널리 알려야 한다. 최강의 유파로 이 세상에 널리 알리는 건 야스시 스승님에 대한 보답이라고. 그러니까 내게 검성 칭호를 줘."

"대체 이 상황에 무슨 말을 하는 겁니까?"

난 악인이지만 받은 은혜 정도는 갚을 생각이다.

스승님에겐 신세를 졌다.

하지만 세상은 아무래도 일섬류를 마이너 검술이라 생각하고 있다.

그렇다면 내가 세상에 널리 알리는 수밖에 없다.

일섬류가 최강의 유파라는 것을 세상에 알려야만 하는 것이다.

"이 정도로는 안 되나? 그럼 남은 셋도 데려와. 셋 다 쓰러뜨리면 제국도 검성으로 인정해주겠지?"

고관들이 내 앞에서 머리를 싸맸다.

◇◆◇◆◇

점심이 지난 무렵.

라이너스는 귀족들이 돌아간 넓은 방에서 고개를 숙이고 있었다.

방금까지 자기 파벌의 귀족들이 모여 대책회의를 하고 있었다.

하지만 라이너스는 힘없이 웃었다.

"뭐가 아직 포기하지 마십시오, 냐. ──이제 난 끝이다."

귀족들이 능청스럽다는 건 알고 있었지만, 지금은 화낼 기력도 없었다.

라이너스도 무능하진 않다.

여기까지 와서 반격은 생각지도 않았다.

"클레오를 잘못 봤다. 아니, 리암을 얕봤다. 내 패배의 원인은 틀림없이 그 남자다."

변경에서 으스대는 아이를 얕본 게 잘못이었다.

처음부터 전력으로 쳐부수거나, 아니면 무슨 짓을 해서라도 포섭하는 게 정답이었다.

사전에 이 결과를── 리암의 힘을 정확하게 파악하고 있었다면, 라이너스는 직접 머리를 숙여서라도 리암을 자기 파벌에 끌어들였을 것이다.

그런 가정의 이야기는 무의미하지만, 라이너스는 생각하지 않을 수 없었다.

어디서 길을 잘못 들었는지를.

재상의 말이 떠올랐다.

"——재상의 예상이 맞았어. 그 남자도 오랫동안 제국을 뒤에서 조종한 사람답군."

그렇게 중얼거리자 바닥에서 한 남자가 천천히 모습을 드러냈다.

무릎을 꿇은 모습이 아니라, 선 채로. 그의 손에는 술병이 들려 있었다.

그는 빨간 가면을 쓴 남자의 후계로서, 조직을 이끄는 자였다.

라이너스는 힘없이 웃었다.

"날 죽이는 건 너인가."

"라이너스 전하, 당신의 이용 가치는 없어졌습니다. 우리의 새로운 주인은 이번 일로 상심하고 계십니다. ——바로 해결하라고 말씀하셨습니다."

그렇게 말하고 술병을 건넸다.

라이너스는 소파의 등받이에 몸을 기대면서 가면을 쓴 남자가 든 술의 상표를 보고 있었다.

의외로 미소 짓고 있다.

"내가 좋아하는 술이군. 세심하잖아."

가면을 쓴 남자는 평소보다 침착한 태도를 보이는 라이너스에게 조금 놀란 눈치였다.

"좀 더 당황하실 줄 알았는데, 침착하시군요."

라이너스는 계승권 다툼에서 탈락함으로써 초조함이 사라져 여유가 보였다.

"그만큼 추태를 보였잖나. 아마 나는 역사에 어리석은 남자로 남겠지. 적어도 마지막 정도는 멋지게 가고 싶군. 잔을 준비할 테니 잠시 기다려라."

일어나서 방의 벽을 손으로 만지자 장치가 움직여 벽에서 선반이 나타났다.

식기뿐만 아니라 주류도 갖춰져 있었다.

안주도 많이 준비되어 있었다.

라이너스는 그중에서 술과 잘 맞는 안주를 골랐다.

"이 술에는 이게 잘 맞지."

침착한 태도로 술을 마실 준비를 하는 라이너스를 위해 가면을 쓴 남자가 술병을 열었다.

라이너스가 아쉬워했다.

"마지막 술 상대는 네가 되겠군. 이렇게 될 가능성도 몇 번인가 생각했지만, 적어도 빨간 놈이 상대해줬으면 싶었다."

오래 알고 지낸 빨간 가면을 쓴 남자는 아니었지만, 눈앞에 있는 자는 그 후계자다.

라이너스는 그런 그들에게 죽임을 당하는 미래도 상상했다.

"두령은 안타깝게 됐습니다. 힘이 모자라 죄송합니다."

가면을 쓴 남자가 솔직하게 사과하자 라이너스는 그 사과를 받아들였다.

"너희가 나섰는데도 졌다면 나도 체념할 수밖에. 설마 리암이 너희 이상의 암부를 거느리고 있을 줄은 몰랐는데."

졌다며 시원스럽게 웃는 라이너스에게 가면을 쓴 남자도 쓴웃음을 짓고 있는 듯했다.

"다음 기회가 있으면 라이너스 전하의 원수를 갚죠."

"보수는 없다."

"괜찮습니다. 서비스로 쳐두죠."

"그럼 부탁하지."

잔에 술을 따르게 한 라이너스는 그걸 한 번에 다 들이킨 다음 또 따르도록 잔을 내밀었다.

안주에 손을 뻗으면서 가면을 쓴 남자에게 물었다.

"저승행 선물로 두 가지를 알려줘라. 네가 봤을 때 황제로 어울리는 자는 누구냐? 형님인가? 클레오인가?"

당당한 라이너스의 태도에 가면을 쓴 남자는 큭큭 하고 웃었다.

"지금의 전하라면 다음 황제로 어울렸을지도 모릅니다."

그 말을 들은 라이너스는 기분 좋게 술을 마셨다.

"지금은 순순히 칭찬을 받아두지. 그럼—— 이번 일의 뒤에서 움직인 건 누구냐? 누가 검성을 끌어냈지?"

두 번째 질문에 가면을 쓴 남자는 대답했다.

"의뢰자의 정체를 밝히지 않는 것도 업무의 일환입니다."

"그랬……지."

라이너스는 웃음을 띠더니 눈을 감고 잠들 듯이 그대로 숨을 거두었다.

가면을 쓴 남자는 그런 라이너스의 모습을 보면서 분한 듯이 중얼거렸다.

"좀 더 일찍 그런 모습을 보이셨다면 이렇게 되진 않았겠죠."

한 우둔한 황자가 일으킨 암살 소동은 본인이 모든 죄를 고백한 후에 자결한 것으로 정리되었다.

암살 사건으로부터 일주일이 지난 무렵.

아직 안정을 되찾지 못한 궁전에서 나는 클레오 전하와 면회하고 있었다.

"전하, 기운이 없으시네요."

"그런 사건이 일어난 뒤다. 어쩔 수 없잖나."

아주 우울한 건 아니지만 기분이 가라앉은 것 같았다.

이 정도로 괜찮을까?

나 참, 착한 사람은 죽이러 온 상대가 죽었다고 침울해하니 글렀구나.

적을 쓰러뜨리고 끝, 이런 식으로는 생각할 수 없는 모양이다.

클레오 전하는 내 앞에서 이야기하기 시작했다.

"라이너스 형님과의 추억은 적어. 하지만── 형님이 스파이로 보낸 고용인으로부터 이야기를 들을 수 있었다."

"무슨 말을 했나요?"

"깔보기도 했지만, 날 동정하고 있었던 것 같아. 아무것도 안 했다면 형님이 날 암살하기 위해 움직이지도 않았을 것이라는 생각이 들어."

참 상냥하시기도 하다.

하지만 상냥함 따위는 무의미하다.

나도 전생에 심한 배신을 경험했는데, 그때는 나도 나빴다며 납득하려고 했다.

불합리한 처사도 참았다.

그 결과는 나쁜 놈들이 날 우스갯소리의 소재로 삼고 끝.

나쁜 놈들이 심판을 받는 일은 없었고, 난 괴로워하면서 죽었다.

"먼저 칼을 빼든 건 라이너스 전하입니다. 속상해하실 필요는 없습니다. 그리고 지면 다음은 전하의 차례입니다. 싫다면 싸울 수밖에 없죠."

클레오 전하가 나를 보는 눈은 질투하는 듯했다.

"백작은 강하구나. 너무 강해서 약자의 마음을 모르겠지."

가시를 품은 말이다.

하지만 말은 하게 해줬으면 한다.

어쨌든 전생에는 약자였다.

악한들에게 좋을 대로 이용당하는 약자였다.

──그런 자신에게 구역질이 난다.

"약자의 마음은 더 이상은 이해할 수 없을 정도로 잘 이해하고 있어요. 약자라고 해도 빼앗는 쪽에 설 수 있다면 그쪽에 서는 법이죠. 전하는 약자를 신성시하고 계시는군요. ──약하다는 것은, 그것만으로 죄입니다."

클레오 전하가 나를 보고 눈을 가늘게 떴다.

"태어날 때부터 강한 자가 이해할 수 있을 것 같진 않은데?"

"적어도 너보단 잘 이해하고 있어."

너라고 부른 시점에 티아가 시중을 들기 위해 다가왔다.

그리고 나에게 보고했다.

"차를 바꿔드리겠습니다. 그리고 영지에 있는 브라이언 공이 리암 님과 이야기하고 싶다고 했습니다."

한 번 휴식을 넣으라는 뜻일 것이다.

난 자리에서 일어났다.

"날 거리낌 없이 불러내고 말이야. 브라이언이 아니었으면 처형감이라고."

그리고 난 방에서 나갔다.

이야기를 중단당한 클레오는 미안하다는 듯이 티아를 봤다.

자신의 목숨을 구해준 은인인 티아에게는 호감을 품고 있었다.

"백작에게 실례되는 태도를 취했구나. 나중에 사과하지."

티아는 리암을 존경하고 있으니 분명 화내리라 생각하고 있었다.

하지만 티아는 쿡쿡거리며 웃을 뿐이었다.

"뭐가 웃긴가?"

티아는 리암이 나간 방의 문을 봤다.

"클레오 전하는 번필드가에 대해서 얼마나 알고 계십니까?"

"리암 공이 경영 상황이 나쁜 영지를 어릴 때부터 개선했다고 들었어. 레어 메탈을 대량으로 보유한 자원위성을 확보한 덕분이었나? 운이 좋은 거겠지."

세간이 보는 리암의 평가는 그러했다.

모두 현재의 리암의 힘과 군사력만을 평가한다.

영지 경영은 레어 메탈 덕분에 회복했다고 평가하기도 한다.

"저도 자료로 봤을 뿐이지만, 리암 님이 백작의 지위를 이어받은 건 5살 때입니다."

5살 아이에게 지위도 영지도 떠맡긴다.

제국에는 그런 이야기가 넘치고 있었다.

"귀족 중에는 영지를 아이에게 떠맡기는 자들이 있다고 들었어. 그런데 진짜로 있었구나."

세상 물정 모르는 클레오는 소문이 사실이었냐며 놀랐다.

애초에 귀족과의 교류는 최근에 막 시작한 참이다.

주로 파벌을 구성하는 귀족들은 강경한 자가 많지만 성실한 부류의 영주들이다.

아이에게 영지를 떠맡긴다는 이야기는 들리지 않았다.

"당시엔 상황이 끔찍했다고 합니다. 백성들로부터 세금을 착취하고, 고된 노역을 강요해 혹사. 그것만으로는 사치를 부릴 수 없다면서 빚까지 졌죠. 자료를 보고 깜짝 놀랐어요. 사람은 이렇게까지 무도한 짓을 저지를 수 있는가, 싶어서요."

티아의 이야기에 클레오도 동의했다.

"끔찍한 이야기구나. 하지만 여기에 있으면 자주 듣는 이야기이기도 하지. 난 이야기로만 들었는데, 정말일까?"

"정말이에요. 제국의 많은 행성에서는 지금도 백성이 고통받고 있습니다."

티아는 어릴 때의 리암을 상상하고 마음 아파하는 것 같았다.

"고결한 리암 님이 당시의 영지를 보고 어떻게 생각했을까요? 자신의 생활이 어려워도 절제에 힘쓰며 몇십 년이나 살아왔어요. 어린 리암 님은 분명 가련한 미소년이었을 거예요."

왠지 이야기가 다른 데로 새는 느낌이 들었지만, 클레오는 수긍해됐다.

"──그렇겠지."

동의를 얻은 티아는 더더욱 열정적으로 떠들어댔다.

"네! 지금보다 더 귀엽고 기특하고 존엄하고── 그런 리암 님이 괴롭고 가난한 생활을 참고 영지를 발전시켜 온 거예요. 강해지려고 자기 자신도 단련해서 검성마저 쓰러뜨리는 실력을 쌓은 것도 전부 백성을 위해."

리암은 강해져야만 했다.

그렇게 하지 않으면 백성을 지킬 수 없었다는 이야기를 듣게 된 클레오는 반성했다.

"백성을 위해서인가."

(난 리암에 대해 아무것도 몰랐구나. 그런데도 그런 말을 해버렸어.)

하지만 폭주한 티아는.

"아아, 그 시절의 리암 님을 보필할 수 있었다면! 영상으로는 몇 번이고 확인했지만, 실제 리암 님은 분명 영상보다 더 귀여웠을 거예요. 그런 리암 님이 영주로서 수완을 발휘하고 계셨다고 생각하면—— 어머 싫다, 침이 멈추지 않아!"

어릴 때의 리암을 상상하고 침을 닦는 여기사가 있었다.

클레오는 티아로부터 시선을 돌렸다.

보지 않는 게 다정함이라 생각했기 때문이다.

(백작 휘하의 기사는 별난 사람이 많구나.)

티아는 유능하긴 하지만 안쓰러운 기사다.

망상이 끝났는지, 티아가 '실례했습니다'라며 사과해서 클레오는 다시 시선을 되돌렸다.

"뭐, 무슨 말을 하고 싶었는가 하면, 리암 님은 클레오 님께서 말씀하신 약자였습니다. 아니, 클레오 님이 생각하시는 것보다 더 약한 입장에 있었죠."

클레오가 고개를 숙였다.

"그런가. 백작에겐 미안한 말을 했군."

(내가 생각하는 것보다 가혹한 인생을 살아왔다는 건가. 내 안

이한 발언이 용서가 안 됐겠지.)

　클레오는 반성했고, 돌아온 리암에게 사과했다.

　통신실.

　날 불러낸 브라이언과 이야기를 하고 있는데——.

　『검성을 상대로 접대 플레이를 했다니 어떻게 된 일입니까?!』

　암살 사건의 보고서를 훑어본 브라이언은 내가 검성과 싸운 것
도 알고 있었다.

　그때의 흐름도 파악하고 있고, 내가 굳이 싸울 필요가 없었다
는 것도 알고 있었다.

　"그러니까 처음부터 이긴 상태로 덤볐다고 했잖아. 네가 걱정
할 필요는 없어."

　『검성을 상대로 싸우는 것의 어디가 접대 플레이인 겁니까?! 이
브라이언, 보고를 들었을 때는 심장이 멎는 줄 알았습니다!』

　"멎어도 소생시켜줄 테니까 안심해. 뭣하면 엘릭서도 있다고."

　웃어주니 브라이언은 화가 나서 얼굴을 새빨갛게 물들였다.

　『웃을 일이 아닙니다! 리암 님은 너무 무모하십니다. 그리고 수
도성에서 기동기사를 타고 날뛰었다는 말도 들었습니다.』

　"말려들었을 뿐이야."

　『왜 좀 더 차분하게 행동하시지 않는 건지. 아, 그건 그렇고.』

브라이언과의 대화에 어울려주고 있으니 전시회에서 일어난 소동에 관련된 이야기로 화제가 전환되었다.

내가 즉석에서 사버린 바나디스에 관한 화제였다.

『제6병기공장에서 기동기사를 구입하셨다고 하더군요.』

"쓸데없이 비싼 원오프기야. 좋지?"

『그렇게까지 비싸면 부럽다는 생각이 들지 않습니다. 하지만 그 원오프기를 풀옵션으로 구입하셨죠?』

"그렇지."

메이슨의 말을 듣고 풀옵션으로 샀지만, 바나디스는 일시적으로 제6병기공장에 맡겨뒀다.

외형이 여성형이면 내가 예비기로 쓸 수 없으니 아머를 장착할 생각이다.

장비품 한 세트에 더해 정비용 파츠도 갖출 필요가 있다.

하지만 난 착각하고 있었다.

『그 제6병기공장에서 어디로 상품을 전해주면 좋을지 문의가 왔습니다.』

"한동안 탈 기회가 없을 테니 영지에──."

『리암 님, 정말로 기동기사를 구입하셨죠?』

"그렇다니까. 뭐가 문젠데?"

브라이언이 무슨 말을 하고 싶어 하는 건지 이해하지 못하고 있으니, 어째서인지 제6병기공장에서 온 서류를 제시했다.

거기에는 기체 외에 옵션 파츠와 무장의 이름이 나열되어 있었다.

"서류가 왜?"

『가장 아래의 항목을 봐주십시오. 왜인지 전함도 세트로 구입
되어 있습니다만?』

"——어?"

조사해보니, 확실히 전함도 구매했다.

잘은 모르겠지만 바나디스를 운용하기 위한 전용함인지, 제6
병기공장이 건조하는 외형과 성능을 중시한 전함이었다.

『아마기에게 물어보니 「전 못 들었습니다」라는 대답이 돌아오
길래, 어떻게 된 일인지 궁금했습니다. 리암 님, 뭔가 알고 계십
니까?』

식은땀이 뿜어져 나왔다.

검성과 대치했을 때보다 더 심한 긴장감이 밀려왔다.

"아, 아마기한테는 기동기사를 샀다는 말밖에 안 했어."

그 상황을 모면하기 위해 기동기사를 구매했다고 전했다.

아마기도 그때는 '그렇다면 어쩔 수 없군요'라며 넘어갔는데,
내가 멋대로 전함까지 샀다는 걸 알면 화낼 것이다.

메이드 로봇은 주인에게 절대복종하는 존재다.

주인이니까 혼나지 않을 것 같지만, 실은 그렇지도 않다.

아마기는 담담하게 화내고 나에게 나무라는 듯한 시선을 보낸다.

그게 무섭다. 검성 따위보다 훨씬 무섭다.

"나, 나, 사과하고 올게."

『그게 좋지 않을까 싶습니다. 그건 그렇고! 리암 님이 드디어 수도성에서 여성에게 흥미를 가지셨다고 들었습니다. 대체 어디의 아가씨입니까? 이 브라이언에게도 가르쳐 주십시오.』

난 릴리에 이야기를 꺼낸 브라이언과의 통신을 바로 끊었다.

그 주제를 언급하는 걸 원하지 않았던 것도 있지만, 지금 문제는 아마기다.

"아마기한테 혼날 거야. 어떡하지?"

기동기사를 산 줄 알았더니 전함이 세트로 딸려왔다.

전함을 세트로 판매하다니, 제6도 이상한 사람의 집단이었다.

"라이너스? 그런 건 내 적수가 아니지. 전에도 말했잖아?"

호텔에 있는 바에서 술을 마시는 내 옆에는 아연실색한 월레스가 있었다.

최근에는 항상 취해있었지만, 라이너스의 전말을 듣고 정신을 차린 것 같다.

"말도 안 돼. 그 라이너스 형님한테 이기다니."

그 라이너스는 클레오 암살에 실패해서 '조바심을 낸 멍청이' 취급을 받고 있었다.

세상은 실패한 자에게는 냉정하다.

하지만 월레스는 여전히 라이너스를 높이 평가했다.

"라이너스 형님은 스스로 파벌을 만들어서 계승권 제2위의 자리를 실력으로 얻은 사람이야. 그런 형님이 이런 식으로 끝나다니."

월레스는 실력으로 올라간 라이너스에게 동경을 품고 있었던 모양이다.

당황한 월레스를 본체만체하고 나는 술잔을 기울였다.

"그 녀석은 싸움을 걸 상대를 잘못 골랐어. 내가 전부터 말했잖아."

"아니, 말했지만! 보통 이길 거라는 생각은 안 한다고!"

"처음부터 승리의 가능성이 있었어. 내가 지는 싸움을 걸 것 같아?"

"어, 아니, 그래도 계승권 제2위인 형님이라고!"

월레스는 처음부터 패배를 상상했던 것 같지만, 난 이길 자신이 있으니까 시작한 일이었다.

확실히 라이너스가 움직일 수 있는 전력은 나보다 더 많고, 쓸 수 있는 카드도 아직 있었을 것이다.

이번에 투입하지 못했을 뿐이지, 라이너스는 틀림없이 강적이었다.

하지만 라이너스가 노리던 사람은 칼뱅이다.

틈을 보일 수 없던 라이너스는 나에게 전력을 다하지 못했다.

그 점을 노렸을 뿐이다.

라이너스 입장에서는 칼뱅과 한창 싸우는 와중에 뒤에서 찔린 것과 마찬가지다.

충분히 이길 수 있는 싸움이다.

정면에서 정정당당하게 싸우는 건 악덕 영주의 행동이 아니다.

적이 온 힘을 다하지 못하도록 움직이는 것이 올바른 악덕 영주다.

그리고 라이너스를 쓰러프려 클레오의 평판은 확 좋아졌다.

좋은 부분은 전부 빼앗는 것이 악덕 영주다.

하지만 보너스 스테이지도 여기까지다.

난 다음 상대를 떠올렸다.

"하지만 다음 상대는 칼뱅이야. 이 녀석은 성가셔."

월레스도 동의했다.

"현 황태자니까. 펀드는 귀족도 많고, 궁전에 있는 사람 대부분이 칼뱅 형님의 편이야. 라이너스 형님을 쓰러뜨렸으니 시선을 끌 텐데, 앞으로 어떻게 할 생각이야?"

"딱히. 기발한 계책은 없어."

"없냐!"

칼뱅이라는 남자는 황태자라는 지위가 있어서 현재의 입지는 반석과 같이 탄탄하다.

라이너스처럼 체면불고하는 싸움은 하지 않을 사람이다.

말하자면 빈틈이 없다.

놈의 주위에 모여 있는 귀족들은 많고, 인재 면에서도 질이 좋다.

월레스는 머리를 싸맸다.

"어떡할 거야?! 칼뱅 형님이 더 성가신데!"

"걱정하지 마. 장기전이 될 뿐이야. 마지막에 이기는 건 바로 나다."

패배 따위는 있을 수 없는 일이다.

그리고 나에겐 안내인이 있다.

이 계승권 다툼을 즐기면 된다.

클레오를 제위에 앉힌 뒤에는 마음대로 해야지.

이런, 중요한 이야기를 잊을 뻔했다.

"그런데 월레스, 미팅은 어떻게 됐어?"

월레스가 날 보고 아무 말도 하지 않더니 술을 한 번에 들이켰다.

"야, 나한테는 그게 더 중요하다고!"

젠장! 대학생으로서 놀러 다니고 싶은데 제위 싸움에 시간을 빼앗겨서 제대로 못 놀았다.

좀 더 귀족으로서, 대학생으로서, 정당하게 호화롭게 놀고 싶은데!

월레스는 그런 나에게 싸늘한 시선을 보냈다.

"미팅을 시켜달라고 하는데, 리암은 이미 여자 친구가 있잖아."

"로제타 말이야? 그 녀석은 아니지. 그런 거 아니야."

"아니야. 파란 머리카락을 가진 여자 말이야."

"——어떻게 릴리에를 알고 있지?"

내가 눈을 가늘게 뜨자 월레스가 두려워하며 횡설수설했다.

딱 한순간, 쿠쿠리 일행이 정보를 흘렸나 하는 생각도 했다.

하지만 그건 아닐 것이다.

월레스는 누구에게 들은 이야기인지 대답했다.

"이 주변에는 번필드의 관계자가 많잖아. 둘이서 나다니면 그야 소문도 퍼지겠지."

"그런 건가."

둘이서 걷고 있는 모습을 누가 본 모양이다.

납득하고 있으니 월레스가 물었다.

"그래서, 대체 어디의 누구야? 리암이 헌팅을 하다니, 그렇게 예뻤냐?"

"——너한테는 안 가르쳐줘."

"뭐냐고! 쪼잔하게 굴지 말고 가르쳐달라고!"

◇ ◆ ◇ ◆ ◇

수도성은 난리가 났다.

"들었나? 라이너스 전하가 병으로 쓰러지셔서 계승권 제2위가 공석이 됐어."

"어라? 자결하셨을 텐데? 계승권은 제3위인 황자가 올라가는 게 아닌가?"

"아니, 공석이래. 하지만 제3황자는 올라가기 어렵지 않을까?"

제2황자 라이너스가 사망.

이로 인해 제2위의 계승권을 다투기 위해 후궁이 시끄러워질 거라고 모두가 예상했다.

사실 클레오를 제쳐두고 제2위의 계승권을 얻기 위해 4위 이하의 황자들이 후원하고 있는 귀족들과 함께 암약하고 있다.

모두가 앞으로 사라지는 황자나 황녀가 더더욱 늘 것이라고 예상했다.

지금까지도 비슷한 일이 몇 번이나 일어나고 있기 때문이다.

그리고 수도성을── 제국을 떠들썩하게 만드는 화제가 또 하나.

수도성에서 멀리 떨어진 행성.

전자신문을 꽉 쥔 야스시는 떨고 있었다.

정보를 욱여넣은 한 장의 전자신문은 아주 싸게 팔리고 있다.

그만큼 광고와 선전도 많지만, 심심풀이에는 안성맞춤이었다.

야스시가 꽉 쥔 전자신문에서는 영상이 재생되고 있었다.

거기에는 기자회견을 연 리암의 모습이 비치고 있었다.

야스시는 분노에 떨고 있었다.

"저, 저 자시이이이익! 저질렀어. 결국엔 저질렀어!"

야스시는 울었다.

기뻐서가 아니다. 분노와 두려움 때문이었다.

영상 속의 리암이 기자들에게 둘러싸인 이유는 클레오 전하 암살 소동 때문이었다. 그때 검성이 나타났다는 정보가 나와서 기자들이 리암에게 회견을 요청했다.

장소는 어느 호텔의 라운지이며, 소파에 앉은 리암이 불만스러운 얼굴로 인터뷰에 응하고 있었다.

『검성? 내가 쓰러뜨렸다. 일섬류의 면허개전을 받은 내가 말이야.』

검성을 쓰러뜨렸다고 선언하는 리암을 보고 기자들이 난처해했다.

『사천왕의 일각을 쓰러뜨렸다는 말입니까? 정말로?』

제국 최강의 검사들.

그 일각을 리암이 쓰러뜨렸다니 믿기지 않았을 것이다.

야스시도 믿고 싶지 않았다.

영상 속의 리암은 귀찮은 듯이 행동했다.

『그러니까 몇 번이고 말하게 하지 말라고. 틀림없이 내가 베었다. 애초에 검성을 쓰러뜨렸는데 검성 칭호를 얻지 못하는 건 시스템적으로 이상하지 않아? 궁전에 검성 칭호를 내놓으라고 신청했는데, 인정해줄 것 같지 않던데.』

야스시의 감상은.

"이 녀석은 무슨 말을 하는 거냐? 그, 그건 그렇고 검성을 쓰러뜨릴 수 있을 정도로 강해져 있었나. 진짜 괴물이네."

야스시도 검사 나부랭이다. 검성이 어떤 존재인지 어렴풋하게나마 이해하고 있었다.

기자는 리암의 태도에 놀라기만 했다.

『스, 스스로 검성을 칭한다고요? 보통은 추천을 받고, 황제 폐하께서 심의하기 전에 수많은 심사를 돌파할 필요가──.』

『바보냐? 그 녀석들이 고른 검사가 졌다고. 그 녀석들한테는 보는 눈이 없어. 내가 최강이다. 내가 검성이다. 인정할 수 없으면 남은 세 명을 지금 당장 여기로 끌고 와라! 전부 베어주마.』

술렁이는 현장의 분위기가 영상으로 전해져왔다.

그리고 리암이 퍼뜩 생각났다는 듯이 정정했다.

『아니, 지금 발언은 너무 과했군.』

갑자기 얌전한 태도를 보이는 리암을 보고 주위 사람도 '역시 검성 세 명은 못 쓰러뜨리겠지'라는 분위기를 냈다.

하지만 리암이 정정한 것은 다른 것이었다.

『최강은 내가 아니다. 내 스승님이다.』

야스시의 얼굴에서 핏기가 가셨다.

기자가 리암에게 스승에 관해 물었다.

『스승님이라고 하면, 일섬류의 사범일까요? 애초에 사범은 왜 무명일까요? 그렇게 강한 검술이라면 좀 더 이름이 알려졌어도——.』

『이 자식, 야스시 스승님을 업신여길 작정이냐!』

리암이 야스시의 사진을 표시했다.

야무지고 좋은 느낌이 드는 야스시의 얼굴이다.

이전에 리암에게 검술을 가르칠 때 촬영된 사진일 것이다.

그런 사진을 큰 화면으로 기자들 앞에서 표시했다.

"바보야아아아!!"

야스시는 말리고 싶었지만, 이 영상을 보고 있는 시점에는 이미 과거의 일이라 말릴 방법이 없다.

리암은 맑은 눈으로 야스시를 칭송했다.

거기에는 선의밖에 없었다.

『이 우주에서 최강인 남자다. 내가 지금도 쫓고 있는 최강의 검사—— 하지만 아직도 스승님을 뛰어넘는 이미지가 떠오르지 않아. 검성 따위보다 스승님과 싸우는 게 더 무서울 정도야.』

기자들이 놀랐다.

『그렇게나 말입니까!』

『검성을 쓰러뜨린 분보다 더 강하다면——.』

『우주최강의 검사── 야스시! 아니, 검성을 뛰어넘은 검신?!』

『검신!』

『우주최강의 검신!』

『검신 야스시── 대체 누구냐?!』

기사의 표제는 '우주최강의 남자, 검신! 그 이름은 야스시'라고 대대적으로 기사로 다루고 있었다.

수도성에서 멀리 떨어진 행성에까지 이런 뉴스가 전해지고 있다.

야스시는 무서워서 떨림이 멈추지 않았다.

(위험해, 위험해, 위험해, 위험해, 위험해, 위험해── 여, 여기에 있으면 난 무조건 살해당한다. 도망쳐야 해── 제국에서 도망치지 않으면?!)

리암의 선의가 야스시를 몰아넣었다.

어둑어둑하고 폐가 같은 집에서 야스시는 앞으로에 대해 필사적으로 생각했다.

그때, 현관이 시끄러워졌다.

『어이, 야스시를 내놔라. 우주에서 제일 강한 남자가 있잖아!』

들려오는 소리는 굵은 남자의 목소리였다.

분명 뉴스를 통해 야스시를 알고, 그를 쓰러뜨려 우주제일이 되려는 남자일 것이다.

실력에 자신이 있다는 게 목소리로도 전해져 왔다.

"힉, 히이이이익!!"

야스시가 창문으로 도망치려 하자, 그 남자와 다투는 제자들의 목소리가 들렸다.

『뭐? 네놈 같은 잔챙이가 왜 우리 스승님과 싸울 수 있다고 생각하는 거지?』

『착각을 단단히 했네.』

두 제자가 마침 현관에 있었는지 남자를 상대하고 있는 듯했다.

『네놈들 같은 꼬맹이가 이 극의무한대류의 창시자인 날 무시하는 거냐? 난 벌써 이름 있는 기사 다섯 명은 벤 남자다!』

다섯 명이나 베었다면 야스시에겐 충분히 위험한 남자다.

야스시는 제자들이 그런 남자에게 이길 수 있을 것 같지가 않아 도망치려고 창문틀에 발을 걸쳤다.

그러자―― 퍽! 하는 소리가 들려왔다.

목검으로 사람의 몸을 때린 듯한 소리인데, 소리가 너무 크다.

잠시 정적이 흐른 뒤, 남자의 비통한 외침이 들려왔다.

『꺄아아아아아! 내 팔이! 팔이이이이이이!』

이번에는 외치는 소리와 함께 제자들의 웃음소리가 들려왔다.

『꺅꺅거리면서 울부짖지 마. 근처에 폐가 되잖아. 이웃집 아줌마는 잔소리가 심하다고.』

『다음은 오른쪽 다리를 부숴줄게.』

다시 고기를 으깨는 소리가 들렸고, 남자가 울부짖었다.

덜덜 떨고 있으니 남자의 동료들이 뭔가 외치고 있었다.

『그, 그만해!』

『돌아갈게! 이제 두 번 다시 안 올 테니까!』

『부, 부탁이야, 용서해줘!』

둘을 막으려고 했겠지만, 실력 차이가 너무 커서 어쩔 도리가 없는 모양이다.

제자들은 남자들을 용서하지 않았다.

『이 자식, 진짜 이름 있는 기사를 다섯 명 벤 거 맞냐? 약해, 너무 약해서 하품이 나와.』

난폭한 제자는 남자가 강하다는 말을 듣고 기대했던 모양이다.

그 기대를 배신당해 짜증 난 게 목소리로 전해져왔다.

『뭐어? 이 녀석들의 거짓말을 믿었어? 바~보.』

킥킥대며 웃고 있는 아이는 난폭한 제자를 바보 취급하기 시작했다.

그리고 그 아이가 웃는 사이에 또 고기를 으깨는 소리가 들려왔다.

야스시는 식은땀이 멈추지 않았다.

난폭한 제자가 사람을 괴롭히는 걸 좋아하는 진성S 제자에게 말했다.

『너부터 죽여줄게.』

『동문끼리 죽이는 건 스승님의 허가가 필요하다는 것, 기억 안 나? 아아~, 스승님께 일러야지.』

『이, 이 자식!』

동문끼리 죽이는 것은 금지―― 이건 리암이 야스시에게 싸움을 걸었을 때의 보험으로 쓰기 위한 거짓말이다. 두 제자에게도 전한 이유는 제자 둘이 이미 야스시보다 강하기 때문이다.

아이 상대로 이기지 못하는 사람이 야스시다.

야스시는 창문에서 내려와서 남자들이 도망친 것을 확인한 뒤에 현관으로 향했다.

현관의 상태가 굉장히 참혹했지만, 눈썹 하나 까딱하지 않도록 주의했다.

이것도 두 사람 앞에서 위엄을 지키기 위해서다.

(이 얼마나 흉악한 꼬마들이냐. 하지만 이 녀석들이라면 리암도 쓰러뜨릴 수 있어. 나한테 오는 바보들도 처리해줘. 아니, 이제 제국에서 나가는 편이 좋은가.)

야스시는 피투성이가 된 둘을 보고 연기로 질렸다는 듯이 한숨을 쉬는 모습을 보여줬다.

"너희들, 또 그런 짓을 하고 있느냐."

둘이 황급히 야스시 앞에서 자세를 바로잡았다.

남자들을 상대할 때와는 달리 혼나는 아이들 같은 태도를 보였다.

"그, 그치만 스승님!"

"난 말렸어."

야스시는 마음속으로 외쳤다.

(안 말렸잖아! 너의 그 태도가 무섭다고!)

두 사람을 돌보면서 야스시는 어떻게든 스승의 위엄을 지켜왔다.

지금은 둘 다 야스시를 스승님이라 부르며 존경해주고 있다.

"둘 다 여기를 청소하고 샤워하면 안방으로 와라."

그리고 두 사람이 샤워하고 안방으로 오자 야스시는 둘에게 리암을 죽이기 위한 도구를 건넸다.

난폭한 아이에겐 두 자루의 칼을 줬다.

성격이 나쁜 아이에게는 보통 칼보다 더 긴 칼을.

각각 야스시가 구매한 잘 드는 칼이다.

자금의 출처가 리암에게 받은 용돈이라는 점이 굉장히 야스시다웠다.

둘이 칼을 받고 눈을 반짝였다.

"굉장해! 스승님, 이거 받아도 되는 거야?!"

"내 칼이다!"

둘을 위해 맞춘 옷도 준비했다.

여행길에 나서기 위해 도구도 갖췄다.

모든 것은 이 둘이 리암을 죽이도록 하기 위해.

(둘이나 있으면 한 명쯤은 성공하겠지. 둘이 나가면 난 제국에서 도망치면 되는 거고.)

야스시는 진지한 얼굴로 둘을 봤다.

"이 자리에서 둘에겐 면허개전을 선고하겠다."

두 사람이 서로의 얼굴을 마주 봤다.

"어? 어째서야, 스승님? 아직 수행이 안 끝났는데!"

"그래, 스승님! 우린 아직 배우고 싶은 게 잔뜩 있어!"

야스시는 미소 지었지만, 속으로는 식은땀이 멈추지 않았다.

(이제 가르칠 건 없다고! 리암도 그랬지만, 이놈들도 상당히 위험하다고. 왜 내가 준비한 수행을 전부 소화할 수 있는 거냐고!)

보통 사람이라면 달성 불가능한 수행들을 두 사람은 리암과 마찬가지로 소화했다.

그런 두 사람에게 야스시가 가르칠 수 있는 것은 아무것도 남아있지 않았다.

이대로 곁에 두면 언젠가 들킬 것 같다.

야스시는 지금 당장 두 사람과 떨어지고 싶었다.

"바깥세상으로 나가 너희의 검을 갈고 닦아라. 너희 둘의 일섬류를 찾는 것이다."

갑자기 이별 이야기를 꺼내 두 사람이 울 것 같은 표정을 지었다.

그런 둘은 칼을 안고 있었다.

야스시는 그게 이해가 안 됐다.

(왜 울면서 칼을 안는 거야? 무서워.)

그리고 야스시는 두 사람이 리암에게 가도록 유도했다.

"여행하며 실력을 갈고닦아라. 분명 목숨을 건 싸움도 하겠지. 때로는 두 사람의 길이 갈릴지도 모른다. 하지만 이것만큼은 기억해둬라. ──너희의 사형이 너희의 검을 완성해줄 것이다."

난폭한 아이가 눈물을 닦고 있었다.

"사형── 리암인가? 그 녀석도 일섬류지?"

"그렇다. 지금 너희로서는 상대도 안 되겠지. 그러니 바깥세상에서 실력을 길러라. 그리고 사형에게 도전하는 거다."

성격 나쁜 아이가 콧물을 훌쩍거렸다.

"그렇게 강한가? 우리도 강한데."

야스시는 마음속으로 고개를 끄덕였다.

(솔직히 어느 쪽이 강한지를 알까보냐. 내가 보기엔 너희 전부 괴물이거든. 괴물끼리 서로 죽고 죽여라.)

애매하게 표현하면 이상하게 여길 테니, 야스시는 일단 단언했다.

"강하다. 너희 둘은 사형을 죽일 기세로 도전해라. 그 정도의 기개가 없으면 오히려 목숨을 잃는 건 너희 둘이다. ——둘이서 덤벼라. 그만큼 사형과는 역량 차이가 있다."

(뭐, 둘이서 덤비면 이길 수 있겠지.)

두 사람이 울면서 고개를 끄덕이자, 야스시는 여행 채비가 다 돼있다고 전하고 두 사람의 옷을 준비했다.

질 좋은 옷은 일부러 두 사람을 위해 준비한 것이다.

칼을 사고 남은 저금을 써서 야스시가 직접 만든 옷이다.

손재주가 약간 있는 야스시가 질 좋은 천을 사서 완성한 만큼 만듦새는 좋았다.

둘을 위해 옷을 준비한 건 야스시 나름대로 심적인 부담이 있었기 때문일 것이다.

그리고 전자머니도 수백만 상당의 금액을 준비했다.

이만큼 있으면 한동안 살아갈 수 있고 여행을 하는데 곤란하지 않을 것이다.

"둘이 여기를 나서면 소생도 이곳을 떠난다."

집이 없어진다는 말을 듣자 두 사람이 눈에 띄게 당황했다.

"스승님?!"

"어, 어째서?! 여긴 우리 집이잖아!"

야스시는 그럴듯한 이유를 두 사람에게 들려줬다.

"너희의 각오가 무뎌지지 않게 하기 위함이다. 그리고 소생도 여행에 나선다. 소생도 일섬류를 계속 갈고 닦을 것이다. 다시 만날 일은 이제 없을지도 모르지만, 너희의 무사를 빈다."

(리암에게 이기면 다시 불러들여서 내 호위로—— 역시 안 되겠어. 이런 괴물들과 같이 있기 싫어. 마음이 진정되지 않으니까. 애초에 지금의 리암을 죽이면 이 녀석들은 지명수배자가 되니 말이야.)

둘이 울어서 그 후에도 부드럽게 말했다.

그리고 두 사람이 옷을 갈아입고 허리에 칼을 차고 야스시 앞에 나왔다.

"정말 많이 컸구나."

그렇게 말하니 두 사람이 부끄러워했다.

여행을 떠날 각오를 다졌는지 두 사람은 야스시에게 고맙다고 인사했다.

"스승님, 지금까지 고마워. 나, 사형을 쓰러뜨리고 한 사람 몫을 할 수 있게 되면 또 스승님을 만나러 올게!"

"스승님의 최고의 제자가 나라는 걸 증명할 거야. 이것도 수행이라 생각하고 참을게."

두 사람이 여행을 떠나 모습이 안 보이게 되자, 야스시는 안도해서 큰 한숨을 쉬었다.

(하아~, 겨우 두 사람이 나가줬어. 그 둘을 키우는 데 몇십 년이나 걸렸구나. 이제 겨우 해방됐어.)

야스시가 두 사람이 떠난 집을 봤다.

조악하고 수행 도구가 굴러다니는 집이다.

(조, 조금 쓸쓸하네.)

두 사람을 키우면서 정이 생긴 모양이다.

하지만 더는 여기엔 있을 수 없다.

"헹! 후련하구만. 이제 나도 자유다."

(나 같은 남자가 아이를 키울 줄은 몰랐다고. 뭐, 그 녀석들도 나한테 길러져서 불쌍한 놈들이었지.)

야스시는 빨리 제국령에서 도망치려고 도망칠 준비를 시작했다.

그러자 옆집에 사는 아줌마가 찾아왔다.

"야스시 씨! 당신네 아이들이 또 소란을 피웠는데요?"

"이, 이웃집 아줌마! 이, 이거 실례했습니다."

"검술인지 뭔지 모르겠지만, 이런 곳에서 장래성 없는 일을 열심히 해서 의미 있어? 그리고 당신 강해 보이지 않아."

아줌마에게 가차 없는 말을 들어 야스시는 쓴웃음을 짓고 있었다.

"아하하하—— 면목 없습니다."

(젠장, 말하고 싶은 대로 실컷 지껄이고! 나도 검술 따위에 두 번 다시 손을 델까보냐! 이제 리암을 두려워하는 나날도 끝이다. 제국을 떠나는 건 좀 무섭지만, 처음부터 이렇게 했으면 좋았을 것을.)

아무도 자신을 모르는 땅에 가자.

야스시는 그렇게 생각하자 속이 시원—— 아니, 조금 쓸쓸했다.

자립한 두 사람이 묘하게 걱정되는 야스시였다.

수도성에서 번필드가의 본성으로 돌아왔다.

라이너스와의 싸움이 무사히 끝났고, 때도 적당해서 영지로 돌아왔다.

가끔은 부하들의 노고를 위로하고자 하는 기분이 들었던 것도 있다.

그래서 일부러 식전을 열어 논공행상을 하기로 했다.

애초에 사례의 말을 하는 건 공짜다.

감사 인사는 적극적으로 하자.

뭐, 보수도 나오니까 공짜는 아니지만.

나는 저택에 있는 알현실에서 마치 왕이 앉을 것 같은 의자에 앉아있었다.

뻔뻔하게 다리를 꼬고── 있으면 모두의 기분도 안 좋을 테니 바른 자세로 앉았다.

죽 늘어앉은 문무백관. 어라? 많네.

백 명 수준이 아니다. 대체 얼마나 있는 거지?

정신 차리고 보니 부하가 너무 늘어나 있었다.

기사, 군인뿐만이 아니다.

관리들도 늘어나 있다.

처음엔 정말 힘들었지만, 내가 이 세계에서 제2의 인생을 시작한 지 곧 100년이 되는 시점도 얼마 남지 않았다.

당시엔 가난했던 번필드가도 지금은 제국에서도 손에 꼽히는 부자다.

부하들도 많고, 의지가── 의지가 되나?

내가 필두와 차석의 지위를 빼앗은 기사인 티아도 마리도 솔직히 미묘하다.

일은 잘하지만, 성격이 아쉽다.

인재 면에서는 질이 아직 부족한 것 같다.

앞으로의 과제도 보이기 시작한 이번 식전의── 사회 진행은 내 호위를 맡았던 기사 클라우스에게 맡겼다.

아마기가 추천한 만큼 무슨 일이든 실수 없이 처리하는 편리한 부하다.

앞으로도 적극적으로 쓰자.

"리암 님."

나는 이름을 불려 의자에서 일어났다.

"다들 수고했다. 요 몇 년은 꽤 고생을 시켰지만, 무사히 라이너스를 밀어내고 클레오 전하를 제위를 향해서 한 단계 더 밀어 올릴 수 있었다. 감사를 표하지."

모두가 무릎을 꿇고 있는 광경은 언제 봐도 기분이 좋다.

내 지위가 높다는 걸 실감할 수 있다.

클라우스가 긴장한 모습으로 식전을 진행했다.

"이어서——."

"클라우스, 다음은 포상이었지? 이번의 최고 공로자는 누구지? 내가 직접 상을 주도록 하지."

표창할 사람도 많아서 나중에 훈장이라도 나눠주기로 되어 있다.

하지만 그중에서도 빼어난 공적을 세운 사람을 내가 직접 이 자리에서 칭찬하는 것이다.

어째서인지 클라우스가 경계하면서 이번에 최고로 공적을 세운 자라고 판단이 된 기사의 이름을 불렀다.

"첸시 세라 토우레이—— 앞으로."

"네."

요사스러운 색기를 발하는 여자가 내 앞에 나왔다.

모두의 시선이 그 여기사에게 쏠렸다.

티아도 마리도 벌레라도 씹은 듯한 얼굴을 하고 그 여기사를 보고 있었다.

내 호위를 맡은 중화풍 미인 기사였다.

외모로 호위로 골랐는데 우수한 녀석이었던 것 같다.

클라우스가 나에게 첸시의 공적에 대해 해설했다.

"이번 건에 더해 지금까지의 공적도 있어서 1위가 되었습니다. 격추 수는 600을 넘었으며, 번필드가에서는 리암 님에 이어서 두 번째로 높은 격추 수입니다."

"600?"

내가 고개를 갸웃하자 티아와 마리의 분한 듯한 목소리가 들려왔다.

"단독 격파 수에 무슨 의미가 있는지."

"전장을 같은 수만큼 준비한다면, 나라면 배는 격파할 수 있어."

패배자가 짖고 있었다.

하지만 이렇게 보니까 중화풍 미녀라는 건 좋구나.

신비한 느낌이 들어.

클라우스가 보충했다.

"단기간에 이만한 전과를 올린 사람은 번필드가에서는 그녀뿐입니다. 하지만 그……."

말을 머뭇거리는 클라우스를 무시하고 내 앞에 나온 첸시가 보챘다.

"리암 님, 전 꼭 갖고 싶은 게 있습니다."

나에게 포상을 조르다니, 두려움을 모르는 모양이다.

하지만 싫지 않다.

그리고 유능한 부하는 정말 좋아한다.

"말해봐라."

첸시가 낙낙한 소맷부리에서 통 형태의 암기를 손에 쥐자 그것은 창이 되었다.

기사들이 술렁이기 전에 첸시가 자세를 잡고 한 걸음 내디뎠다.

"네 목을 갖고 싶다!"

신비한 분위기를 버리고 사납게 웃으며 그런 말을 꺼냈다.

──왜 내 부하들은 이렇게나 글러먹은 놈이 많은 건지.

유능하지만 모두 뭔가 문제를 품고 있다.

발을 내디딘 첸시가 내 앞에 뛰어나왔다.

예리한 창의 일격은 그 검성에도 뒤지지 않는 속도였다.

"검성을 죽인 실력을 보여 봐라!"

가끔 있다── 싸우는 것밖에 모르는 바보 같은 기사라는 존재가.

하지만 첸시는 전에 싸운 검성과는 달리 흥미가 생겼다.

"너도 안쓰러운 여자였구나. 하지만── 그 스피드는 칭찬해 주지."

첸시가 눈을 크게 뜨고 몸을 비틀자 창을 쥐고 있던 오른팔이 잘렸다.

공중을 차서 뒤로 날아가더니 바로 왼손에 암기를 쥐었다.

"아무것도 없는 공중을 발판 삼아서 박찬다고? 너 재밌구나."

검성과 싸웠을 때보다 더 가슴이 두근거렸다.

첸시가 든 암기에 칼날이 나타나 유엽도가 되었다.

"몇 개나 준비한 건가? 차라리 제대로 된 무기를 들고 와라. 이봐, 누가 이 녀석한테 무기를 줘라."

나는 주위에 명령을 내리면서 계단에서 내려갔다.

——첸시 녀석, 내 일섬을 피했어.

진심으로 베어서 죽이려고 했는데, 이 녀석은 피한 것이다.

틀림없이 강하다.

팔 하나를 잃었지만, 전의를 상실하지 않은 것도 좋다.

하지만 클라우스를 비롯한 기사들이 내 앞에 나왔고, 다른 사람들은 첸시를 둘러쌌다.

격앙된 티아가 밀어닥친 호위 기사들로부터 무기를 빼앗아서 쥐었다.

"소중한 식전에서 리암 님의 얼굴에 먹칠하고 자빠졌어! 쉽게 죽지는 못할 줄 알아라!"

실체검을 양손에 각각 든 마리는 눈에 핏발이 가득했다.

"다진 고기로 만들어주지."

너희는 진짜 주인의 마음을 헤아리지 않는구나.

난 어이없어하면서 모두에게 큰 소리로 명령을 내렸다.

"물러나라고 했다! 내 즐거움을 빼앗지 마라."

놀란 클라우스가 뒤돌아봤다.

"하, 하지만!"

"두 번이나 말하게 하지 마라, 모두 물러나라. 티아, 마리, 너희 둘은 이 녀석의 무기를 가져와라. 처음부터 다시 겨룬다."

명령을 내린 나는 품에서 치료약을 꺼냈다.

만일을 위해 준비된 고급 치료약인데 그걸 첸시에게 던져서 줬다.

그리고 주위에 있는 기사에게 명령했다.

"이봐, 내가 날려버린 이 녀석의 팔을 가져와서 붙여줘라."

기사들이 당황했다.

"괘, 괜찮으시겠습니까? 이 자는 리암 님의 목숨을 노렸습니다만?"

"그게 어쨌다고? 이 녀석은 나와 싸우고 싶은 거잖아? 상으로 싸우게 해주지. 하지만 목은 안 된다. 내 목은 이 녀석에게 줄 정도로 싸지 않아."

첸시에게 노기를 드러내는 티아와 마리가 나에게 다가왔다.

손에는 첸시의 무기가 쥐어져 있었다.

유엽도라 불리는 무기로 장치도 있는 모양이다.

받아든 나는 무기가 잘 드는 칼인 것을 확인했다.

"그럭저럭인가. 뭐, 상관없어. 자, 받아라."

던져서 주니, 팔을 이어붙인 첸시가 무기를 받았다.

호흡이 약간 거칠었지만, 자신의 무기를 쥐자 자세를 잡았다.

치료약으로 팔을 붙였을 때 고통에 괴로워했을 텐데, 식은땀을 흘리면서도 웃고 있었다.

"그 대담함, 싫진 않아요."

"대담? 너, 내가 대담한 인간으로 보이나? 그렇다면 넌 보는 눈이 없구나. 기대가 어긋났어."

나 같은 사람을 대담하다고 말하는 걸 보면, 이 녀석은 영락없이 안쓰러운 아가씨다.

외모는 취향이지만, 내 하렘에는 들일 수 없다.

주위가 경계를 강화하는 가운데, 첸시가 덤벼들었다.

그걸 칼로 튕겨내자 검의 속도가 가속해갔다.

"재밌는 검술이네. 검성보다 참고가 돼."

칭찬해주자 첸시가 발차기를 날렸다.

핀힐을 신고 날리는 발차기는 흉기구나.

내가 뒤로 물러나자 이번에는 바닥을 힘차게 밟고 몸을 비틀며 팔꿈치로 공격을 가했다.

체술을 섞은 검술이다.

뭐, 희귀하지도 않다.

일섬류도 똑같으니 말이다.

평소엔 칼만 사용하지만, 난 스승님께 다양한 무기를 다루는 법을 배웠다. 도수공권. 일섬류에는 체술도 존재한다.

"이렇게 하는 거였나?"

오랜만에 칼이 부러졌을 때 사용하는 체술을 썼다. 상대의 힘을 이용해서 던지는 기술이다. 첸시는 위로 한 바퀴 돌아 바닥에 처박혔다. 바닥에 등이 닿는 순간 충격으로 침을 토해냈다.

나는 괴로워하는 첸시를 내려다보며 비웃었다.

"겨우 이 정도냐? 내 목을 갖고 싶다며? 기껏 기회를 줬건만, 칼날이 스치지도 않는데?"

첸시가 숨을 몰아쉬며 천천히 일어났다.

"실력 차이가 이해됐나?"

칼을 짊어지고 빈틈을 보여주니 바로 달려들었다.

내가 칼로 받아내려고 하자, 첸시의 칼날이 마치 옷깃처럼 흔들흔들 움직였다.

티아가 외쳤다.

"리암 님!"

뛰어나오려고 하는 티아와 마리를 눈으로 제지했다.

나는 첼시가 내지른 칼날을 왼손으로 잡았다.

"이건 조금 섬뜩했어. 재밌는 기술이네."

첸시가 놀라 눈을 휘둥그레 떴다. 막아낼 줄 전혀 몰랐다는 표정이었다.

"설마 이걸 막다니."

"믿기지 않나? 하지만 이런 공격을 상대하는 건 일섬류에선 흔한 일이다."

이전에 스승님이 채찍으로 나를 공격한 적이 있다. 채찍의 움직임은 파악하기 어렵기에 막는데 고생했다.

덕분에 첸시의 공격에도 바로 대응할 수 있었지만.

손끝에 힘을 넣어 날을 구부리니, 첸시가 검을 버리고 다른 암기를 꺼냈다.

이도류로 회전하며 공격하는 기술이었다. 내 공격을 튕겨내는 동시에 카운터를 날릴 적정인 것 같았다.

어떤 공격이 와도 쳐낼 자신이 있는 모양인데—— 가소롭군.

"뭐냐, 벌써 보여줄 게 다 떨어졌나?"

내가 칼을 휘두르자 첸시가 다시 피했다.

두 번이나 피하다니. 나는 약간 분한 마음이 들었다.

요즘 단련이 부족했나? 다시 단련해야겠군.

하지만 첸시도 완벽하게 피한 건 아니었다.

회전이 멈춘 첸시는 왼손과 왼 다리를 잃고 바닥에 쓰러졌다.

그 상태로도 기가 꺾이지 않는 건지 무기를 물고 내 목을 노렸다.

오른손, 오른 다리를 써서 바닥에서 뛰어올랐다.

나는 첸시의 배에 칼을 찔러 그대로 뒤에 있던 기둥에 박아넣었다.

첸시는 고통스러워하면서 들고 있던 칼을 떨어뜨렸다.

입으로 피를 토하며 나를 노려봤다.

"솔직히 두 번이나 피할 줄은 몰랐어. 생각보다 제법이군."

감탄하고 있으니 첸시 뒤에서 눈에 핏발을 세운 기사들이 무기를 들고 다가오고 있었다.

첸시를 죽일 생각이겠지.

흥분한 티아가 첸시 인도를 요구했다.

"리암 님, 승부는 났습니다. 그 어리석은 자의 처분을 명령해주십시오."

마리도 마찬가지였다.

"죽기 직전에 치료를 반복해서 죽여 달라고 울부짖을 때까지 걸레짝으로 만들어줄게."

──정말, 이 녀석들은 내 마음을 전혀 모르는구만.

난 두 사람에게 돌아서며 착각을 바로잡았다.

"누가 죽인다고 했지? 난 이 녀석이 마음에 들었다."

이해가 안 되는지 두 사람이 필사적으로 나를 설득했다.

"그, 그럴 수가!" "리암 님, 이 녀석은 위험합니다!"

너희 둘도 위험하잖아! ──여러 가지 의미로.

첸시도 내 생각이 이해가 안 되는지 당황한 표정이었다. 살기는 여전했지만.

이런 꼴이 되고도 아직 덤비려는 근성이 맘에 든다.

그리고 우수하지만 날 죽이지는 못하는 역량이 딱 좋았다.

곁에 둬도 무섭지 않으니 말이다.

기둥에서 칼을 뽑아 바닥에 첸시를 쓰러뜨린 나는 그대로 내려다봤다.

"이번 포상은 여기까지다. 다음에 도전할 때는 공적을 좀 더 쌓도록. 또 상대해주지."

그러자 클라우스가 첸시의 처벌을 요구했다.

"처벌해야 하지 않겠습니까? 리암 님의 목숨을 노린 자입니다."

"그게 어쨌다고? 난 이놈이 맘에 들었다. 죽게 두지 말고 빨리 치료해라. 자 그럼, 식전을 재개하지. 사회 진행을 맡은 클라우스군, 빨리 진행해라."

클라우스는 당황해하면서도 진행하기 시작했다.

"아, 네!"

바닥에 쓰러진 첸시가 실려가고, 그대로 식전이 재개되었다.

하지만 휴식을 넣었어야 했다.

바닥에 묻은 피 정도는 청소를 시킬 걸 그랬다.

"리암 님! 어째서 저런 기사를 곁에 두시는 겁니까?!"

식전에서 일어난 소란을 들은 브라이언이 내 앞에서 울고 있었다.

난 울고 있는 브라이언에게는 약하다. 그리고 날 싸늘한 눈으로 보는 아마기에게도 약하다.

"주인님, 그런 기사는 똑같은 짓을 반복합니다. 싸우는 것에 쾌락을 느끼기 때문에 또 목숨을 노릴 겁니다."

분명 첸시는 또 내 목숨을 노릴 것이다. 하지만 이번 일은 그것도 생각한 처사다.

"그때는 반격을 먹여주지. 그리고, 그런 놈들은 강한 녀석과 싸우는 게 목적이잖아. 비열한 수단으로 덤비지는 않을 테니, 차라리 믿을만하지."

브라이언은 이해가 안 된다며 고개를 저었다.

"식전 중에 목숨을 노리는 건 비열한 행위가 아닌가요? 그건 그렇고, 말씀드려야 할 일이 있습니다."

"무슨 문제라도 일어났나?"

"문제라고 하면 문제죠. 군의 인력이 부족합니다. 새로 얻은 영지의 호위와 패트롤에 해적 퇴치. 그리고 클레오 전하께 제공하는 병력── 정비 중이라 움직이지 못하는 함정 외에는 전부 출격한 상태입니다."

아마기도 군의 가동률을 문제시하고 있었다.

"영지에 군사학교를 마련해 인원을 확보하고 있지만 부족합니다. 군부에서는 학생의 조기 육성과 일부 징병도 제안했습니다."

"징병이라고?"

내 분위기가 변했다고 생각했는지, 브라이언이 손수건으로 땀을 닦고 있었다.

"이, 일부입니다. 이미 예비역도 긁어모아 이 사태에 대처하고 있습니다. 리암 님, 지금이 중요한 국면이라는 것은 충분히 알고 있습니다. 그러니 지금은 백성들에게도 조금 부담을──."

"바보야!"

내가 책상을 치자 둘 다 입을 다물었다.

"백성을 징병한다고? 내가 그런 걸 허용할 거라 생각하나!"

내 말을 듣고 브라이언이 무슨 착각을 했는지 감동했다.

"리암 님, 그렇게까지 백성들을 생각하시다니……!"

하지만 아마기는 내 생각을 아는 건지 기막혀했다.

"주인님, 마음속으로는 무슨 생각을 하고 있나요?"

마음속이고 뭐고 간에, 내 방침은 예나 지금이나 변하지 않았다.

"내 백성을 괴롭혀도 되는 건 나뿐이다! 필요에 의해서 징병을 하고 싶은 게 아니야. 무의미한 징병을 하고 싶다고!"

내가 본격적으로 영지에 돌아오기 전에 백성들을 착취하는 건 용서할 수 없다.

착취하는 건 내 즐거움이다! 어느 누구에게도 양보할 생각은 없다.

브라이언이 고개를 떨궜다.

"또 그런 말씀을. 뭐, 백성들을 괴롭히고 싶지 않으시다면 이 브라이언이 할 수 있는 말은 없습니다."

아마기가 나에게 해결책을 요청했다.

"하지만 군의 인원 부족은 심각합니다. 리암 님, 이 문제는 언제까지고 보류할 수 없습니다."

자기 부담으로 준비할 생각을 하니 힘든 것이다.

있는 곳에서 가져오면 된다.

"또 제국군에서 빼 오면 되잖아."

"그것도 한계가 있습니다. 또한 앞으로는 스파이 대책도 필요합니다."

칼뱅과 본격적으로 싸우게 될 테니, 다른 황자들도 가만히 있지는 않을 것이다.

내가 대대적으로 군인들을 받아들이면 거기에 간첩—— 스파이를 심을 것이다.

"성가신 문제네."

어떻게 할지 고민하고 있으니 집무실에 마리가 찾아왔다.

"리암 님, 토마스 공과 파트리스 공이 왔습니다. 긴급한 용건이 있다고 해요."

"토마스랑 파트리스가? 이렇게 바쁠 때……."

난 마지못해 토마스를 상대하기로 했다.

난 가끔 나 자신의 행운이 무서워진다.

"그 녀석에게 또 감사해야겠군."

토마스와 파트리스는 내가 중얼거려 당황했다.

"감사라니요?"

당황한 토마스를 앞에 두고 나는 '아무것도 아니다. 계속 말해라'라며 재촉했다.

내가 곤란해하고 있으면 항상 해결책이 어디선가 찾아온다.

아니, 이 세상에 기적 따위는 존재하지 않으니, 분명 안내인이 뒤에서 활약하고 있을 것이다.

그게 아니면 설명이 안 된다.

파트리스가 아까 하던 설명을 재개했다.

"루스트와르 통일 정부, 및 옥시스 연합왕국이 망명자 수용을 타진해왔습니다. 라이너스 전하가 실각하면서 반정부 세력이 단번에 힘을 잃은 것 같습니다."

난 아마기가 준비해준 차를 마시면서 둘의 이야기를 들었다.

악당답게 술이 좋았지만, 아마기가 '낮부터 술인가요?'라며 나무라는 듯한 시선으로 봐서 그만뒀다.

둘의 이야기를 들은 나는 코웃음 쳤다.

"배신하는 놈들은 사절이지만, 나도 지금은 전력이 필요하니까."

토마스가 손수건으로 땀을 닦았다.

"아뇨, 주모자들은 각자의 나라에서 처벌을 받습니다. 문제는 휘말린 자들입니다. 주군의 가문에 거스를 수 없는 기사나 병사들, 관련이 적은 자들의 처우로 골치를 썩이고 있다 합니다."

반란을 일으킨 녀석들은 처벌을 받지만, 관련된 자가 너무 많아서 난처한 것이다.

전생의 감각으로 설명한다면, 도산한 회사의 평사원이군.

책임은 없지만 앞으로 어떻게 취급할지 곤란해하고 있을 것이다.

사라져주는 편이 좋지만, 휘말린 녀석들에게까지 가혹한 처분을 하는 건 켕기는 건가?

"받아주지. 영지는 남아있으니까."

아마기가 그런 내 발언이 너무 안이하다고 나무랐다.

"주인님, 정치 환경이 다른 백성을 받아들이는 건 그리 간단히 넘길 문제가 아닙니다."

"아, 통일 정부는 민주주의던가?"

귀족제인 제국과는 애초부터 정치 체계가 너무 다르다.

파트리스도 그 점을 불안하게 보고 있었다.

"백성이 정치에 참여하고 있었으니까요. 리암 님의 영지에 민주주의를 가져오는 패거리도 있을지도 모르죠."

"민주주의라. 난 싫은데."

파트리스도 당연하다는 반응이었다.

"그렇겠죠. 그걸 좋아하는 귀족님은 저도 몇 명밖에 못 만나봤어요."

"있었어?! 귀족인데 민주주의를 좋아하는 녀석이?"

봉건 정치를 하는 나라에서 민주주의를 동경하는 귀족이 있는 거냐?! 그게 더 놀라웠다. 이 세상에는 바보가 많구나.

파트리스도 쓴웃음을 지으면서 바보들에 대해 가르쳐줬다.

"편하게 살 수 있다면 찬성이라는 분은 있었어요. 그 외에도 민주주의는 훌륭한 정치 체계라고 말씀하시는 분도 있었죠."

"바보들이군."

난 민주주의가 싫다.

아니, 정확히는 누군가가 내 위에 있는 게 싫다.

현재 내가 영지에서 절대적인 권력자인 것도 이유이긴 하지만, 문제는 정치 체계가 아니다.

어떤 시스템이든 사람이 다루는 시점에서 이미 불완전하다. 아무리 훌륭한 시스템이라도 사람이 못쓰게 만든다.

즉 정치 체계가 문제가 아니라, 사람이 문제다.

난 인간을 믿지 않는다. 그렇기에 어떤 정치 체계도 완벽할 수 없다. 시스템에 휘둘릴 바에야 차라리 내가 왕으로 군림하는 게 낫다.

난 아마기에게 시선을 돌렸다.

말없이 시선을 받은 아마기가 고개를 갸웃하는 모습은 귀여웠다.

"주인님, 왜 그러시는지?"

"그냥."

예전에 이 세계의 사람들은 인공지능에 모든 것을 맡겨서 실패했다.

하지만 인간의 추한 모습을 봐온 과거의 인간들이 매달리는 마음으로 인공지능에 완벽을 요구했다고 한다면—— 구제불능이라 할 수 있을까?

뭐, 인공지능도 인간이 만들어낸 시점부터 불완전할 것이다.

불완전한 인간이 만들어냈으니까.

난 아마기를 보고 있으니 자연스럽게 입이 움직였다.

"아마기는 오늘도 귀엽구나."

그런 식으로 이런저런 생각을 하고 있었지만, 내 이상을 추구한 미녀인 아마기를 보고 있으니 그런 건 아무래도 상관없었다.

파란 머리칼을 가진 릴리에에게도 마음이 동했지만, 나에게 있어서는 아마기야말로 완벽하다.

아마기가 머리를 숙였다.

"감사합니다. 하지만— 두 분이 당황하고 계시니 때와 장소를 가리시는 편이 좋지 않을까요."

뭐라 형언할 수 없는 표정을 지은 두 사람을 앞에 두고 나는 헛기침을 했다.

"한곳에 모아두면 귀찮으니까 분산해서 배치한다. 이러면 되겠나?"

토마스가 고개를 끄덕였다.

"귀족제였던 연합 왕국의 백성은 문제없겠죠."

파트리스는 딱딱한 표정을 짓고 있었다.

"저희는 통일 정부에 은혜를 베풀어 생색을 낼 수 있어서 좋지만, 정말로 괜찮겠습니까? 민주화 운동 같은 것이 일어나면 영지가 어수선해집니다만?"

이 녀석들은 날 전혀 이해 못 하고 있다.

내가 선량한 위정자라면 고민을 할 것이고, 받아들이는 것도 신중하게 생각할 것이다.

하지만 난 악당이다.

"주의 주장은 다 좋다 이거야. 하지만 내 영지에서 소란을 피우면— 때려잡을 뿐이야."

토마스도 파트리스도 숨을 죽였다.

그건 그렇고, 신경 쓰이는 점이 있었다.

"그런데 토마스, 너랑 연결돼있는 배신자 귀족은 어떻게 됐지? 그 녀석이 무너지면 내가 재미가 없는데?"

토마스는 쓴웃음을 지었다.

"주군의 탓으로 돌려 어떻게든 책임을 회피해서 자리를 지켰습니다."

주군을 배신한 건가?! 그 녀석은 마음에 들었다.

"최고네! 앞으로도 지원해주지."

외국의 악덕 영주도 열심히 하는 것 같다.

나도 지지 않도록 노력하자.

오랜만에 돌아온 영지.

난 신분을 숨기고 영지를 산책하기로 했다.

나를 깔보는 녀석이 나타나면 신분을 밝히고 처형한다는 놀이가 생각났기 때문이다.

정말 들뜬 기분으로 외출할 수 있었다.

드디어 악덕 영주로서 행동할 수 있는 것이다.

그렇게 생각하고 있었지만.

"어떻게 된 일이지. 나한테 싸움을 거는 바보가 없잖아."

아이스크림을 한 손에 들고 벤치에 앉은 나는 치안이 안 좋다고 하는 곳에 와있었다.

확실히 약간 잡다한 느낌은 있지만, 주위에는 평화로운 광경이 펼쳐져 있었다.

가까이에 분수가 있고 주위에는 노점이 여럿 늘어서 있었다.

여기가 치안이 안 좋은 곳?

난 좀 더 빈민가 같은 곳을 상상했는데, 가족 동반객이 아무렇지도 않게 걸어 다니고 있었다.

"치안이 나쁜 곳은 어디냐고 물었건만, 그 경관이 나한테 거짓말을 했구나."

내가 길을 물어본 경관 놈이 나한테 거짓말을 한 것이 틀림없다.

나중에 강등 처분을 해주마.

그건 그렇고, 노점이 늘어서 있어서 음식의 좋은 냄새가 난다.

노점 앞에서 즐거워하는 가족 동반객을 보고 있으니, 전생이 떠오르고 말았다.

휴일에 아이를 데리고 셋이서 외출한 추억이다.

아무것도 모르고 행복했던 때―― 전부 가짜였던 과거.

"생각했더니 화가 나기 시작했어."

가족 동반객을 보고 있으면 짜증이 났다.

이곳을 뜨려고 일어서서 아이스크림을 먹고 있으니 거친 목소리가 들려왔다.

"이 자식, 눈을 어디에 달고 걷는 거냐!"

아무래도 시비가 붙은 것 같다.

구경꾼 근성을 발휘하여 상황을 살피러 가니, 거기에는 누가 봐도 불량한 녀석들이 있었다.

검은 가죽 재킷에 가시 돋친 액세서리에 더해, 머리는 금색에 거꾸로 세우고 있었다.

보기에도 나쁜 놈들이 모자 앞에서 짜증 내는 태도로 위협하고 있었다.

아이가 부딪쳤는지, 꽉 끼는 바지에는 아이스크림이 묻어있었다.

어머니가 어린아이를 안고 감싸고 있었다.

"죄, 죄송합니다. 세탁비는 낼 테니……."

사죄하는 어머니 앞으로 격노한 금발의 측근이 나왔다.

"세탁이라고오?! 이 분이 누구신지 아나? 번필드가를 떠받치는 12가문, 노덴 남작가를 섬기는 클로버 준남작가의 적자님이라고!"

그 말을 듣고 어머니의 얼굴이 파랗게 질렸고, 주위 사람도 똑같이 놀라고 있었다.

놈들이 말한 12가문에 대한 이야기가 들려왔다.

"12가문이라고?!"

"큰일이야. 저 모자는 어떻게 되는지."

"12가문과 관련된 귀족님에게 부딪치다니, 저 아이도 운이 없네."

난 할 말을 잃었다.

12가문이 뭐냐. 날 떠받치는 노덴 남작가? 날 등쳐먹으려고 온 귀족은 많았는데, 그중에 노덴 남작도 있었다.

그보다 이건 터무니없는 소리다. 난 다른 사람의 지원 따위는 안 받고 있다.

오히려 돈이 없어 곤란해하는 노덴 남작가를 지원한 게 나다!

그리고 너희들! 주위에서 귀족님 운운하고 있는 너희들!

왜 하찮은 놈들의 비위를 맞추고 있는 거야?!

너희가 비위를 맞춰야 할 사람은 여기에 있는 나라고!!

이 행성의 왕인 내가 여기에 있는데 다른 놈을 무서워하다니 어떻게 된 일이냐?!

난 분노가 부글부글 끓어올랐다.

바보 같은 백성들에게도 화가 나지만, 신나게 으스대고 있는 바보들에게 제일 화가 났다.

"내 영지에서 악당 짓을 하며 놀다니 배짱 한번 좋구나, 하찮은 귀족 놈이."

애초에 준남작가는 정식 귀족이 아니라, 1대 한정 기사 가문 같은 것이다.

일일이 제국이 기사를 임명하고 영지로 파견하는 게 귀찮으니 세습을 암묵적인 룰로 인정하고 있다.

영지를 가진 기사—— 게다가 영지 규모는 제각각이다.

행성 하나에 백 명 정도의 영주들이 우글거리는 경우도 있지만, 가끔은 하나의 행성을 지배하는 기사 집안도 있다.

그런 경우에는 영지는 황폐하고 총인구는 백만도 안 되는 그런 수준이다.

다시 말해서 귀족으로서 힘이 없는 놈들이 대부분이다.

그런 놈들의 아이가 내 영지에서 마구 으스대는 게 이해가 안 된다.

화가 나서 들고 있던 먹다 남은 아이스크림을 그 적자님에게 투척해줬다.

　아이스크림이 얼굴에 기세 좋게 부딪쳐 주위에 튀자 한순간에 조용해졌다.

　모두가 내가 있는 쪽을 봐서 히죽히죽 웃으며 앞으로 나섰다.

　"어이, 아이스크림을 던져서 맞히면 어떻게 되냐? 나한테도 가르쳐줘."

　3인조 남자들은 내 앞에서 쏘아보았다.

　──어? 이 반응은 예상 밖이었다.

　"귀족을 우습게 보지 말라고. 이봐, 이놈을 없애라."

　금발 남자의 측근 두 명이 무기를 쥐었다.

　칼자루만 꺼내니, 칼날이 나왔다.

　난 놀랐다. 정말 놀랐다.

　"야, 잠깐만. 너, 너희들, 날 모르냐?"

　남자가 얼굴에 묻은 아이스크림을 손으로 닦으면서, 침을 튀기면서 고함쳤다.

　"이제 와서 겁먹어도 늦어! 얘들아, 해치워라! 어차피 평민 한 명이 사라진다고 해도 경찰은 불평도 못 할 테니 말이다."

　금발 남자의 익숙한 태도, 혹시 지금까지 몇 번이고 이런 짓을 한 건가?

　내 부하가 이놈들의 뒤치다꺼리를 하고 있어?

　배알이 뒤틀리는 것 같다.

이놈들의 죄를 쉬쉬하며 수습한 놈들은 돌아가면 바로 처벌해
주겠다.

내 영지에서 거만하게 굴어도 되는 건.

내 영지에서 백성을 괴롭혀도 되는 건.

이 세상에 단 한 명—— 나뿐이다.

난 다가온 두 명의 검을 피하고 그대로 머리를 잡아 땅에 가차
없이 처박았다.

둘 다 단련된 기사이니 이 정도로는 죽지 않을 것이다.

땅에 뒤통수가 박혀 움찔움찔 경련했지만 무시했다.

죽어도 딱히 문제없지만.

금발 남자가 날 보고 놀랐다.

"너, 너도 기사였나? 어느 가문이냐! 노덴 남작가는 번필드가
의 중진이라고. 백작의 오른팔이 내 부모님이라는 걸 이해하고
있냐?"

짜증 나서 참을 수가 없다.

누가 중진이라고? 나한테 꼬이는 놈들은 그다지 도움도 안 되
는 놈들 뿐이다.

그래도 지원해주는 건 알랑거리는 모습이 재미있었을 뿐이기
때문이다.

하지만 내 영지에서 멋대로 하고 있다면 이야기는 달라진다.

"네놈은 주인의 얼굴도 기억 못 하는 무능한 놈이냐? 그 정도
로 하찮은 놈이 내 영지에서 멋대로 행동하고 용서 받을 거라 생

각하지 마라."

금발 남자가 품에서 꺼낸 권총의 총구를 겨누자, 나이프가 날아와 총을 쳐냈다.

쿠쿠리의 부하들이 움직인 것이다.

내게는 내가 쓸 검이 날아왔다. 나는 그걸 받아 남자를 노려봤다.

"그럼, 질문이다. 넌 정말로 귀족인가?"

금발 남자는 무슨 일이 일어나고 있는지 이해하지 못하고 겁먹고 떨기 시작했다.

"저, 정말이다! 날 죽이면 번필드 백작이 가만히 있지 않을 거라고!"

금발 남자에게 트집을 잡힌 모자가 그 말을 듣고 떨고 있었다.

주위의 구경꾼들도 그 말을 듣고 큰일 났다고 생각했는지, 저마다 '리암 님이' '리암 님은 엄하신 분이라고' '섣불리 소란을 피우면 이 주변 일대가 어떻게 될지'라며 동요하기 시작했다.

상당히 두려워하고 있는 눈치이니 아주 좋다.

"번필드 백작이라고오? 그게 어쨌다고?"

금발 남자가 날 가리켰다.

번필드 백작을 모르는 외부인이라고 생각한 모양이다.

"너 모르냐? 그 사람은 적대하는 놈에겐 가차 없어. 네 가족 모두 죽을 거라고. 그래도 좋냐? 날 죽이면 번필드가와 싸우게——."

시끄러워서 베었다.

나는 금발 남자의 목이 떨어지는 걸 보면서 내뱉듯이 말했다.

"너무 하찮군. 노덴 가문에 대한 지원은 끝이다. 날 불쾌하게 만든 벌을 받아야 해."

주위 사람들이 파랗게 질려있으니, 뒤늦게 경찰차가 왔다.

하늘을 나는 차에 탄 경찰관—— 그중에서도 기사로서 훈련받은 경찰관들이 내려오더니 무기를 들고 나를 둘러쌌다.

호위로 따라온 마리가 더는 두고 볼 수 없었는지 결국 뛰쳐나왔다.

하늘에서 날아와 내려앉듯이 나타나 경찰관들을 위압했다.

"너희들 이 분께 무기를 겨눴지? 모두 이 자리에서 처죽여주겠다!"

마리가 나대 같은 검을 양손에 들고 위협하자 경찰관들이 무서워했다.

그리고 경찰관 한 명이 겨우 알아차렸다.

"무, 무기를 내려라! 저분은 리암 님이다!"

그 말을 듣고 주위의 구경꾼들이 더 소란스러워졌다.

"리암 님?"

"하지만 귀족님을 베었다고."

"저분이 리암 님인가."

백성들의 눈앞에서 귀족을 베어 죽였다.

분명 난폭한 사람으로 보일 것이다.

마리가 흥분한 기색으로 뒤통수가 박혀있는 기사 둘을 내려다보고 있었다.

"리암 님, 이 녀석들은 클로버 준남작가의 적자와 그 측근들이에요."

한때 내 저택에서 돌봐줬다고 하는데, 지금은 영지 안에서 집을 빌려 생활하고 있었다고 한다.

내 영지 안에서 꽤 놀러 다닌 모양이다.

그건 용서하겠다.

하지만—— 내 백성을 괴롭혀도 되는 건 나뿐이다.

다른 사람의 소지품을 건드리는 녀석은 아주 싫다.

"그런가. 이 녀석의 본가와 주군인 노덴 남작을 불러내라. 내가 추궁해주지. 멋대로 날뛰고 말이야. 뭐가 12가문이냐. 다 때려 부숴야겠어."

마리가 내 말을 듣고 사나운 미소를 지었다.

"그때는 부디 선봉을 맡겨주십시오. 이 마리, 리암 님의 적을 전부 배제해 보이——."

겠사와요, 라는 엉터리 아가씨 말투로 마리가 말을 끝마치는 일은 없었다.

도중에 말을 멈추고 내 뒤를 응시했다.

나도 가지고 있던 칼의 칼집을 누가 잡았다는 것을 알아차려 뒤를 돌아봤고, 겁먹은 어머니에게 안겨있는 여자아이를 봤다.

손을 뻗어 내 칼의 칼집을 잡고 있었다.

마리가 말없이 그 모자를 베려고 칼로 내려쳤다.

그 칼날을 내가 맨손으로 잡아서 막았다.

"손대지 마라. 이야기가 하고 싶다."

"——알겠습니다."

마리가 무표정인 채로 무기를 거두었다.

나도 놀랐다.

보통은 칼집을 건드리기 전에 알아차렸을 것이다. 그런데 살기가 없어서인지 방심한 건지 칼집을 잡혀버렸다.

여자아이의 얼굴을 보기 위해 몸을 숙이니, 날 똑바로 보고 있었다.

빨간 머리칼을 가진 귀여운 아이는 내 칼집을 쥐고 놓지 않았다.

어머니가 두려워하고 있었다.

"죄, 죄송합니다. 죄송합니다! 이 아이는 아무것도 몰라서!"

그런 어머니에게 마리가 노기를 드러냈다.

"모른다고? 이 영지에서 리암 님을 모른다는 변명은 안 통한다. 만 번 죽어 마땅하다. 대답 여하에 따라서는 편하게 죽을 수 없을 줄 알아라."

흥분했는지 마리의 어조에서 어설픈 아가씨 말투가 빠져있었다.

마리가 화를 내자 일반인들이 겁먹고 입을 다물어버렸다.

응, 이 녀석도 가끔은 도움이 되는군.

내가 이렇게 위험한 기사를 곁에 두고 있다고 구경꾼들에게 선전하자.

정말 악덕 영주다워!—— 아마도.

그보다 모범이 되는 악덕 영주는 전생의 사극에서밖에 본 적이 없다.

이렇게 하는 게 정답이라고 생각하는데, 어떨까?

난 마리를 제지했다.

"마리, 내 말을 막지 마라."

"죄, 죄송합니다."

마리가 물러났고, 난 다시 여자아이의 얼굴을 들여다봤다.

"왜 그래? 이 칼이 갖고 싶어?"

난 부자라서 칼도 이것저것 가지고 있다.

그중에서 이번에 사용한 것은 장식이 많은 잘 드는 칼이다.

부자가 가지기에 걸맞은 칼이라 샀는데, 의외로 쓸 만해서 마음에 들었다.

내 마음에 드는 칼 중 하나인데, 여자아이는 한 번 고개를 갸웃한 뒤에 고개를 끄덕였다.

"예쁘니까."

"예뻐?"

"예쁜 칼날이었으니까."

여자아이의 말이 믿기지 않았다.

"너, 보였어? 칼날에 뭐가 있는지 보였어?"

"금색 야옹이."

정답은 고양이가 아니라 호랑이지만, 같은 고양이과이니 아슬아슬하게 맞는 걸로 치자.

이 녀석, 진짜로 칼날의 장식을 봤어.

칼날에는 금색으로 호랑이 그림이 세공되어 있다.

칼집에서 뽑은 걸 본 건가?! 난 일섬을 날렸는데?!

여자아이에게도 놀랐지만, 난 오의가 보였다는 사실에 식은땀이 나왔다.

"──네 이름은?"

"에렌! 에렌 타일러예요."

어린데도 똑똑히 대답했다.

그래서 난 물어봤다.

"너, 기사에 관심은 있나? 검에 인생을 바칠 수 있나? 네 인생을 검에 바친다면, 이 칼을 주도록 하지."

여자아이는 고개를 갸웃거렸다. 분명 무슨 말을 듣고 있는지 이해하지 못했을 것이다.

하지만 웃음을 보이더니 고개를 크게 끄덕였다.

"네!"

제국의 수도성.

번필드가가 이용하고 있는 전통 있는 고급 호텔의 한 방에서는 평상복 차림의 시엘이 침대에 엎드려 뒹굴고 있었다.

베개를 안고 다리를 움직이면서 이야기를 했다. 상대는 아버지인 에크스나 남작이었다.

"아버님도 수도성에서 움직일 수 없어요?"

『그렇지. 한동안은 못 돌아갈 것 같아. 그보다 번필드가에서는 잘 지낼 수 있겠니?』

클레오 파벌에 소속된 에크스나 남작은 한동안 수도성에 체재하게 되었다.

딸을 걱정하고 있는데, 두 사람의 통신은 사운드 온리였다.

시엘은 아버지에게 야무지지 못한 모습을 보여주고 싶지 않다는 생각으로 영상을 껐다.

그리고 딸을 걱정하는 아버지가 빈번하게 연락해서 다소 질렸다는 점도 있었다.

살짝 귀찮았다.

"아직 수행이 시작되지 않았으니까 뭐라 할 수가 없네요."

『백작은 엄격한 분이다. 너도 소문 정도는 들었지?』

"자기 영토로 돌아가 돌봐준 귀족의 자제를 죽인 이야기 말인가요? 그냥 소문 아니에요?"

『진짜라더구나. 크루트한테 들었는데, 자기 영지에서 백성을 괴롭히는 준남작가의 후계자를 그 자리에서 베어서 죽였다고 한다.』

시엘은 아버지가 연하인 리암을 '그분'이라 부르는 것이 조금 납득이 안 됐다.

(리암의 격이 높다고 해도 아버지보다 훨씬 연하인데.)

모든 면에서 리암이 이기고 있는 건 사실이고 시엘도 이해하고 있다.

하지만 내면. 정확하게는 성격에 의문을 품고 있었다.

"아무리 무도한 짓을 했다고 해도, 그 자리에서 베어 죽이는 건 너무 심하지 않나요? 마음은 이해하지만, 법의 심판에 맡겼어야 했어요."

『너도 아직 어리구나. 좋은 기회니까 번필드가에서 배우렴. 그분은 고결하신 분이니 배울 게 많을 게다.』

아버지의 목소리는 왠지 기가 막히게 만들었다.

"그렇게 할 테니까, 제발 걱정하지 마세요!"

『이봐, 아직 이야기가──.』

토라져서 억지로 통화를 끝내고 시엘은 베개에 얼굴을 묻었다.

(──난 그 녀석이 싫단 말이지.)

주위 사람이 리암을 칭찬하는 가운데, 시엘만은 도저히 좋아할 수 없었다.

옷을 갈아입고 방을 나선 시엘이 향한 곳은 호텔 부지 안에 있는 안뜰이다.

"아아~, 오라버님도 마침내 결혼하는 건가."

벤치에 앉아 한숨을 쉬는 이유는 자기가 동경하는 오빠인 크루트가 한창 선을 보는 중이기 때문이다.

오빠의 행복을 기뻐하면서도 모르는 여자에게 빼앗기는 듯한 기분이 들어 심경이 복잡했다.

"오라버님은 상대 여자를 진지하게 대할 생각인 것 같지만——그에 비해서 리암은 너무하지 않아?"

안뜰에서는 호텔을 방문한 리암의 손님을 대접하는 로제타의 모습이 보였다.

라이너스에게 승리한 리암에게는 많은 귀족과 상인, 그리고 리암에게 사관하기를 바라는 기사들이 매일같이 찾아왔다.

그중에서도 중요한 인물들을 대접하는 건 리암의 약혼자인 로제타였다.

지금은 마침 자작가 부부를 배웅하고 있었다.

리암에게 다가가 단물을 빨려고 하는 부부를 웃으면서 배웅하고, 두 사람이 안 보이게 되자 지친 표정을 보였다.

그런 로제타가 안뜰에 눈을 돌려 시엘을 찾았다.

시엘이 자세를 바로잡자 로제타가 안뜰로 왔다.

"오늘은 안뜰에 있었어?"

"아, 네!"

"그럼 같이 점심이라도 먹는 건 어때? 오늘은 관계자만 참가하는 오찬회니까 시엘이 참가해도 문제없어."

"그럼 기꺼이. 저기, 그보다 백작님은 같이 없나요?"

주변을 이리저리 둘러봤지만, 로제타 곁에 리암은 보이지 않았다.

쓴웃음을 보이는 로제타가 리암이 어디에 있는지 가르쳐줬다.

"트레이닝 중이라 바쁜 것 같아."

"──원래라면 백작님이 대응하는 일 아닌가요?"

시엘이 리암을 싫어하는 이유는 본인이 잡일이라 생각하는 일을 로제타에게 떠넘기기 때문이다.

정신없이 노는 것보다 몸을 단련하는 편이 유익하긴 하다.

하지만 귀찮은 일을 로제타에게 떠넘기는 것으로밖에 안 보였다.

"그렇지. 하지만 달링은 바쁘니까."

이거다.

시엘은 로제타를 동정했다.

(헌신적으로 보필하는 여자가 있는데, 그 외에도 여러 여자를 곁에 두다니, 용서할 수 없어.)

시엘이 보기에 리암 곁에는 미녀가 모여있었다.

기사로서 보좌하는 티아나 마리를 비롯하여 군인 시절의 부관인 유리시아도 아름다운 여성이다.

그중에서도 가장 인상에 남은 사람은 파란 머리칼을 가진 여자다.

소문으로는 이름이 릴리에라고 한다.

호텔 안에서도 소문이 돌았고, 번필드가의 가신단이 '그 리암 님이 헌팅을?!' '어디 사는 누구냐?!' '지금 당장 맞아들여라!'라며 소란을 피웠다.

어지간한 축제가 열린 것처럼 야단법석이었다.

시엘은 그것도 용서가 안 됐다.

지금까지 살아있는 여자에게 흥미를 품지 않았던 리암이 수도 성에서 마음이 가는 여자가 생겼다는 말을 듣자 가신단은 크게 기뻐했다.

(가신들도 너무해. 로제타 님이 있는데 다른 여자에 대해서 떠들고 말이야).

번필드가의 사정을 생각하면 어쩔 수 없는 일일지도 모르지만, 시엘은 개인적으로 로제타를 좀 더 신경 쓰라고 생각했다.

어쨌든 리암이 파란 머리 릴리에에게 빠진 건 로제타도 알고 있으니까.

시엘은 결심하고 로제타에게 리암의 의리 없는 행동에 대해 물었다.

"로제타 님은 정말 괜찮으신가요?"

"뭐가?"

약간 시선을 떨군 로제타는 시엘이 무슨 말을 하고 싶어 하는지 이해하고 있는 눈치였다.

하지만 애매한 질문에 대답하고 싶지 않은 모양이다.

"릴리에라는 여자 말이에요. 로제타 님이 이렇게 헌신적으로 보좌하고 있는데 백작님 본인은 알아차리지도 못하고. 가신 분들도 축제라도 열린 것처럼 떠들고 너무해요."

상당히 불경한 발언이었지만 로제타는 자신을 위해 화내는 시엘을 부드럽게 타일렀다.

벤치 옆자리에 앉으면서.

"가신들이 받들고 있는 건 내가 아니라 번필드가 그 자체야. 그점을 착각해선 안 돼."

"하지만!"

그러면 로제타가 너무 불쌍하다, 고 말하기 전에 시엘은 제지당했다.

"이 이야기는 끝이야. 그보다 점심은 뭐 먹고 싶어? 오늘은 유년학교 때부터 알고 지낸 친구도 참가해. 아, 크루트 씨도 돌아와 있으면 참가해달라 할까? 슬슬 선도 끝날 것 같은데."

강제로 말을 끊겨서 시엘은 포기했다.

시엘은 크루트에게 오찬회에 참가해달라고 하기 위해 크루트의 방에 와있었다.

통화를 하든 메시지를 보내든 전하기만 하면 그만이지만, 그래도 크루트의 얼굴을 보고 싶어 일부러 찾아갔다.

"미안. 사관학교의 교관이 호출이야. 시엘은 잠시 기다리고 있어."

"네."

선을 보고 돌아온 크루트는 다른 방으로 향하면서 교관과 이야기했다.

내용은 수도성에서 일어난 사건 때문에 선을 보는 것이 예정보다 늦어졌다는 것이었다.

그 건으로 이야기를 하기 위해 크루트는 다른 방에 들어갔다.

혼자 남겨진 시엘은 오찬회를 앞두고 옷차림을 가다듬기 위해 세면장으로 향했다.

"그냥 점심을 먹는데도 사람을 모아서 식사하다니, 대귀족은 힘들구나. 실례가 되지 않도록 최소한 옷차림을 단정히 해야지."

세면장에 들어가니, 시엘은 수납공간에 눈이 갔다.

"어라?"

발견한 것은 머리카락이었다.

수납공간의 문에 끼어있었다.

"이런 호텔 치고는 청소가 잘—— 어?"

잡아당기니, 그 머리카락은 매우 길었다.

그리고 뭔가에 걸려있었다.

시엘은 안 좋은 예감을 느끼면서도 문을 여니, 그 안에 들어있던 것은 하얀 원피스였다. 파란 머리카락은 옷에 붙어있던 것이었다.

한순간이지만 시엘은 파란 머리를 가진 여자가 크루트와도 관계를 가지고 있었던 게 아닌가? 라는 상상을 했지만, 그보다 더 최악인 현실을 알게 되었다.

"왜 그 여자의 옷을 오라버님이—— 힉!"

옷을 든 시엘은 그 안쪽에 몇 개의 작은 병이 있는 것을 알아차렸다.

여자인 시엘에게 있어서는 그 모든 것이 평범한 물건이었다.

마심으로서 일시적으로 머리카락의 색이나 눈동자의 색을 변경할 수 있는 약 등.

다만, 딱 하나 이해되지 않는 작은 병이 있었다.

손으로 들고 확인하니, 그건 성전환을 하는 약이었다.

게다가 몇 번인가 사용한 흔적이 있었다.

"이, 이거, 어떻게 된 거야?"

일정 시간 성전환을 가능하게 해주지만, 몸과 정신에 대한 부담도 고려하여 제국에서는 사용에 여러 제한이 걸려있다.

쉽게 얻을 수 없는 약이었다.

시엘 안에서 조각이 맞춰져 가는 느낌이 들었다.

평소의 크루트의 언동. 그리고 각종 약에 더해 파란 머리 여자의 하얀 원피스.

보이기 시작한 것은 파란 머리의 여자 릴리에와 크루트가 동일

인물이라는 답.

이 순간, 시엘은 절망했다.

"이대로 가면, 오라버님이—— 언니가 돼버려!"

오찬회 후.

시엘은 밥이 무슨 맛인지도 모를 정도로 충격을 받아 의기소침해져 있었다.

주위에는 어떻게든 감췄지만, 오빠가 언니가 될지도 모른다고 생각하니 괴로웠다.

가장 분한 것은.

"나보다 예뻤어."

동경하는 오빠인 크루트가 성전환한 모습이 자기보다 예뻤던 것이 쇼크였다.

게다가 오빠와 함께 걷고 있던 남자가 문제다.

리암이다.

"오라버님, 전부터 리암의 이름만 언급하게 됐는데, 설마 우정이 아니라 애정이었다니."

평소 리암의 이름을 입에 담는 횟수가 늘고, 방에는 리암과 찍은 사진도 장식해두고 있었다.

시엘은 오빠를 빼앗긴 것 같은 기분이 들고, 그런 일도 있어서

리암이 거북했다.

"오라버님을 빼앗다니, 용서할 수 없어."

이대로라면 머지않아 '언니'라고 부르게 될 것 같았다.

그것만큼은 싫었다.

그렇게 낙담해있는 시엘에게 말을 거는 인물이 한 사람.

크루트의 친구인 에일라였다.

"얘, 이런 기둥 그늘에 주저앉아서 뭐 하는 거야?"

사람이 오지 않는 곳에서 무릎을 안고 바닥에 앉아있는 시엘을 걱정했다.

시엘은 에일라와 면식이 있었다.

"에일라 씨……."

깊은 고민에 빠진 표정을 짓고 있던 시엘 옆에 에일라가 앉았다.

"언니한테 얘기해보렴. 고민은 누군가에게 이야기하면 마음이 편해져."

어떻게 할까 고민한 끝에 시엘은 오빠인 크루트와도 오래 알고 지낸 에일라라면 믿을 수 있다고 생각하고 이야기하기 시작했다.

"실은―― 오라버님이, 백작님을 친구 이상으로 생각하고 있는 게 아닌지 불안해져서."

그 말을 듣고 에일라는 눈동자를 반짝였다.

"동생이 봐도! 그렇지, 그렇지! 그 둘은 정말 사이가 좋지. 정말이지 우정을 뛰어넘은 관계야!"

몸을 비비 꼬며 기뻐하는 에일라를 보고 있으니 시엘은 불안해지기 시작했다.

(에, 뭐지 이 사람? 엄청 좋아하는 것 같은데?)

시엘은 마음을 다잡고 이야기를 계속했다.

"하지만 전 백작님이 좋아지지 않아요."

"어, 왜?"

"그야 주위에 여자를 잔뜩 두고 로제타 님을 소홀히 하잖아요. 그런 건 너무해요."

시엘이 그렇게 말하자, 난처해하는 얼굴로 웃으면서 리암과 로제타의 관계에 대해 이야기했다.

"확실히 그렇게 보이긴 하지만. 리암 군은 저래 봬도 로제타 씨한테 마음을 써주고 있어."

"그런가요?"

"전에도 같이 술을 마셨는데. 그때, 리암 군은 헌팅을 성공했다면서 기분이 아주 좋았거든."

그 장면을 상상하고 시엘은 리암이 더더욱 싫어졌다.

하지만 에일라는 큭큭거리며 웃고 있었다.

"하지만 그때만큼은 절대로 로제타 씨의 얼굴을 안 보는 거야. 이야기가 끝난 뒤에도 계속 로제타 씨의 눈치를 보고."

"그 백작님이?"

"그리고 파란 머리카락을 가진 아이하고는 기껏해야 손만 잡은 것 같아. 그걸 놀렸더니 화내고 말이야. 리암 군은 순진하다니깐."

리암의 이야기를 들어보니, 오빠와 나이가 같다고는 생각할 수 없는 순진함이 느껴져 시엘은 놀랐다.

에일라가 말했다.

"리암 군, 데이트한 날에 로제타 씨한테 미안하다고 생각했을지도. 작은 선물을 준비해서 돌아왔대. 귀엽지."

"아, 네……."

시엘 안에서도 리암의 평가가 애매해졌다.

(생각보다 나쁜 녀석이 아닌 걸까?)

하지만 그래도 용서할 수 없는 점이 있다.

에일라가 시엘에게 물었다.

"리암 군을 너무 싫어하진 말아줘. 옛날부터 오해를 잘 사니까."

"그런가요? 하지만 오라버님과의 관계는 어떻게든 하고 싶어요."

"어?! 왜? 그건 좋잖아. 둘은 엄청 좋은 관계라구?!"

에일라는 시엘의 말이 믿기지 않는 듯했다.

시엘은 중요한—— 상담하고 싶었던 내용을 말했다.

"하지만 오라버님은 성전환을 생각하고 있는 것 같아요. 드문 이야기는 아니지만, 친오빠가 한다고 생각하면 믿기지 않아서. 그도 그렇게, 오라버님은 남성으로서 굉장히 멋진 분이에요. 정말 완벽한—— 어?"

시엘은 크루트에 대해 열정적으로 이야기하려고 했지만 에일라의 얼굴을 보고 소름이 끼쳤다.

아까 전까지의 웃음은 사라지고, 무표정에 눈동자의 하이라이트가 사라졌다.

"어, 미안. 뭐라고?"

"아니, 그……."

"크루트 군이 뭘 하려고 했어? 있잖아, 가르쳐줘."

에일라의 심하게 탁해진 눈동자를 보고 두려워하면서 시엘은 대답했다.

"여자가 되어서 백작님과 사귀려 하고 있어요! 파란 머리의 여자는…… 오라버님이에요."

지금 소문이 자자한 파란 머리의 여자가 사실은 크루트였다.

그 말을 들은 에일라는 메마른 웃음소리를 냈다.

"아하, 아하하하. 그럴 리가 없어. 그런 일은 절대로 있어서는 안 돼."

"네? 하지만…… 성전환 자체는 드물지 않잖아요?"

좀 심하면 남자도 여자도 경험해야 어엿한 사람! 이라는 말을 하는 사람들도 있다.

남성으로서 가족을 두고, 그 후에 여성이 되어 가족을 둔 자도 있다.

그러니 드문 이야기는 아니다.

다만 그게 가족인 경우에는 받아들이는 데 시간이 걸리는 법이다.

그리고 시엘에게 있어서 중요한 것은.

"전 어떻게 하면 좋을지. 로제타 님을 곤란하게 만드는 파란 머리 여자가 오라버님일 줄은 몰라서. 개인적으로는 오라버님이 포기하게 만들고── 히익?!"

시엘의 양어깨를 에일라가 강한 힘으로 붙잡았다.

마치 동지를 얻었다는 얼굴을 하고 있었다.

"그렇지. 그렇지! 역시 남자애들끼리가 좋지! 크루트 군은 지금 그대로가 최고지!"

거칠게 콧김을 내뿜는 에일라를 보고 시엘은 깨닫고 말았다.

(이 녀석도 내 적이냐고오오오!!)

오빠에 대해 뭔가 부정한 감정을 품고 있다는 것을 알아차리고 말았다.

"주인님, 이게 어떻게 된 일인가요? 제6병기공장에서 구매한 것은 기동기사와 그 정비에 관련된 인원과 설비뿐, 이라고 들었습니다만?"

기어이 아마기에게 들키고 말았다.

바나디스라는 고급 기동기사를 샀더니 세트로 전함이 딸려왔다.

초밥을 시켰더니 스테이크가 세트로 딸려온 느낌이다.

아니, 아니지.

고급 외제차를 샀더니 캠핑카도 같이 산 기분인가?

아무래도 확 와닿지는 않지만. 이미 배가 터질 것 같다.

"왜일까? 제6은 손이 큰 걸까? 아하하하── 죄송합니다."

얼버무리려고 했지만 아마기 주위에 내 구매 이력이 표시되는 바람에 조용히 하는 수밖에 없었다.

전함값도 착실하게 치러서 변명할 수 없다.

메이슨, 그 자식—— 그 녀석은 딱히 나쁘지 않지만, 이 원한은 잊지 않을 거다.

전함이 옵션이라니, 그게 말이 되나?!

아마기는 평소보다 더 화내고 있었다.

"계획에 지장이 생기니 무계획적인 전함 구매는 삼가시라고 말씀드렸을 텐데요?"

"아, 아니야!"

"아니라고 하신다면?"

"그, 그러니까⋯⋯."

"그러니까? 그 뒤에 하실 말씀을 듣겠습니다. 자, 계속 말씀하세요."

아마기가 평소 이상으로 추궁했다.

이건 화낼 때의 버릇, 이라기보다는 엄청 화내고 있구나.

어떡하지. 어떡하면 좋지? 순순히 사과하고 이 상황을 수습할까? 하지만 이대로 물러나는 것도 내 체면에—— 그때였다.

바나디스에 같이 탑승했던 릴리에를 떠올린 나는 동시에 어째서인지 크루트의 모습도 떠올렸다.

"——아마기, 기동기사도 전함도 필요해서 샀어."

"필요성을 모르겠습니다만?"

평소에는 고개를 살짝 갸웃하는데 화내고 있을 때는 꼼짝도 안한다.

하지만 난 이 위기를 극복할 것이다!

"이번에 크루트한테는 부담을 줬잖아."

"설마 에크스나 남작가를 위해서입니까?"

"그래. 황녀 전하를 맞아들일 가문이 될 거라고. 격에 맞는 기동기사와 전함이 있는 편이 좋지 않겠어?"

"그렇다면 다른——."

"물론 지원도 할 거야. 할 것이지만, 에크스나 가문은 귀족 중에서도 유독 검소하니까."

백성들을 착취하는 것 치고는 그 생활은 검소했다.

모으는 경향이 강해서 전함과 기동기사에 예산이 돌아가지 않았다.

아마기가 턱에 주먹을 댔다.

"겉을 꾸미는 것도 귀족 사회에서는 필요하겠죠. 확실히 나쁘지 않다고 판단합니다."

"그치?"

위기를 극복했다며 안도하고 있으니 아마기가 살짝 미소 지었다.

다만 그 미소가 무서웠다.

"이번엔 물러나겠지만, 다음은 없습니다."

전부 다 알고 있는 것 같다.

"——네."

아마기의 손바닥 위에서 놀아난 기분이다.

하지만 싫진 않다.

이게 다른 녀석이었으면 죽였겠지만.

문제 하나가 해결되어 안도하고 있으니, 아마기가 전함 수용에 관해 질문했다.

"그럼 바나디스와 전용기는 에크스나 가문에 보냅니까?"

"아니, 수도성에 한 번 가져오게 할 거야. 에크스나 남작도 당분간 수도성에 있을 거니까. 그리고 완성된 모습도 보고 싶어."

"완성?"

영지에서 수도성으로 가는 날이 왔다.

초노급 전함에 탄 나는 곁에 에렌을 데리고 있었다.

쫄랑쫄랑 따라오는 제자는 내가 준 칼을 가지고 있었다.

호랑이 장식이 된 칼, 지금은 변경되어서 야옹이 칼로 개명된 것 같지만.

에렌에게 아무리 호랑이라 말해도 '야옹이 칼'이라 말하니까.

에렌은 호사스러운 칼을 소중하게 안아서 나르고 있었다.

"에렌, 난 한동안 바쁠 거다."

"네, 스승님!"

에렌에게 스승님이라 불리니, 나는 복잡한 기분이 들었다.

나처럼 미숙한 자가 제자를 들여도 되는가? 그런 마음이 들지만, 야스시 스승님은 나에게 제자를 세 명은 키우라고 하셨다.

난 일섬류 존속을 위해 제자를 키워야만 한다.

스승님과의 약속이니 악덕 영주라고 해도 이 약속만은 지켜야만 한다.

난 일섬류와 관련된 일만은 이해득실 계산 없이 힘을 다하기로 정했다.

하지만 내가 에렌을 어엿한 검사로 키울 수 있을까? 그게 걱정됐다.

"수도성에 도착하면 널 교육 캡슐에 집어넣을 거다."

"네!"

"캡슐에서 나오면 기초를 가르쳐주겠다."

"여, 열심히 하겠습니다!"

에렌을 제자로 들인지 몇 달이 지났는데, 아무래도 일섬류가 마음에 든 모양이다.

나도 스승님을 따라서 처음에 오의를 보여줬다.

스승님과 처음 만났을 때의 나는 야스시 스승님이 얼마나 대단한지 정확하게 이해하지 못했었지.

난 검성을 쓰러뜨렸지만, 야스시 스승님에게 이길 수 있을 거라는 생각이 들지 않았다.

마치 정말로 칼을 뽑지 않은 듯한 움직임으로 조용히 통나무를 베었다.

내 거친 참격이 그 경지에 이르는 건 언제가 될까?

에렌은 배웅하러 온 고용인들을 보고 있었다.

그 속에 에렌의 어머니의 모습이 있었다.

에렌은 그 모습을 보고 쓸쓸해했다.

"뭐야, 어머니가 그리운가?"

에렌은 모자가정에서 자라고 있었다.

내 제자가 되었으니 에렌의 어머니는 저택에서 고용인으로서 고용하게 되었다.

어머니의 생활이 걱정되지 않도록. 수행에 전념할 수 있도록 하는 배려다.

"괘, 괜찮아요."

한창 어리광부리고 싶은 나이일 텐데 다부지게 행동했다.

그냥 아이는 싫지만, 에렌은 나의 소중한 제자—— 그리고 일섬류를 계승하는 소중한 존재다.

배려를 잊어서는 안 된다.

"나의 귀족으로서의 수행이 끝나면 영지에 바로 돌아올 수 있어. 그때까지는 참아."

"네."

초노급 전함에 타자 기사들이 정렬해서 우리를 맞이했다.

그 안에 첸시의 모습도 있었다.

내가 멈춰 서서 그 얼굴을 보니, 당당하게 행동하면서 희미하게 웃음을 띠었다.

"상처는 이제 나은 것 같네."

"덕분에요."

"아직도 날 노리는 거냐?"

물어보니, 첸시는 전혀 마음이 꺾이지 않았었다.

오히려 기쁜 듯이 대답했다.

"물론입니다."

주위는 긴장한 눈치였지만, 난 웃음을 터뜨리고 말았다.

"너 좋네! 또 공을 세우면 상대해주지. 열심히 날 위해 일하도록 해."

"네, 언젠가. 반드시 다시."

내가 떨어지자 에렌이 내 뒤에 따라왔다.

"저, 저기, 스승님."

"왜?"

"저 사람, 왠지 무서워요."

멈춰 선 나는 에렌에게 가르쳐줬다.

"그렇겠지. 내 목숨을 노리고 있는 여자니까."

"네?"

놀라는 에렌에게 자세한 사정을 이야기해줄 생각은 없었다.

"네가 자라면 여러 가지를 가르쳐주지. 빨리 와라. 수도성에 도착할 때까지는 함내에서도 기초를 가르쳐주겠다. 내 제자가 약한 건 용납이 안 되니까."

"네, 스승님!"

힘차게 대답하는 에렌. ——괜찮은 느낌의 제자를 얻었다.

착실하고 일섬류를 계승하기에 어울리는지는 앞으로 어떻게 하느냐에 달렸지만—— 나쁘지 않다는 느낌이 들었다.

소양도 그렇지만, 일섬류에 흥미를 가진 감성이 훌륭하다.

이 아이는 분명 성장할 것이다. 아니, 성장시키고 말겠다.

제자도 그렇지만, 그 외에도 여러 가지로 잘 풀려서—— 아니, 너무 잘 풀리는데.

보통 기적이라 불리겠지만, 난 기적 따위는 믿지 않는다.

평소의 행실이 나쁜데 기적 따위가 일어나도 될 리가 없다.

이것도 분명 안내인 덕분일 것이다.

나는 걸으면서 어디에 있는지 알 수 없는 안내인에게 감사의 마음을 보냈다.

"이 감사하는 마음이 전해지도록 기도하자."

"스승님?"

"응? 아아, 너와의 만남을 감사하고 있던 참이다. 너도 기도해."

"네? 아, 네."

제자인 에렌도 착실하게 기도하기 시작했다.

안내인, 우리의 감사하는 마음이 전해지고 있나?

우리 사제의 감사여—— 어딘가에 있는 안내인에게 전해져라!

리암이 탄 초노급 전함의 미사일 발사구가 열렸다.

나타난 것은 황금 미사일이었고, 개의 모습을 한 영혼이 그걸 지켜보고 있었다.

그 개가 하울링 하자, 누구도 황금 미사일을 알아차리지 못한 채 날아갔다.

리암과—— 리암에게 감사하는 에렌의 마음이 담긴 행성간 탄도 미사일이 넓은 하늘에 쏘아 올려졌다.

그것만으로는 안내인에게 닿지 않으니 미사일의 진로 앞에 워프 게이트가 나타났다.

전함의 브릿지에서는 크루들이 허둥거리고 있었다.

"이봐, 미사일 발사구가 열려있어!"

"워프 반응도 약간 있군."

"빨리 조사해라!"

군인들이 무슨 일이 일어났는지 바로 조사했지만, 금방 아무 일도 없었다는 듯이 미사일 발사구도 닫히고 워프 게이트의 반응도 사라져버렸다.

동시에 개의 모습도 사라져버렸다.

제국에서 벗어나 외국에서 암약하는 안내인은 통통 뛰며 뜀박

질을 하고 있었다.

"음~, 이곳이라면 리암이 감사하는 마음도 전해지지 않아 쾌적해. 조금 욱신거리지만 심하게 아픈 것보다는 낫지."

외국에서 부정적인 감정을 모으고, 불씨를 발견하면 연료를 투하하며 다닌다.

정말 폐가 되는 녀석—— 그것이 안내인이다.

"이 기세로 힘을 모아서 리암을 제국과 통째로 없애버리기 위해—— 어라? 뭔가 보이네."

통통 뛰고 있던 안내인이 멈춰 서자 멀리서 빛이 보였다.

워프 게이트다.

거기서 황금 미사일이 날아오는 것이 보였다.

"황금이라니 저열한 취향이군! 보기만 해도 짜증이 나."

리암이 감사하는 마음은 황금을 좋아하는 게 영향을 줘서인지 금색이 많았다.

그래서 안내인은 황금을 싫어했다.

대체 어디 사는 취향 저열한 놈의 소유물이지? 알아보는 김에 불행하게 만들어주겠다고 생각하고 있으니, 미사일은 안내인이 있는 쪽을 향해서 왔다.

"무슨 사고인가? 나 참, 민폐로군."

얼른 그곳에서 이동하니, 안내인은 다른 행성에 도착했다.

자, 지금부터 부정적인 감정을 팍팍 모으자! 그렇게 생각하고 있었더니—— 또 워프 게이트가 가까이에 열렸다.

"어?"

안내인은 이때 깨달았다.

"서, 설마, 그 저열한 취향의 황금 미사일은── 리암이냐아아!!"

놀란 안내인이 바로 도망치려고 했지만, 미사일이 바로 근처까지 육박해 있었다.

안내인 가까이에 착탄하고, 그대로 폭발에 휘말렸다.

"시이이이잃어어어어어어어어!! 뜨, 뜨거워! 탄다! 감사의 마음이── 두, 두 명 분이라니이이이!! 이번엔 아무것도 안 했는데에에에에!"

평소에 리암이 감사하는 마음에 더해 순진무구한 아이가 감사하는 마음까지 실려 왔다.

안내인은 감사의 마음을 아주 싫어한다.

감사의 마음이 번져 안내인을 태웠다.

엄청난 기세로 타올랐고, 까맣게 타버려 너덜너덜해진 안내인이 그 자리에 쓰러졌다.

모아놓은 힘을 써서 어떻게든 살아남았지만, 각국을 돌아다니며 모은 부정적인 감정이 리셋되어 거의 제로가 되었다.

안내인은 울었다.

"용서 못 해. 용서 못 한다, 리암. 내가 얼마나 고생해서 여기까지── 젠자아아아앙!! 반드시 죽여줄 거라고!"

안내인은 일어나서 외쳤는데, 그런 그의 앞에 전자신문에 바람에 흔들리며 눈앞에 떨어졌다.

안내인이 시선을 떨구니, 거기에는 루스트와르 통일 정부와 리암의 번필드 가문이 거래했다는 기사가 적혀있었다.

안내인은 한순간 무슨 일이 일어난 건지 이해하지 못해 굳은 다음── 바로 전자신문을 집어 들었다.

거기에 적혀있는 내용을 읽었는데, 리암이 경제 제재를 받았다는 내용이었다.

그 궁지를 극복한 이유가 자신이 반란이 일어나게 한 통일 정부 때문이라는 것까지 알게 되었다.

"나, 난 아무것도 안 했는데에에!"

아연실색하여 주저앉는 안내인.

모르는 사이에 리암을 도운 것이 상당히 충격적이었다.

전자신문을 문 개가 그런 안내인의 모습을 숨어서 엿보고 있었다.

일부러 안내인이 보도록 하고 있었다.

안내인의 모습을 보고 만족했는지 어딘가로 떠나갔다.

안내인이 울면서 땅을 두들겼다.

"이런 건 너무하다고오오오!"

수도성에 돌아오니 제6병기공장이 보낸 짐이 도착해 있었다.

"어때, 굉장하지! 제6병기공장이 자랑하는 바나디스 프레이다."

"괴, 굉장하네."

수도성 근처의 우주항.

그곳에 보내진 바나디스는 전시회장에서 봤을 때와는 달리 추가 장갑을 장착하고 있었다.

여성형이었던 외관이 일반적인 기동기사처럼 변해있었다.

자랑하는 상대는 사관학교에 돌아가기 전인 크루트다.

추가 장갑을 두른 모습을 '바나디스 프레이'라 부르는 건 제6의 취향이다.

주위에서는 제6에서 파견된 전문 스태프들이 바나디스의 정비 등을 진행하고 있었다.

크루트는 굳은 웃음을 띠고 있었다.

"하지만, 바나디스였나? 이 기체의 유지비는 에크스나가에는 너무 비싸."

"유지비는 내가 내주지. 너한테 황녀 전하를 떠넘겼으니까. 그보다 황녀 전하는 어때?"

"──좋은 사람이었어."

"잘 지낼 수 있을 것 같아?"

"──응."

"그럼 다행이다."

갑자기 선을 본다고 크루트도 힘들었을 것이다.

그리고 최근엔 이런저런 일로 피곤한 듯했다.

그런 크루트에게 작은 선물이 되었을 테니, 바나디스를 산 건 나쁘지 않았어.

◇◆◇◆◇

크루트는 호텔에서 이용하고 있는 방에 돌아와 있었다.

내일이 되면 사관학교에 돌아가게 된다.

그런 크루트는 세면장에서 자신의 모습을 보고 있었다.

샤워한 직후, 알몸인 그대로다.

"그 기체를 나한테 선물하다니, 대체 무슨 의미지? 그리고 그 아머도 신경 쓰이잖아."

바나디스는 리암과 릴리에에게 있어서 추억의 기체다.

그걸 크루트에게 양도한 것이 정말 의미심장했다.

그냥 우연이라고 생각할 수도 있지만, 크루트는 신경 쓰이는 점이 있었다.

아머로 가리고 있지만, 그 안에 있는 바나디스는 여성형이다.

남성적인 모습을 아머로 재현하고 있어도, 속은 여성.

그런 메시지가 담겨있다는 느낌이 들어 참을 수가 없었다.

크루트는 머리를 싸맸다.

"난 왜 그런 짓을 해버렸지! 처음엔 이 마음이 우정이라고 확신하고 싶었을 뿐인데——! 이, 이래선 마치, 내가 리암을……!"

격하게 머리를 흔들어 생각을 떨쳐내려고 했다.

하지만 그런 짓을 해도 소용없었다.

크루트는 가까이에 둔 약들을 봤다.

"――버려야겠지?"

성전환 약은 가지고 있어도 벌금 정도로 끝난다.

하지만 이곳에 남겨둘 수는 없다.

(내용물을 버려도 폐가 될지도.)

자신에게 변명하면서 약에 손을 뻗었다.

크루트가 수많은 약을 다 마셔버렸고, 잠시 뒤에 변화가 나타났다.

처음으로 변한 것은 눈동자의 색깔이다.

회색으로 변했고, 크루트의 머리카락이 파란색으로 물들고 그대로 자라나 장발이 되었다.

곱슬머리가 긴 생머리로 바뀌고 크루트의 몸은 남자의 몸에서 여자의 몸으로 바뀌어 있었다.

거울 앞에는 릴리에가 있었다.

하지만 여자로 변화한 크루트―― 릴리에는 아까와 다른 반응을 보였다.

고뇌하고 후회하는 크루트와는 대조적으로 어째서인지 기쁜 듯이 행동했다.

양손으로 볼을 만지며 히죽거리는 얼굴을 어떻게든 원래대로 돌려놓으려 하고 있었다.

크루트와는 다른 생각을 가진, 꼭 다른 인격 같았다.

"리암이 준 선물―― 기뻐. 만약 알고서 저런 태도라면……."

릴리에는 고뇌하는 크루트와는 달리 볼을 빨갛게 물들이고 기뻐했다.

"아니, 안 돼!"

그건 리암이 수행을 시작하기 전의 일이다.

집무실에서 불쾌해하는 리암 앞에서 집사 브라이언이 아쉬워하고 있었다.

그 손에 들고 있는 것은 시제품으로 만들어진 리암의 굿즈였다.

"이래도 안 되는 겁니까?"

"내 굿즈를 판매하다니 바보야? 그런 걸 대체 누가 산다는 거야?"

브라이언이 손에 들고 있던 것은 데포르메된 리암의 인형이었다.

영지 안에 있는 기업에 리암의 굿즈를 판매하고 싶다며 기획을 가져왔지만, 그 모든 기획을 리암이 거부해버렸다.

브라이언은 리암의 인기에 대해 이야기했다.

"하지만 기업이 이렇게까지 기획을 가져온다는 건, 그런 수요가 있는 것이 틀림없습니다."

번필드가의 영지에서 리암은 명군으로 통하고 있다.

그런 리암의 인기가 낮을 리가 없었고, 관련 굿즈는 날개 돋친 듯이 팔린다.

하지만 리암에 관한 상품만은 판매가 허가가 안 됐다.

"내 인형을 손에 넣어서 어떻게 하지? 짓밟나?"

"왜 그런 짓을 한다고 생각하시는 겁니까?!"

이상하게 여기는 브라이언에게 리암은 당연하다고 말하는 듯이.

"나라면 그렇게 할 테니까. 그러니 내 인형 같은 건 절대로 인정 안 해. 기업에도 똑똑히 전해줘!"

리암의 의지는 굳었고, 누가 부탁해도 허가가 나오지 않았다.

그 모습을 방구석에서 바라보고 있던 것은 양산형 메이드로봇 '시라네'였다.

오늘도 가만히 벽가에 서 있었는데, 그런 시라네의 시야는 말풍선이 달린 코멘트로 가득했다.

『주인님도 참, 오늘도 전부 거부! 이러면 리암 님 인형은 절대로 판매되지 않겠네요.』

글을 쓴 것은 '시오네'였다.

그 말풍선 주변에 차례차례 코멘트가 적혀갔다.

『자작하는 게 빠르지 않을까?』

『공식이라는 브랜드 파워는 중요해요.』

『비공식 주인님 인형은 이미 나돌고 있지 않나?』

오늘도 인간들에겐 보이지 않는 세계에서는 메이드로봇들이 떠들썩하게 떠들고 있었다.

시라네의 시야가 코멘트로 가득 찼을 무렵.

리암이 집무실의 책상에 양손을 내리쳤다.

"내 굿즈 같은 건 절대로 인정 안 할 거라고!"

메이드 로봇들이 사용하는 대기실.

메인터넌스 베드가 몇 대나 늘어선 방에는 몇 기의 메이드 로봇이 누워있었다.

뚜껑이 닫혀있었고, 내부에 있는 메이드 로봇들은 관리를 받고 있었다.

그런 대기실 구석.

책상을 가져온 메이드 로봇이 있었다.

책상 위에는 상당히 낡은 도구들이 늘어서 있었다.

가위, 바늘, 정기 승차권, 그 외 여러 가지.

그 물건들을 사용해서 뭔가를 제작하고 있는 것은 메이드 로봇 중에서도 과묵한 '타테야마'다.

메이드 로봇들은 평소에 입을 사용한 대화를 잘 하지 않는다.

대신 네트워크상에서는 시끄러울 정도로 대화를 하고 있다.

그런 대화의 횟수가 극단적으로 적은 것이 타테야마였다.

메인터넌스 베드에 들어가기 위해 대기실에 온 '아라시마'가 타테야마가 있다는 걸 알아차렸다.

"뭐 하는 건가요?"

네트워크상에서 대화를 하지 않는 타테야마를 위해 일부러 입을 사용한 대화를 시도했다.

타테야마가 뒤돌아봤고, 그 손에 쥐어져 있던 것은 제작 도중인 인형이었다.

"인형, 만들고 있습니다."

"——꽤 낡은 도구를 쓰고 있는데요?"

최신 도구를 쓰면 더 쉽게 완성도 높은 인형을 만들 수 있다고, 아라시마는 말하고 싶었다.

타테야마도 그걸 알아차리고 대답했다.

"이쪽이, 좋습니다."

"이해가 안 됩니다."

타테야마가 왜 쓸데없는 일을 하는 건지 아라시마는 이해가 안 됐다.

그건 타테야마도 마찬가지였는지 아라시마가 착용하고 있는 머리장식으로 시선을 돌렸다.

"아라시마는 왜 그렇게 액세서리를 소유, 하나요?"

아라시마는 머리장식 외에도 여러 액세서리를 가지고 있다.

승부로 다른 양산형 메이드 로봇들에게서 손에 넣은 물건이다.

아라시마는 고개를 갸웃했다.

"개성의 획득입니다. 액세서리는 우리에게 있어서 중요한 개성. 그걸 많이 얻으면 더욱 개성을 나타낼 수 있다고 판단했습니다."

타테야마는 납득했다.

"개성? 제 생각, 다릅니다."

"무슨 의미인가요?"

타테야마는 고개를 갸웃하는 아라시마에게 등을 돌리고 작업으로 돌아갔다.

"슬슬 작업, 돌아갑니다. 휴식 시간, 앞으로 32분 50초, 밖에 없습니다."

시간을 낭비했다고 말하는 타테야마의 등을 보면서 아라시마는 메인터넌스 베드로 향했다.

그날, 저택은 이상한 분위기에 감싸여 있었다.

원인은 리암의 집무실이다.

"타, 타테야마, 그건——."

조금 전에 자신을 본뜬 인형 따위는 절대로 허용하지 않는다고 선언한 리암은 당황했다.

아마기가 집무실에 데려온 타테야마가 가지고 있는 물건이 문제였다.

타테야마를 데려온 아마기가 리암이 이해할 수 있을 정도로 질렸다는 표정을 보였다.

"저희의 대기실에서 개인적으로 제작하고 있었던 것 같습니다. 주인님께서 전면금지를 명하셨기에 보고하러 왔습니다. ——타테야마."

이름을 불려 앞에 나온 타테야마가 손에 쥐고 있던 인형은——분명 리암을 본뜬 인형이었다.

조금 전에 리암이 자신의 인형 때문에 격노한 이야기는 유명하다.

하지만 리암이 평소 맹목적으로 사랑하는 메이드 로봇이 인형을 만들면 어떻게 되는가?

저택에 있는 사람들도 판단이 서지 않았다.

주위에서는 마른침을 삼키며 상황을 보고 있다.

타테야마가 짧게.

"——죄송합니다."

사죄하고 리암 인형을 내밀었다.

그걸 받은 리암은 어떻게 반응하면 좋을지 난처해하고 있었다.

아마기가 고개를 갸웃했다.

"주인님은 타테야마를 야단치지 않는 건가요?"

리암은 아마기가 그렇게 묻자 어깨를 움찔했다.

그리고 인형을 보면서 칭찬하기 시작했다.

"자, 잘 만들었네! 그리고 왠지 귀여워 보이네, 응!"

그 말을 듣고 타테야마가 약간. 리암이 알 수 있을 정도로 기뻐했다.

그리고 들을 수 있을지 없을지 모를 성량으로.

"감사, 합니다."

방금 막 혼난 브라이언이 어색하게 인형을 칭찬하는 리암에게 항의했다.

"리암 님, 이전과 하시는 말씀이 다르지 않습니까! 이 브라이언이 시제품을 가져왔을 때는 제대로 보지도 않고 기각했습니다."

메이드 로봇과 경쟁하는 브라이언도 브라이언이지만 리암은 더 심했다.

"시끄러워! 평소에 과묵하고 차분한 타테야마가 열심히 만든 인형이라고!"

주위 사람이 그 말에 깜짝 놀랐다.

이유는 단순하다.

주위 사람들이 보기에 모든 메이드 로봇이 과묵하고 무표정.

평소 조용해서 차이가 있는지 인식조차 못 하고 있었다.

브라이언도 당황했다.

"차이가 있습니까? 이 브라이언에겐 모든 메이드 로봇들이 과묵하고 차분해 보입니다만?"

그 말을 들은 리암이 진심으로 실망했다는 표정을 지었다.

"넌 어딜 보고 있는 거냐? 다들 개성적인데. 아라시마는 액세서리를 정말 좋아하는 화려한 아이라서 귀엽고, 시오미는 대박을 노리는 걸 정말 좋아하는 갬블러라고. 타테야마는 조용하고 약간 겁이 많아서 보호 본능을 일으키잖아?"

리암이 동의를 구해서 브라이언은 뭐라 형언할 수 없는 표정을 지었다.

리암은 자신의 인형을 들고 타테야마와 이야기했다.

"내 인형을 만들고 있었나?"

"네. 귀엽, 습니다."

"그, 그런가. 하지만 다른 곳은 금지했으니 말이야. 하지만 널 위해서라면 개인적으로 소유하는 정도라면 바로 허가를 내려주지."

메이드 로봇에겐 특별대우.

이것이 리암이다.

하지만 아마기가 타테야마의 문제점을 리암에게 전했다.

"주인님, 타테야마가 제작한 것은 하나가 아닙니다. 같은 인형과 다른 굿즈가 몇 종류나 복수 양산되어 있습니다."

"어……?"

타테야마가 리암에게 말했다.

"전부, 손으로, 만들었습니다."

"그, 그런가. 열심히 했구나. 대단해."

뭐가 대단한 건지 리암도 알 수 없었지만, 열심히 만든 타테야마를 칭찬하려는 것은 주위에도 전해졌다.

전해져서 더더욱 애처로웠다.

타테야마는 리암에게 자신의 꿈을 이야기했다.

"전, 주인님의 굿즈, 잔뜩 만들어서, 가게, 열고 싶습니다."

타테야마는 부끄러워하면서도 진지하게 리암에게 전했다.

그 소원을 듣고 박대할 수도 없는 리암은 머리를 싸매고 고민했다.

"나, 난, 대체 어떻게 해야……."

그런 한심한 주인의 모습을 보고 브라이언이 중얼거렸다.

"다른 안건도 그 정도로 고민해줬으면 하는데요?"

후일.

번필드가의 저택 안에 사람의 왕래가 적은 곳이 있다.

그런 곳에 노점을 마련한 타테야마는 직접 만든 리암 굿즈를 늘어놓고 있었다.

"힘내자, 입니다."

리암과 아마기는 그 모습을 멀리 있는 기둥의 그늘에서 지켜보고 있었다.

아마기가 리암에게 물었다.

"왜 숨는 건가요?"

"타테야마가 혼자 노력하고 싶다고 했으니까 몰래 지켜볼까 싶어서."

"그런가요. 그건 그렇고 타테야마의 판단에는 의문이 남습니다. 왜 사람의 왕래가 적은 구역을 골라 가게를 냈을까요? 장소 선정에 문제가 있다고 판단합니다."

아마기의 정론은 지당하다고 생각하며 리암도 납득했다.

"확실히 잘못됐어. 하지만 타테야마는 낯가림이 심한 아이라고. 갑자기 많은 사람에게 둘러싸이면 곤란하잖아? 우선은 익숙해지기 위해 사람이 적은 곳을 고른 거야."

"주인님은 타테야마와 자주 이야기하나요?"

"눈을 보면 알아."

평소 같은 메이드 로봇과의 대화도 적은 타테야마의 기분을 리암은 어째서인지 헤아리고 있었다.

빈번하게 대화를 하는 기색도 없어서 아마기는 이해하기 힘들었다.

그렇게 한동안 지켜봤지만, 사람의 왕래가 적어 아무도 오지 않았다.

리암이 초조해하기 시작했다.

"사람이 너무 적어서 타테야마가 불안해하고 있어. 아마기, 통로를 몇 개 막아서 저택에 있는 사람이 이곳을 지나가도록 해."

무표정으로 가게를 지키기만 하는 타테야마를 보고 거기까지 간파한 리암에게 아마기는 이유를 묻지 않게 되어 있었다.

"알겠습니다."

잠시 후, 티아가 불평하면서 왔다.

"통로가 봉쇄된다는 사전 연락은 없었다고. 정말이지, 이대로라면 리암 님께 받은 임무에 늦게 되잖―― 아아아아!!"

짜증을 내던 티아가 타테야마의 노점을 발견하자 거기로 달려가기 시작했다.

진열된 상품을 앞에 두고 흥분하고 있었다.

"이건 틀림없이 리암 님을 본뜬 인형?! 하, 하지만 영지에서는 예외 없이 금지되었을 텐데? 어, 어째서 이곳에⋯⋯!"

리암의 인형을 찾아 기뻐했지만, 그와 동시에 존재하고 있을 리가 없다는 것도 이해해서 곤혹스러워했다.

가게의 주인을 확인해보니, 타테야마였다.

"어서, 오세요."

최대한으로 지은 미소. 타테야마는 리암 기준으로 미소를 보여 줬지만, 티아가 보기엔 무표정이었다.

게다가 상대가 타테야마라는 걸 알아차리지 못했다.

메이드로봇 중 한 기, 라고 인식했다.

하지만 이게 티아를 한 층 더 혼란시켰다.

"메이드로봇이 판매원이라고? 이건 어떻게 판단하면 좋지?!"

불법이라면 단속했을 것이다.

하지만 리암이 맹목적으로 사랑하는 메이드 로봇이 리암의 인형을 판매하고 있다.

잡아야 하는가, 아니면 눈감아줘야 하는가?

고민에 빠져 움직이지 못하고 있는 티아를 보고 있던 리암은 기둥의 그늘에서 혀를 찼다.

"저 바보. 타테야마가 곤란해하고 있잖아. 살 거면 빨리 사라고."

아마기가 리암의 인간 혐오에 기막혀했다.

"주인님은 인간에게 냉정하군요."

"이 세상에서 가장 믿을 수 없는 게 인간이니까. 아 참, 아마기와 다른 애들은 별개야. 믿고 있어."

"그건 감사합니다."

무뚝뚝한 대답을 한 아마기는 다른 인물이 다가오는 것을 봤다.

브라이언이었다.

"하나 살 수 있을까요?"

"——네."

타테야마의 가게에서 인형—— 리암 군 인형을 구매했다.

그걸 보고 있던 티아가 겨우 확신을 얻었는지 바로 움직였다.

"전부 팔아줘!"

망설이지 않고 전부 구매하겠다고 했지만, 타테야마는 곤란해하면서 고개를 저었다.

"안, 됩니다. 상품, 적으니까, 한 명당 한 개, 입니다."

"으아아아아! 고를 수 없어어어어!"

가게 앞에서 울기 시작한 티아를 보는 리암은 뭐라 형언할 수 없는 표정을 짓고 있었다.

그러자 브라이언이 다가왔다.

아무래도 리암 일행이 있다는 걸 알아차리고 있었던 모양이다.

"리암 님, 판매하신다면 타테야마에게는 허가를 내렸다고 저택에 발표하지 않으면 모두가 곤란해할 겁니다."

평소라면 고집을 부리는 리암도 타테야마를 도운 브라이언에게는 솔직하게 고마워했다.

"너, 의외로 눈치가 빠른 녀석이었구나."

"태어날 때부터 곁에 있었는데, 이 브라이언의 평가가 너무 낮지 않습니까?! 그건 그렇고, 이 인형에 사인을 받을 수 있을까요?"

"어?"

브라이언이 인형을 내밀었다.

준비성 좋게도 사인펜도 가지고 있었다.

리암이 볼에 경련을 일으키면서 사인펜을 쥐었다.

"내 사인을 받아서 어떻게 할 생각이지?"

"지인의 아이에게 주는 선물입니다. 리암 님의 팬—— 아아아아! 그렇게 거칠게 사인하지 마십시오!"

"내 알 바냐! 그보다 타테야마도 기쁜 것 같네."

울면서 무엇을 살지 고르고 있는 티아를 앞에 두고, 자신이 만든 인형이 팔려 타테야마는 기뻐했다.

——리암 기준으로.

후기

이번 권도 재밌게 읽으셨나요?

표지의 히로인은…… 음, 뭔가 죄송합니다(웃음).

'나는 성간 국가의 악덕 영주!'도 드디어 5권이 발매되었습니다.

솔직히 여기까지 이어질 줄은 몰랐고, 설마 키미라노에서 개최된 '다음에 올 라이트노벨 2021'에서 '종합5위' 'WEB발 문고 부문 최우수상' '남성 독자 부문 1위'라는 결과에는 작가인 저도 놀랐습니다.

응원해주신 독자 여러분, 정말 감사합니다.

소설가가 되자, 에서 이 작품의 외전도 투고하고 있으니 괜찮으시다면 그것도 즐겨주세요.

泣きながら おかしを
作っている人

*울면서 과자를 만들고 있는 사람

つぎラノ2021
ありがとうございました!
今後ともよろしくおねがいします。
高嶺ナダレ

*다음에 올 라이트노벨 2021
감사합니다!
앞으로도 잘 부탁드립니다.
타카미네 나다레

I AM THE VILLAINOUS LOAD OF THE INTERSTELLAR NATION Vol.05
©2022 Yomu Mishima
First published in Japan in 2022 by OVERLAP, Inc.
Korean translation rights reserved by Somy Media, Inc.
Under the license from OVERLAP, Inc., Tokyo JAPAN

나는 성간 국가의 악덕 영주 5

2023년 8월 15일 1판 1쇄 발행
2024년 3월 15일 1판 2쇄 발행

저 자	미시마 요무
일 러 스 트	타카미네 나다레
옮 긴 이	박정철
발 행 인	유재옥
이 사	조병권
출판본부장	박광운
편 집 1 팀	박광운 최서영
편 집 2 팀	정영길 조찬희 박치우 정지원
편 집 3 팀	오준영 권진영 이소의
디자인랩팀	김보라 박민솔
디지털사업팀	박상섭 김지연 윤희진
라이츠사업팀	김정미 맹미영 이윤서
영업마케팅팀	최원석 박수진 이다은
물 류 팀	허석용 백철기
경영지원팀	최정연
인쇄제작처	㈜코리아피엔피
발 행 처	㈜소미미디어
등 록	제2015-000008호
주 소	서울시 마포구 토정로222, 403호 (신수동, 한국출판콘텐츠센터)
판매 및 마케팅	(070) 8822-2301

ISBN 979-11-384-7974-5 04830
ISBN 979-11-384-0856-1 (세트)